NAGAO Seio

MEURTRES À LA COUR DU PRINCE GENJI

Roman policier traduit du japonais
par Karine Chesneau

Éditions Philippe Picquier

Titre original : *Genji monogatari hito-goroshi emaki*

Mas de Vert
13200 Arles

Illustrations : D. R.

Conception graphique : Picquier & Protière

ISBN : 2-87730-304-7
ISSN : 1251-6007

Sommaire

Préface

Il était une fois le fils d'un Empereur, un jeune Prince d'une sublime beauté, adulé de tous et de toutes, qui vivait à la Cour Impériale, élégante et raffinée... Mais que dissimulent ces termes idylliques ?

Pendant la période de Heian (IXe au XIIe siècle), sous le règne de l'empereur du Japon Ichijô, vécut à Heian-kyô (Kyôto), la « Capitale de la Paix », Murasaki Shikibu, dame de compagnie de l'impératrice Akiko, fille du très puissant régent Fujiwara no Michinaga. Cette femme douée d'un talent littéraire exceptionnel composa vers l'an mille une œuvre colossale, *Le Dit du Genji* (remarquablement traduit en français par René Sieffert aux éditions POF, 1988), considérée comme le premier roman psychologique de la littérature mondiale. En cinquante-quatre chapitres et près de deux mille pages, l'auteur dépeint la vie de la cour et les amours de Genji, ce Prince Radieux qui entretenait des relations très différentes avec chacune de ses « femmes », ainsi que celles du fils et du petit-fils de celui-ci. L'œuvre porte sur soixante-dix années. Les plus anciens textes copiés que l'on possède encore aujourd'hui datent de la fin de la période de Heian, illustrés sur des rouleaux enluminés.

Faisant suite à l'époque de Nara (VIIIe siècle) marquée par des actes sanglants, celle de Heian fut également inspirée par les modes de pensée, les doctrines bouddhiques, les institutions politiques et administratives de la Chine des Tang (618-907) qui, dès le début du VIIe siècle, influencèrent le Japon avec l'idée d'un gouvernement central.

Au XIe siècle, le pouvoir était aux mains du clan Fujiwara. Par une habile politique matrimoniale, la branche Hokke des Fujiwara avait réussi à dominer les autres clans dans la maison impériale. Désormais, la cour laissait aux gouverneurs de province une assez large autonomie, se souciant peu d'administrer directement le pays. Mais l'empereur et les hauts dignitaires se jugeaient responsables de sa prospérité et de sa sécurité. Ils considéraient que leur mission essentielle consistait à maintenir un style de vie exemplaire et à accomplir correctement les rites tout au long de l'année, dans le but d'assurer au pays une existence conforme aux rythmes naturels.

En règle générale, les Fujiwara atteignirent leurs objectifs à force de pressions politiques et apparemment sans violence, laquelle réapparaîtra au grand jour à la fin du XIIe siècle sous la forme d'une véritable guerre civile entre les deux clans rivaux Minamoto et Taira (ou Genji et Heike). Cette époque fut marquée par son élégance, son extrême raffinement, la sensibilité aux choses simples et éphémères, l'amour de la nature, une mélancolie et un sentiment d'impermanence dus à l'attente imminente de la fin du monde. La période de Heian, sous le règne des Fujiwara, est considérée comme l'âge d'or du Japon, avec l'éclosion des arts, et particulièrement la poésie chinoise et japonaise, la prose, la peinture ou encore l'architecture, et le souvenir de fêtes splendides.

Cette époque vit naître une vague d'auteurs féminins comme Sei Shônagon (*Notes de chevet*, traduites par André Beaujard, éd. Gallimard/Unesco) ou Izumi Shikibu qui écrivit son *Journal* ou encore Murasaki Shikibu. Témoins de leur temps, elles observent et interprètent le monde qui les entoure, et donnent une vision plus délicate, plus sentimentale que ne devait l'être la réalité. Car dans ces âpres luttes de factions pour le pouvoir, intrigues et meurtres étaient certainement monnaie courante.

Murasaki Shikibu avait pour fonction de distraire sa maîtresse, d'organiser ses divertissements et de lui procurer des lectures. Auteur présumé du *Dit du Genji*, où les gens de cour vivent dans un monde clos, elle raconte l'histoire de personnages plus préoccupés par leurs affaires de cœur que par les idéaux des guerriers de l'époque suivante. Mais quelles réalités se cachent derrière ce récit dont on ne connaît ni la date exacte (1005-1014 ?), ni le nom de celui qui inspira le personnage du prince Genji (Fujiwara no Michinaga ?), ni l'existence réelle de Murasaki Shikibu (978-1014 ?) ?

Nagao Seio, l'auteur du présent ouvrage écrit en 1986, a profité de toutes ces inconnues pour interpréter à sa manière les douze premiers chapitres du *Dit du Genji* écrit par dame Murasaki Shikibu. Celle-ci devient elle-même un personnage à part entière de son roman, où Nagao la rend présente à la cour avant qu'elle n'atteigne vingt-cinq ans. Or, selon la plupart des chercheurs et les preuves qu'ils ont pu réunir, ce n'est qu'à cet âge, en 1005, qu'elle servit au palais impérial. Il est donc peu vraisemblable, d'après eux, qu'elle ait écrit ce roman avant la date officielle de son arrivée à la cour, dont elle n'aurait jamais pu imaginer la vie de l'extérieur.

Sous forme de roman policier, Nagao donne, lui, sa version des choses. Il s'est amusé à relier entre eux les premiers chapitres – les réduisant à huit, sans souci chronologique et dans un langage moderne – qui évoquaient la jeunesse et l'adolescence du prince Genji, ses aventures galantes de jeune homme léger et désinvolte hanté par la passion d'un impossible amour. L'auteur ne s'est pas gêné pour interpréter les décès qui jalonnent le récit de Murasaki Shikibu, attribués la plupart du temps à des influences maléfiques ou à des phénomènes de possession par des mauvais esprits, à une époque où les connaissances médicales étaient très limitées et où le synchrétisme shintô-bouddhique imprégnait chaque moment de la vie. Une façon d'expliquer les faits que l'on pourrait qualifier de freudienne. Car les personnages de Nagao passent à l'acte et concrétisent leurs idées meurtrières ou leurs fantasmes.

A cette période, et selon la pensée shintoïste, tout individu confronté à la mort, la maladie, la vue du sang, la naissance, les mauvais rêves ou les pensées négatives, était considéré comme souillé, puis contraint à l'isolement et aux rites de purification. Donner la mort à un être humain constituait le premier des Cinq Interdits selon les prescriptions bouddhiques. Inutile de préciser que si ce présent ouvrage avait été publié à cette époque, l'auteur, et sans aucun doute ses lecteurs, se seraient attiré la vengeance des esprits irrités et les foudres de l'enfer.

Certains admirateurs du *Dit du Genji* seront choqués en découvrant que les pages suivantes démystifient ce chef-d'œuvre encensé depuis un millénaire, objet d'innombrables thèses, considéré comme un trésor, et toujours best-seller au Japon. Mais il ne faut voir là que l'interprétation d'un homme peut-être excédé par l'image systématiquement raffinée et délicate de cette époque telle que l'ont décrite les auteurs féminins. Ce livre offre la possibilité d'approcher les us et coutumes d'un monde ancien soumis aux mêmes tentatives de corruption que notre monde moderne. Les codes japonais de la fin du VIIe et du début du VIIIe siècle avaient comme modèles ceux des dynasties chinoises Sui et Tang, avec le même système de rangs et de classes des fonctionnaires. Pour se maintenir à un rang honorable, ceux qui n'étaient pas fils héritiers d'un grand personnage devaient se faire patronner par un dignitaire important, ce qui sous-entendait des comportements de vénalité. Le lecteur intéressé par ce sujet trouvera une mine d'informations dans *L'Histoire du Japon* rédigée par Francine Hérail (POF, 1986).

S'agissant des noms de fonctions et de fonctionnaires du XIe siècle, nous avons généralement emprunté la traduction de Francine Hérail dans l'ouvrage qu'elle a publié aux éditions POF-Etudes, extraordinaire témoignage d'un journal tenu par Fujiwara no Michinaga (966-1027), ce personnage qui occupa le premier rang à la cour de Heian.

Pour la commodité de la lecture, nous disons dans le titre « prince Genji » alors que « les deux termes s'excluent », comme le précise René Sieffert dans son introduction au *Dit du Genji*. Genji, en effet, est une appellation honorifique accordée à un fils ou une fille de souverain, et qui n'a plus la qualité de prince du sang. De même, nous avons gardé, sans le traduire, le nom japonais de l'un des personnages, Chûjô, ce terme désignant en réalité son grade de général en second de la garde du corps. A cette époque, la coutume était de donner à une personne le nom de sa fonction ou du lieu qu'elle habitait sur le moment, noms appelés à changer au fil des années et des nominations. Mais la garde étant surtout une troupe de parade et les officiers n'ayant aucune activité militaire, ce terme français de « général » eût paru par trop pompeux.

KARINE CHESNEAU

Prologue

1

Cette nuit-là, une atmosphère inquiétante et lourde de menaces enveloppait la Cour Impériale. Les nuages sombres dessinaient dans le ciel des formes de mauvais augure et l'on cntcndait seulement gémir le vent qui soufflait en rafales.

Dans le Palais Réservé, pas la moindre silhouette d'un garde-sergent, pourtant tenu à une surveillance attentive de tous les instants, de jour comme de nuit. Tous les panneaux de treillis du Pavillon Central qui abritait les appartements de Sa Majesté étaient baissés et le haut édifice noir se dressait dans l'obscurité. Il régnait un silence de mort, mais dans chacun des pavillons annexes tourbillonnaient comme les eaux d'un torrent impétueux les pensées malfaisantes des épouses et des concubines qui peuplaient le Palais.

A l'extrémité nord-est se trouvait le Shigeisha, le « Pavillon du Clos au Paulownia », qui tenait cette appellation de l'arbre planté dans sa cour. C'était le bâtiment le plus éloigné du Pavillon de la Fraîcheur et de la Pureté, résidence habituelle de l'Empereur.

Le quartier des femmes comprenait douze pavillons, grands ou petits, dont celui cité ci-dessus, et là demeuraient les dames au service du Souverain. Il était d'usage de donner à celles-ci le nom de la maison qui leur avait été attribuée, plutôt que de les appeler par leur nom de naissance. Ainsi, la jeune femme qui vivait dans le pavillon mentionné plus haut était-elle surnommée la « Dame du Clos au Paulownia ».

Les épouses impériales et les dames d'atour avaient le statut de Princesse. Les premières, qui occupaient le rang supérieur, étaient filles de Ministre ou de Prince du sang et l'une d'elles allait devenir Impératrice. L'Empereur ne l'avait pas encore désignée. Les secondes étaient filles de Grand ou de Second Conseiller.

Le père de la Dame du Clos au Paulownia avait été nommé Grand Conseiller Inspecteur des provinces du Nord. Mais il n'était plus de ce monde et la dame ne bénéficiait désormais d'aucun appui influent. Parmi la vingtaine de femmes du harem impérial, elle occupait le rang le moins élevé et le fait qu'elle demeurât dans les appartements les plus éloignés du Pavillon de la Fraîcheur et de la Pureté indiquait sa condition inférieure.

Mais c'était à cette dame d'atour sans protecteur que l'Empereur accordait ses faveurs. Le Souverain lui vouait une telle adoration que les autres épouses et concubines n'existaient plus pour lui. Si bien que celles-ci nourrissaient une haine implacable envers la Favorite.

Pour une dame au service de l'Empereur, engendrer un Prince Impérial permettait d'accéder aux plus hautes distinctions. Et si, de plus, cet enfant devenait le Prince Héritier, sa famille du côté maternel obtiendrait rapidement un pouvoir considérable. Gagner les faveurs de Sa Majesté représentait donc pour une fille un devoir dont dépendait l'avenir de sa famille.

Mais le Souverain préférait la Dame du Clos au Paulownia dépourvue de l'appui de quelque puissant protecteur, qu'il aimait d'une passion peu commune. De ce fait, les dames des pavillons ne cessaient de persécuter mentalement la Favorite, leur rivale, et se comportaient avec elle de manière si ouvertement cruelle que leur attitude était connue dans tout le Palais, même en dehors du quartier des femmes.

Pour tenter de modifier la conduite de l'Empereur, les dignitaires et les gens de la Cour prenaient pour exemple l'Empereur de Chine Xuanzong[1], de la dynastie Tang, qui se désintéressa des affaires de l'Etat sous l'influence de la concubine Yang Guifei[2] et plongea le pays dans la crise. Mais Sa Majesté se refusait à les entendre. Plus les vexations et les insultes des épouses et concubines se faisaient excessives, plus sa passion, à laquelle venait s'ajouter la compassion, augmentait, au désespoir de son entourage.

La Favorite sentit que le bruit du vent cette nuit-là avait quelque chose d'inquiétant. Il s'infiltrait par les interstices des treillis et les flammes des lampes tremblotaient dans la pénombre, accentuant l'expression d'angoisse qui se lisait sur les visages des suivantes groupées autour de la Dame du Clos au Paulownia.

« Je vous en prie, Madame, n'y allez pas ce soir, supplia la première dame d'honneur en rompant le silence, inquiète pour sa maîtresse dont le Souverain venait de réclamer la présence. Ce vent a la force d'un ouragan. Par un temps pareil, les voleurs et les esprits vont surgir. Il serait plus sage de ne pas vous y rendre. Pas ce soir du moins. Je vous en conjure ! »

---

1. Règne : 712 à 756.
2. Egalement connue sous le nom de Yang Kouei-fei, elle sera sacrifiée aux exigences de l'Etat.

En faisant référence aux « esprits », au lieu de parler ouvertement des persécutions que faisaient subir à la Favorite les épouses et les concubines jalouses, la dame d'honneur se montrait pleine de sollicitude.

La Dame du Clos au Paulownia regarda un à un les visages qui l'entouraient, consciente que toutes partageaient les réticences de la première dame d'honneur. « Leur désir de me retenir est bien naturel, songea-t-elle. Elles savent les innombrables vexations et humiliations que j'endure continuellement. »

La seule évocation de ces persécutions l'emplit d'amertume. En effet, lorsqu'elle se rendait au Palais de la Fraîcheur et de la Pureté, elle était éclaboussée par de la boue dans les galeries ouvertes, la traîne de sa robe régulièrement salie. Et combien de fois s'était-elle retrouvée prisonnière dans un couloir, les portes verrouillées de part et d'autre ! Insultes et calomnies étaient son lot quotidien. Les unes et les autres se conduisaient comme des gamines envieuses mais ces brimades à répétition se répercutaient sur son état mental. La Dame du Clos au Paulownia dépérissait et elle entraînait ses suivantes dans sa souffrance. Aucune à présent n'exprimait ouvertement son opinion sur la convocation de l'Empereur en cette soirée de violente tempête. Il flottait dans l'air une angoisse indéfinissable.

Après avoir dévisagé les visages sombres de ses femmes éclairés par la faible lueur des lampes, la Favorite décida néanmoins de se rendre auprès de Sa Majesté. Elle sentait que le Souverain avait peur car elle le connaissait mieux que tout autre. « Il faut que j'y aille », s'écria-t-elle intérieurement.

Devant les Ministres de Droite et de Gauche et les hauts dignitaires, Sa Majesté adoptait une attitude de monarque imposant. Mais dans l'intimité de ses Appartements de nuit, le Souverain changeait du tout au tout et se conduisait comme un très jeune enfant. Ce comportement lui permettait de rester équilibré. Il ne se laissait aller que devant la Favorite, qui admettait sans peine les deux faces de son caractère et savait se montrer maternelle avec lui en l'étreignant tendrement sur sa poitrine.

L'étrange attachement de l'Empereur pour la Dame du Clos au Paulownia s'expliquait par le fait qu'elle seule le comprenait et respectait son besoin de se détendre. Il était fatigué de devoir garder en permanence l'attitude d'un « Fils du Ciel ».

« Je vais chez Sa Majesté, annonça-t-elle à ses suivantes.

— Mais... que vont faire ces femmes ?

— C'est surtout Dame Kokiden qu'il faut craindre », fit une suivante d'une voix tremblante.

La Favorite frissonna. Dame Kokiden, Epouse Impériale et fille du Ministre de Droite, avait donné un enfant à l'Empereur. Le Souverain n'avait pas encore décidé de la nommer Impératrice mais elle était la femme la plus puissante du Palais. Elle régnait sur les épouses et les concubines, jouissant d'une position proche de celle d'une Impératrice. Car son enfant était un garçon et il serait sans aucun doute prochainement proclamé Prince Héritier. Lors de son accession au trône, Dame Kokiden, mère du nouvel Empereur, deviendrait Impératrice Douairière et le Ministre de Droite, son père, arriverait au faîte du pouvoir.

La Favorite porta les yeux dans un coin de la pièce où, derrière un écran en tissu, dormait paisiblement un bébé emmaillotté dans ses langes blancs, l'enfant qu'elle avait eu avec l'Empereur.

En dépit de son âge, deux mois à peine, c'était un Prince doté d'une élégance et d'une beauté exceptionnelles. Il était le demi-frère du fils de l'Epouse Impériale

Kokiden et le Souverain reportait tout son amour sur lui, sans se soucier aucunement des sentiments que pouvait éprouver l'épouse délaissée.

Les jeunes garçons, fils d'Empereur, possédaient tous deux les qualités requises pour devenir Prince Héritier. Cependant, le Prince Aîné, fils de l'Epouse Impériale, de par sa naissance et la puissance de sa parentèle, était le plus qualifié. Mais depuis la naissance du fils de sa Favorite, l'Empereur, troublé, hésitait à prendre une décision pour la nomination de son successeur.

Dame Kokiden ne fut pas longue à se rendre compte de l'hésitation de Sa Majesté. Elle ressentit une telle rancune contre la Favorite qu'elle voulut lui jeter un mauvais sort. Le bruit courait même qu'elle allait prier à l'heure de la Vache[1] pour la mort de sa rivale.

Cette rumeur était parvenue jusqu'à la Dame du Clos au Paulownia, anéantie devant la cruauté provoquée par ces rancœurs qui tourbillonnaient dans le harem depuis qu'elle avait donné naissance à un Prince Impérial.

Lui vint soudain l'envie de faire part ce soir à l'Empereur de ce qui la tourmentait : elle voulait qu'il nommât Prince Héritier le fils de Dame Kokiden, dans le seul but de les protéger, elle et son enfant. Car si cette question restait en suspens, les pensées obsessionnelles des femmes du Palais allaient se déchaîner, à l'instar de la tempête au-dehors, et cela provoquerait à la Cour un désastre effrayant qui ne se dissiperait pas de sitôt. Elle aurait évidemment souhaité que son fils devînt le prochain Prince Héritier, mais avec la vie que lui faisaient mener les autres, elle s'avouait vaincue.

« Ne vous sentez pas obligée de m'accompagner. Je peux y aller seule, déclara-t-elle en se levant, et elle prit doucement dans ses bras le bébé endormi.

---

1. D'une heure à trois heures du matin.

— Mais... » fit la première dame d'honneur d'un air réprobateur.

Toutes semblaient vouloir la dissuader de sortir d'une manière ou d'une autre.

A ce moment-là, retentit un bruit de tuiles qui se brisent. Le vent violent devait avoir emporté des toitures. Simultanément, une pluie battante résonna au-dessus de leurs têtes. C'étaient de vraies trombes d'eau.

« Par une nuit pareille, nous devons faire appel à la protection des dieux. Mais je tiens ce soir à demander quelque chose à Sa Majesté. »

Connaissant l'esprit réfléchi et prudent de la Favorite, les dames d'honneur comprirent le sens de ses paroles. Elle venait de prendre une terrible décision et les femmes purent imaginer à quel point leur maîtresse souffrait des persécutions endurées chaque jour. Elle avait mis au monde un enfant de l'amour. Renoncer à le voir devenir Prince Héritier devait lui déchirer le cœur. A cette pensée, les suivantes essuyèrent furtivement des larmes avec leur manche.

Mais la Dame du Clos au Paulownia ne laissa rien transparaître de ses sentiments.

« Je prends l'enfant, dit-elle, Sa Majesté désire peut-être le voir. »

Elle souleva délicatement la couverture, le regard rempli de tendresse en voyant le bébé, dont le visage éclairé par la lampe était si gracieux qu'il semblait littéralement rayonner.

« A sa vue, Sa Majesté se sentira en paix. Allez vous reposer. Il se peut que je passe la nuit dans les Appartements de nuit. »

La Favorite s'était adressée avec gentillesse à ses femmes mais son ton laissait échapper une ferme détermination. Néanmoins, celles-ci ne lui obéirent pas. D'un air consterné, elles restaient à regarder leur maîtresse qui manifestait l'intention de sortir et elles frémirent soudain. Elles eurent l'impression de voir passer la Mort sur le visage de la Dame du Clos au Paulownia, comme si elle rôdait dans les parages.

La Favorite emporta l'enfant. A peine était-elle sortie du pavillon qu'un coup de vent violent éteignit les flammes de toutes les lampes. Dans l'obscurité, les femmes se mirent à crier mais leurs voix ne l'atteignirent pas.

2

Pour aller du Pavillon du Clos au Paulownia au Palais de la Fraîcheur et de la Pureté, il fallait traverser les Pavillons Senyôden, Reikeiden, Shôkyôden et Kokiden. Les bâtiments étaient reliés entre eux par des galeries, et le passage de chaque pavillon nécessitait l'ouverture d'une porte à deux battants pour entrer dans un couloir intérieur.

Mais dans chaque appartement attendaient les épouses et les concubines délaissées par Sa Majesté et, lorsqu'elle était mandée par elle, la Favorite avait droit à des vexations innombrables tout au long de son trajet.

La tempête redoublait.

Son bébé dans les bras, la Dame du Clos au Paulownia passait chaque appartement aussi rapidement que possible. Les planchers des galeries ouvertes sur le jardin étaient trempés par la pluie, et les panneaux de treillis baissés. Il n'y avait absolument personne. La flamme des lampes à huile semblait près de s'éteindre. Quand la dame sortait d'un pavillon pour passer à un autre, elle était assaillie par le vent et la pluie violente et elle se pressait pour se rendre au plus vite chez le Souverain en protégeant son bébé.

Elle abordait maintenant le Pavillon Reikeiden. Elle poussa la porte à deux battants puis entra. Mais à l'instant où elle s'apprêtait à traverser le couloir, la porte qu'elle venait tout juste de refermer s'ouvrit puis se referma bruyamment.

Sur le moment, elle crut qu'il s'agissait d'un coup de vent mais les deux portes, devant et derrière elle, se mirent soudain à vibrer de concert, comme si l'on cognait dessus.

Jusqu'aux treillis qui tremblaient. Le bruit était effrayant et insupportable pour les nerfs.

« Ça recommence... » songea-t-elle tristement.

Sur ordre des dames jalouses ayant appris que l'Empereur avait appelé la Favorite, les suivantes tapaient sur la porte pour l'effrayer. Surpris par le bruit, le bébé paisiblement endormi se mit à pleurer à tue-tête. Elle en eut le cœur serré. Les vibrations s'intensifiaient et elle entendit distinctement dans le noir les femmes qui imitaient la voix des esprits.

« Pourquoi ? Pourquoi n'y a-t-il que toi qui reçois les faveurs de Sa Majesté ?

— Moi aussi, je veux un fils de Sa Majesté !

— C'est de ta faute ! »

La Favorite serra contre elle son bébé qui hurlait et elle s'accroupit dans un coin.

« Je vous en prie. Arrêtez... je vous en supplie ! Laissez-moi... » gémit-elle.

Sa voix suppliante eut-elle de l'effet sur les femmes ? Les vibrations s'arrêtèrent net. L'on n'entendit plus que la pluie et le vent. Mais ce silence soudain était inquiétant.

Berçant son bébé en pleurs, elle se releva craintivement avec l'espoir qu'avait pris fin, pour aujourd'hui du moins, ce traitement cruel qu'elle devait subir périodiquement. Elle éprouva ce soulagement que l'on éprouve après la torture et sentit son esprit et son corps se relâcher.

Les mauvaises intentions de « ces personnes » qui la tourmentaient sans cesse étaient claires. En la faisant souffrir mentalement à petit feu, elles la martyrisaient de manière indirecte pour l'amener à quitter d'elle-même la Cour. Elles attendaient que la Favorite ait l'esprit en lambeaux et souriaient intérieurement avec cruauté. A l'exception des femmes au service de la Favorite, toutes trempaient dans la conspiration, complices de ces mauvais traitements.

Cependant, la Dame du Clos au Paulownia supportait avec courage toutes ses souffrances. Elle n'essayait pas de se défendre et courbait le dos sans se plaindre, quelles que fussent ses tortures. Elle ne voulait pas non plus se confier à l'Empereur pour lui demander son aide, afin de ne pas exposer le côté laid et ignoble de ses femmes, mais surtout pour ne pas lui causer de soucis inutiles. Selon elle, le harem impérial devait rester un hâvre de paix pour le Souverain investi d'une si lourde charge. Elle endurait donc tout en silence. C'était sa manière à elle de répondre aux faveurs de Sa Majesté et de lui montrer sa gratitude.

Son bébé à nouveau endormi dans les bras, elle poursuivit sa marche vers les Appartements de nuit. Elle avançait rapidement et à pas feutrés dans le couloir obscur.

Mais tout à coup, elle ressentit une douleur aiguë sous le pied droit. Elle baissa les yeux et se pencha lentement. Quelque chose brillait sur le plancher... Une aiguille dépassait d'une étroite et longue rainure entre deux planches. Quelqu'un l'y avait placée intentionnellement !

La Favorite frissonna d'effroi. Pour la première fois, elle sentit qu'il y allait de sa vie. « Ces dames » passaient à l'étape suivante, à savoir les tortures physiques. Elle se demanda si elle pourrait continuer de supporter seule et en silence les attaques vengeresses des femmes du Palais.

3

Après le Reikeiden, elle tourna à droite, déboucha au nord du Shôkôden qu'elle traversa, puis arriva au Pavillon Kokiden, celui de l'Epouse Impériale appelée du même nom. L'enfant dormait. La Favorite étouffait ses pas au maximum sur le plancher qui craquait car elle pensait que si elle devait à nouveau être atteinte dans sa chair, ce serait là.

Mais il n'arriva rien et, fait curieux, elle ne sentit aucune présence dans ce pavillon. Peut-être que Dame Kokiden était directement impliquée dans l'histoire de l'aiguille et qu'elle venait de l'observer au Reikeiden. Sans plus trop y penser, la Favorite continua de progresser. Elle prit à gauche pour arriver enfin un peu plus loin au Palais de la Fraîcheur et de la Pureté, la résidence de l'Empereur.

Le toit était fait d'écorce de cyprès et la décoration intérieure était luxueuse. Contigus à la salle d'audience de jour se trouvaient les Appartements de nuit. L'espace était divisé en plusieurs petites pièces séparées par de fines cloisons. Tout se trouvait sur place pour les repas, la toilette, le coucher de Sa Majesté, et était organisé de manière logique afin de permettre la plus grande économie de mouvements dans la vie quotidienne.

A nouveau retentit le bruit des tuiles de toitures voisines. L'Empereur attendait avec impatience la Favorite dans sa chambre à coucher. Chaque fois que les tuiles se brisaient, le Souverain s'enfonçait sous sa couverture et se bouchait les oreilles, pris de frayeur. Ce fracas lui rappelait une salle d'accouchement.

Lors d'un accouchement, en effet, il arrivait qu'une chamane cassât des assiettes en céramique pour transmettre une impulsion à la femme enceinte et l'aider à « pousser » après chaque contraction. Au son des bris de tuiles, lc Souvcrain avait l'impression de sentir l'odeur du sang et il était envahi par un sentiment de crainte pour le mystère que représente une naissance, auquel s'ajoutait l'angoisse provoquée par les rafales du vent.

Dans ces cas-là, il souhaitait une présence à ses côtés, mais il ne voulait pas se montrer sous cet aspect, sauf à celle qui lui souriait tendrement, la Dame du Clos au Paulownia. Elle n'était pas uniquement celle qui partageait sa couche, elle était devenue comme une mère pour lui, aussi indispensable.

De nouveau, les tuiles se brisèrent. Instinctivement, l'Empereur remonta la couverture sur son visage. Soudain, il dressa l'oreille. Aux bruits du vent et de la pluie se mêlait un frottement de pas sur le plancher qui se rapprochaient. La Favorite arrivait ! Le Souverain se redressa brusquement et remit en place ses vêtements en désordre.

Jouxtant les Appartements de nuit, il y avait la salle de jour de l'Epouse Impériale Kokiden où elle se tenait pendant la journée. Mais cette nuit-là, la flamme d'une lampe à pied brillait faiblement à l'intérieur. Dame Kokiden n'était pas encore dans sa chambre à coucher et, en grande tenue, vêtue d'un manteau chinois, elle retenait sa respiration et épiait la chambre de l'Empereur. Elle jetait des regards furibonds et les ombres faites par la flamme rendaient encore plus inquiétante l'expression de son visage ovale.

« Magare, majikoru, obachi, susuchi, majichi... »

De sa bouche jaillissaient, à peine perceptibles, de mystérieuses formules incantatoires.

« *Magare, majikoru, magare, majikoru...* »

Magare signifiait « meurs » et *majikoru*, « que pèse sur toi la malédiction ». Il était possible, disait-on, de jeter un mauvais sort et de tuer son ennemi grâce à la récitation de ces formules. C'étaient des mots maléfiques communiqués dans le monde occulte depuis les temps anciens...

Kokiden tenait serrée dans sa main une mèche de cheveux de la Favorite, dérobée sur son ordre par une suivante à son service. Elle tendait l'oreille. De la chambre du Souverain lui parvinrent distinctement, en même temps que le bruit de la tempête, les voix de l'Empereur et de sa compagne. Ils n'étaient que tous les trois dans le Pavillon et pour seule cloison entre eux, il y avait une mince porte coulissante. Elle pouvait sentir leurs moindres mouvements.

« C'est mon fils, c'est pour cela qu'il est si bien.

— Il vous ressemble comme deux gouttes d'eau, Votre Majesté.

— Ne me flatte pas. Je ne suis pas si beau que ça. Cet enfant est un don du Ciel. Il a à peine deux mois mais regarde, il a la beauté d'un dieu. »

Il était facile d'imaginer le visage radieux de l'Empereur, l'enfant dans les bras. La haine traversa les yeux de l'épouse Kokiden, folle de rage à l'idée que Sa Majesté n'aimait que cette femme.

Elle se tourmentait toujours avec les mêmes questions : « Je suis la fille du puissant Ministre de Droite. Dans le Palais, je suis traitée comme l'Impératrice. J'ai donné naissance à un Prince Impérial. Alors, pourquoi Sa Majesté n'aime-t-elle pas mon enfant ? Il sera sûrement le Prince Héritier, il succédera un jour à la couronne, il sera sacré Empereur. Alors pourquoi ne s'en préoccupe-t-elle jamais ? »

La tempête redoubla d'intensité. Les tuiles brisées retentissaient avec fracas.

« Votre Majesté, je voudrais vous parler d'une chose importante.

— Je préfère que tu m'en parles plus tard.

— Mais... »

On entendit se dénouer la ceinture de la très longue et ample jupe de la dame.

« Votre Maj... »

L'Empereur avait mis la main sur la bouche de la Favorite.

Puis Kokiden entendit un bruit précipité de froissement d'étoffes et elle devint le témoin, dissimulée derrière sa porte, des amours du Souverain avec la Favorite. Son humiliation fut à la hauteur de sa haine, aussi violente que la tempête de cette nuit.

« Père a raison. Sa Majesté a l'intention de désigner son enfant à *elle* comme Prince Héritier. » A cette pensée, Kokiden enfonça ses ongles dans la natte de jonc où elle était assise.

« A quoi bon avoir servi avec tant de zèle Sa Majesté jusqu'à maintenant ? A quoi bon avoir donné naissance à un Prince Impérial au risque d'y laisser la vie ? »

Elle se souvint comme si c'était hier de son accouchement difficile – abominable serait le mot exact. Le travail dura quatre jours et quatre nuits et les douleurs de l'enfantement furent terribles. Epuisée physiquement et moralement, incapable d'avaler la moindre nourriture, elle eut enfin des contractions rapprochées qui annonçaient l'expulsion du fœtus. Dans un ultime effort, Kokiden ramassa toutes ses forces. Mais elle avait beau faire, l'enfant ne sortait pas. Le passage était trop étroit. L'accoucheuse tentait de tirer la tête qui apparaissait, mais en vain.

De la naissance de cet enfant dépendaient son avenir et celui de sa famille. Kokiden faisait des efforts désespérés. Elle supplia alors la sage-femme de mettre tout en œuvre pour extraire l'enfant.

C'est alors que fut décidé un traitement exceptionnel : l'incision du périnée avec un couteau de bambou auparavant passé sous une flamme. Kokiden risquait beaucoup, mais elle choisit de mettre au monde l'enfant de l'Empereur au péril de sa vie.

Les femmes tinrent fermement Kokiden les cuisses écartées, un morceau de tissu enfoncé dans sa bouche. Au plafond, on suspendit deux cordes résistantes auxquelles on attacha ses poignets. Devant ses yeux apparut le couteau rougi par la flamme et immédiatement après, elle perçut le bruit de la chair que l'on découpe. Les cordes grincèrent.

Elle ne vit plus rien, n'entendit plus rien, et soudain, elle sentit une piqûre qui la rendit folle de douleur, comme si l'on introduisait dans son ventre une longue aiguille pointue pour lui tirer les intestins.

Des femmes perdirent connaissance. Mais Kokiden mit au monde l'enfant de l'Empereur. Le nouveau-né poussa son premier cri au milieu d'une mer de sang. C'était un garçon.

Le cri parvint à Kokiden à demi inconsciente qui pensa : « J'ai gagné ! », convaincue qu'avec cette naissance, le souhait de son père, le Ministre de Droite, était exaucé et que la prospérité de sa famille était assurée. Elle-même, de son côté, régnerait en maîtresse absolu dans le harem.

Après son accouchement, elle perdit le sommeil pendant plusieurs mois, mais à l'idée qu'elle serait certainement un jour Impératrice Douairière, les souffrances de l'accouchement lui parurent sans importance.

Ce rêve s'était écroulé d'un coup. La Dame du Clos au Paulownia avait donné naissance à un fils de l'Empereur...

A cette époque, le fils aîné n'accédait pas automatiquement au rang de Prince Héritier. Après avoir consulté les devins qui indiquaient le moment propice, on désignait, parmi les fils du Souverain, le prince amené à prendre sa succession.

Dans le cas présent, il était fort possible que l'enfant de *l'autre* ait la préférence, en raison de l'affection que lui témoignait le Souverain. Kokiden craignait de voir le sien écarté en dépit des protections dont il jouissait et de sa puissante famille. Elle devait également reconnaître que l'enfant de la Favorite rayonnait, qu'il était nettement plus beau. Les deux enfants allaient grandir, ils allaient être comparés, que se passerait-il alors ? Qu'en dirait l'entourage ?

A l'idée que celui de la Favorite pût devenir le Prince Héritier, Kokiden plaignit son enfant né dans une mer de sang. Se sentant méprisée, elle éprouva une haine si intense pour sa rivale que ce sentiment se transforma en intention meurtrière. Elle voulait tuer cette femme qui lui prenait tout.

Dame Kokiden savait combien cette « faute » était terrible et c'est pourquoi elle avait tant hésité. Supprimer la vie d'un être humain, l'un des Interdits dans l'enseignement du Bouddha, est considéré comme l'acte le plus condamnable. Celui qui commet ici-bas un tel crime sera hanté par le démon sa vie entière. Il ne pourra plus vivre normalement. Après sa mort, il ira en enfer et sera tourmenté par des supplices qui ne prendront jamais fin.

Mais la nomination de l'autre enfant réduirait à néant tous les efforts de Kokiden. Jalousie, haine, rancune, idées meurtrières, ces sentiments négatifs l'avaient amenée à mettre au point un plan diabolique : dans l'hypothèse que sa rivale serait appelée par l'Empereur ce soir-là, elle avait placé sur son passage une aiguille recouverte de poison.

Le poison de serpentaire était une substance mortelle importée de Chine. Les personnes qui entraient en contact avec cette dangereuse substance, même en quantité infime, mouraient en vomissant du sang. Personne ou presque ne connaissait ce poison puisqu'il n'était pas préparé à l'Office des Remèdes. Elle l'avait acheté en cachette à un vendeur clandestin, un herboriste aveugle qui vivait à la périphérie du quartier ouest de la Capitale.

Si la Favorite posait le pied sur cette aiguille empoisonnée, elle mourrait rapidement. Kokiden ne portait pas elle-même directement le coup, c'était la Favorite qui mettait le pied dessus par un mauvais coup du sort. Ainsi s'était-elle persuadée, pour atténuer dans son esprit la gravité de son acte. Elle et sa famille connaîtraient alors la gloire et la toute-puissance, car l'enfant de l'Empereur né de la Favorite, orphelin de mère, sans l'appui d'une parentèle influente, ne pourrait pas devenir Prince Héritier.

Et si elle ne marchait pas dessus ? Kokiden avait pris une résolution. Elle s'en remettrait au destin et se conformerait au désir du Bouddha. Si l'Empereur proclamait Prince Héritier l'enfant de sa rivale, c'est que telle était sa destinée. Elle n'aurait d'autre solution que de se retirer, le cœur déchiré.

Impatiente de savoir si la Favorite avait finalement posé le pied sur l'aiguille, Kokiden dressa l'oreille en direction de la chambre à coucher impériale. En même temps que le froissement de la soie, elle entendit la respiration haletante de la femme tant haïe qui poussait des petits gémissements de plaisir.

« Que tu es belle... nulle n'est aussi belle que toi ! »

Les paroles du Souverain se plantèrent comme un coup de poignard dans l'oreille de Kokiden.

« Votre Majesté... j'ai quelque chose d'important à vous dire.

— Tu joues les trouble-fête à présent ! »

Kokiden imagina des doigts sur une fente humide. Elle sentit une onde lui parcourir le corps. Les halètements de la Favorite s'intensifiaient, la respiration du Souverain accordée à la sienne.

Les ongles de Kokiden s'enfoncèrent à nouveau dans la natte.

La Favorite et l'Empereur étaient plongés dans un univers de volupté. Les voix vibrantes des deux amants témoignaient de leur excitation.

Kokiden se boucha les oreilles et se frotta le front sur le sol en essayant de supporter l'insupportable. Mais quoi qu'elle fît, elle ne pouvait éviter d'entendre les cris de bonheur de sa rivale.

L'Epouse Impériale brûla à la flamme de la lampe un cheveu de la Favorite. Le cheveu grésilla légèrement et se recroquevilla, et il y eut une odeur fétide de brûlé. Kokiden pratiquait la magie noire. On pensait que les cheveux imputrescibles, qui subsistent après la mort des êtres humains, contenaient une forte énergie vitale. Les brûler permettait de prendre la vie de l'autre et c'était un sortilège couramment pratiqué.

« Magare, majikoru, obachi, susuchi, majichi... magare, majikoru, magare, majikoru. »

Elle débitait ses formules magiques sans interruption, avec un sourire sardonique qui laissait voir ses dents brillantes teintées de noir d'une femme de Cour et un regard dur, comme celui du vautour. Kokiden était devenue la jalousie et la haine personnifiées.

La tempête atteignit son point culminant.

Malgré le crochet de fermeture, les doubles panneaux de treillis se déboîtaient et battaient dans le vent. Des tuiles de toiture furent emportées et se brisèrent en même temps dans un vacarme épouvantable.

A l'apogée du plaisir, la Favorite poussait des cris d'amour. Kokiden prononça sur un ton encore plus macabre ses paroles maléfiques.

« *Magare, majikoru, obachi, susuchi, majichi, magare, majikoru...* »

Le cheveu brûla, frisotta, se tordit sur lui-même. Kokiden avait maintenant les traits d'un démon.

Soudain, le cri déchirant de la Favorite éclata dans le Palais de la Fraîcheur et de la Pureté, annihilant sur-le-champ tous les autres bruits. Kokiden arrêta brusquement ses imprécations pour tenter de voir furtivement ce qui se passait. Mais elle entendit un haut-le-cœur.

« La Favorite a marché sur l'aiguille empoisonnée ! » se dit Kokiden, reprenant vite ses esprits. En hâte, elle abandonna le cheveu. La pièce était emplie d'une odeur bizarre.

De la chambre impériale lui parvenaient les gémissements et les cris successifs de la Favorite. Ils semblaient graver lentement dans le cerveau de Kokiden l'acte qu'elle venait de commettre, sa faute qui ne disparaîtrait jamais plus, de toute sa vie.

Kokiden entendit vomir. Le bruit évoquait la boue faisant des bulles.

« Que se passe-t-il ? Que se passe-t-il ? »

Les cris de l'Empereur ressemblaient à des sanglots. Et à nouveau, il y eut un vomissement. Le bébé se mit à hurler dans l'obscurité.

Cris, exclamations, vomissements, gémissements de douleur, hurlements du bébé... les Appartements de nuit devenaient le théâtre d'une scène sanglante.

Incapable d'en supporter plus, Kokiden se releva en chancelant.

Sur la couche de l'Empereur, installée sur une estrade et surmontée d'un dais, la Favorite se renversa en arrière et se griffa la gorge. Elle vomit des bouillons de sang qui se répandirent partout. Le lit fut transformé en une mer de sang et de vomissures.

« Que se passe-t-il ? Que se passe-t-il ? »

L'Empereur regardait impuissant sa bien-aimée.

Le bébé pleurait tant et tant qu'il en perdit presque la voix, et ses pleurs augmentèrent le désarroi du Souverain face à la Favorite qui se tordait de douleur.

« Qu'est-ce qu'il t'arrive ? Qu'est-ce que tu as ? Quelqu'un... quelqu'un, vite ! Il n'y a personne ! » cria l'Empereur d'une voix bouleversée.

La Favorite ne cessait de rendre, mais son corps était pris de spasmes et elle n'eut soudain plus rien à vomir. Son visage devint violet et toutes ses veines se gonflèrent. Puis, aussitôt, le sang reflua, sa peau devint livide et les spasmes redoublèrent de violence.

Elle ne prononçait plus un mot. Ses yeux se teintèrent de sang et elle se gratta la gorge si fort qu'elle en eut la peau arrachée. Du sang gicla. Une vive douleur en appelait une autre et la pauvre femme se traînait à travers la pièce en entraînant tout sur son passage. Le lit, les rideaux, les portes coulissantes tombaient les uns après les autres. Elle agonisait dans d'atroces souffrances. Bientôt, elle eut le corps violacé et vomit du sang noirâtre par tous ses orifices, et pas seulement par les yeux, les oreilles ou le nez.

Le bébé ne cessait de hurler. L'Empereur, à moitié fou, ne savait plus où donner la tête. C'était l'image de l'enfer apocalyptique.

« Quelqu'un ! Il y a quelqu'un ? Vite, venez vite ! »

A ce moment-là, le corps de la Favorite fut pris de convulsions et il frétilla comme une crevette que l'on jette dans l'eau bouillante. Puis elle regarda le Souverain avec des yeux ternes.

L'Empereur ne parvenait pas à saisir le sens de son regard. Lui faisait-elle des reproches signifiant : « C'est à cause de vous » ? Ou bien ses yeux manifestaient-ils de la gratitude pour son amour qui avait fait d'elle la Favorite ? Ou encore lui confiait-elle l'avenir de l'enfant qu'elle laissait ?

Effrayé par ce regard, il ne savait qu'en penser. Le visage de la dame à l'heure de la mort était inexpressif, comme si tous les sentiments l'avaient quitté. Ses muscles se relâchèrent les uns après les autres. Elle s'affaissa lentement sur le sol et resta immobile. Interdit, l'Empereur se laissa glisser sans force à ses côtés. L'enfant pleurait toujours, mais il ne l'entendait plus.

Les épouses impériales, les concubines, les dames d'honneur, les membres de la Chancellerie Privée et les gardes ne tardèrent pas à arriver. Ils découvrirent la Favorite entièrement nue qui gisait, morte, dans une mer de sang, le Souverain assis à même le sol, l'air d'un dément, et le bébé, le visage crispé, maintenant sans voix.

A la vue d'un tel spectacle, les femmes prises de panique poussèrent des cris affolés. Les vaillants gardes eux-mêmes restèrent incapables d'agir, pétrifiés devant tant d'horreur. D'autres personnes arrivaient et venaient gonfler le groupe parmi lequel se trouvait Kokiden. Mais, impassible, elle tourna les talons et sortit au-dehors sur le promenoir.

La pluie cinglait le plancher. Les panneaux treillissés du Pavillon de la Fraîcheur et de la Pureté étaient détachés et battaient à la verticale dans le vent qui malmenait les stores en bambou. Kokiden marchait, frappée par la pluie oblique. Ses longs cheveux trempés flottaient et le noir de ses sourcils était parti. Elle semblait avoir passé ses journées à pleurer.

A l'angle du bâtiment, Kokiden s'arrêta. Ses cheveux mouillés agités par le vent ressemblaient à des êtres vivants et les grosses gouttes de pluie attaquaient son visage. Elle ne désirait rien faire, ne voulait plus penser à rien. Les forces de son corps la quittèrent d'un seul coup. Elle plia les genoux, les jambes coupées.

« Bravo, bien fait ! »

Elle se retourna en sursautant et vit son père, le Ministre de Droite, debout derrière elle. Il avait un long nez et le physique corpulent d'un homme bien nourri, sûr de lui. Sa silhouette ressemblait tout à fait à la statue d'un géant qui garde la porte principale d'un temple avec une expression de colère, prêt à attaquer.

« Père...

— Grâce à cet événement, l'enfant de la Favorite ne pourra pas devenir le Prince Héritier. Il n'y a plus qu'à attendre que ton enfant soit désigné. La réussite de notre famille est assurée. »

Le Ministre de Droite empoigna l'épaule de sa fille avec une telle force qu'elle poussa un cri de douleur, mais cette vigueur témoignait de l'exaltation de son père.

Incapable de contenir plus longtemps ses sentiments, Kokiden se mit à pleurer toutes les larmes de son corps. Son père le Ministre l'enlaça doucement. Cette chaleur était la seule chose sur laquelle elle pût s'appuyer et elle s'abandonna en pleurs dans ses bras.

4

La tempête continuait. Mais le tumulte du Pavillon de la Fraîcheur et de la Pureté s'apaisa vite. Les hauts dignitaires affiliés au Ministre de Droite avaient dû ordonner de garder le secret.

Le corps de la Favorite fut emporté en pleine nuit dans sa maison natale et les suivantes passèrent la nuit à nettoyer le sang. Le Souverain désemparé fut immédiatement emmené au Gôryôden et le médecin de l'Office des Remèdes prescrivit un remède pour aider Sa Majesté à dormir.

Dès le lendemain matin, le silence absolu fut respecté, la vérité ne filtra pas à l'extérieur. Personne n'apprit le spectacle horrible des Appartements de nuit.

« La Dame du Clos au Paulownia est morte accidentellement », fit-on savoir. Aucun membre de la noblesse n'osa évidemment mettre en doute cette affirmation. Cela arrangeait tout le monde.

La Cour se devait d'être le lieu resplendissant où sont rassemblés le Fils du Ciel et l'aristocratie. Si l'on faisait courir le bruit qu'il s'y était passé une chose abominable – un empoisonnement mortel –, la terreur s'emparerait des gens et mettrait en péril la stabilité politique. Chacun dissimula donc la mort tragique de la Favorite, en s'efforçant d'oublier au plus vite cet événement. Des funérailles discrètes eurent lieu dans la maison paternelle et, une fois passé le service commémoratif bouddhique des quarante-neuf jours, on ne parla plus de la Dame du Clos au Paulownia.

Cependant, au fil des jours, l'Empereur était passé de l'abattement à l'affliction. Il restait alité et sans appétit, le visage décharné, convaincu que sa bien-aimée avait été empoisonnée et que c'était un acte de l'Epouse Impériale Kokiden et du Ministre de Droite afin que le Prince Aîné fût choisi comme Prince Héritier.

Il se rendait compte à quel point ces deux êtres là étaient effroyables. Malgré tout, rien ne prouvait leur culpabilité, il ne pouvait rien faire. D'autant plus qu'au Conseil des hauts dignitaires, l'influence du Ministre de Droite s'étendait. Grand Conseiller, Second Conseiller, jusqu'au Ministre de Gauche, tous devinaient la vérité sur la mort de la Favorite mais, par crainte, personne n'osait élever d'objections et s'attirer les foudres d'un si puissant personnage. La situation était la même dans le harem où l'Epouse Impériale Kokiden régnait en despote.

La douleur de l'Empereur faisait peine à voir. Il ne pouvait oublier la défunte et se trouvait face à un dilemne, car il avait songé à nommer l'enfant de l'amour Prince Héritier. Il pouvait désormais imaginer à quel genre de désastre serait confronté cet enfant, mais désigner le fils de Dame Kokiden ne lui disait rien qui vaille.

C'est alors que le Souverain apprit la visite au Japon d'un physiognomoniste réputé venu de Corée. Il le fit venir rapidement en son Palais pour lui montrer l'enfant de la Favorite, afin de se faire un jugement. L'homme regarda l'enfant et donna son avis qui s'avérait peu favorable.

« Cet enfant a bien la physionomie adéquate pour monter sur le trône, mais si cela se produit, le pays risque de connaître des troubles. En revanche, s'il sert à la Cour Impériale en tant que sujet, il deviendra le pivot de l'Etat. »

Sans plus hésiter, l'Empereur prit sa décision. Bien qu'à contrecœur, il décida de refuser à l'enfant la qualité de Prince du sang et d'en faire un simple sujet, sans lien avec la famille régnante. De la sorte, l'enfant de la Favorite n'aurait plus la possibilité de devenir empereur mais il pourrait mener une carrière politique. Le fils de Kokiden lui succéderait donc après son abdication. Il n'y avait pas d'autre solution que celle-ci.

Ainsi se décida la vie du fils de la Dame du Clos au Paulownia. Le Souverain espérait que cette situation permettrait à celui-ci de connaître la réussite sociale et la gloire grâce à ses compétences et qualités personnelles. Pour qu'il y parvînt, il allait lui donner tous les soutiens nécessaires lui permettant de s'affilier à une puissante famille exerçant la réalité du pouvoir. Cette décision fut cependant un vrai déchirement pour l'Empereur.

L'enfant de la Favorite reçut donc l'appellation honorifique de Genji, accordée à un fils d'Empereur devenu sujet membre de la noblesse, chef d'une lignée familiale. Et en raison de sa sublime beauté rayonnante, on le surnomma « Genji, le Prince Radieux ».

Belle-du-Soir

1

Le bleu du ciel au-dessus du Pavillon Privé de l'Empereur devenait presque éblouissant. Des nuages cotonneux apparaissaient en même temps que retentissait le bruit assourdissant des cris stridents des cigales. Les rayons du soleil se faisaient de jour en jour plus chauds. On approchait du plein été.

Dans le Pavillon du tir à l'arc situé à l'ouest du Pavillon Violet, le « Pavillon du Trône », se tenaient plusieurs dames d'honneur vêtues d'une tenue de cour aux couleurs vives avec une veste de brocart. Elles poussaient des cris enthousiastes.

Sous les yeux de l'assistance fascinée, un bras hâlé banda un splendide arc aux motifs bleu pâle. Sur la corde qui dessina une grande courbe fut ajusté le talon d'une flèche empennée.

L'archer, c'était Genji, le Prince Radieux, devenu un superbe jeune seigneur. Coiffé d'un bonnet plat en gaze noire, il portait un léger et ample vêtement de dessus bleu foncé, à larges manches, qui recouvrait deux chemises superposées rouge et blanche, et il scintillait dans les rayons du soleil, ses yeux brillants fixés sur la cible.

Irrésistible dans cette tenue, il possédait la beauté, un charme naturel, la douceur et la distinction alliés à la virilité et à une intelligence, une finesse hors du commun. Les jeunes suivantes subjuguées le dévoraient des yeux.

Le regard de Genji restait fixé sur la cible où quatre flèches étaient déjà fichées. Il banda à nouveau son arc avec vigueur de la main gauche. Son visage concentré où perlaient quelques gouttes de sueur donnait une impression de force. La virilité associée à tant de beauté faisait chavirer le cœur des femmes.

La main droite de Genji décocha la flèche. Le trait fila en ligne droite et, pour la cinquième fois, atteignit admirablement la cible. Le visage de l'archer s'épanouit soudain. Des salves d'applaudissements éclatèrent.

« Extraordinaire, Monseigneur, quels fantastiques progrès ! Je vous reconnais bien là ! »

Comme à son habitude, son compagnon Koremitsu ne pouvait s'empêcher de le couvrir d'éloges. Du même âge que Genji, il était son frère de lait, fils de la nourrice qui l'avait élevé à la mort de sa mère dans sa petite enfance. Depuis lors, ils étaient toujours ensemble. Bien que Genji ne fût plus Prince du sang mais membre de la noblesse, leur statut différait cependant. C'est pourquoi les deux hommes avaient, naturellement, les relations d'un maître avec son serviteur.

« Koremitsu, ne me flatte pas ainsi. Tu es également d'un très bon niveau.

— Oh non, Monseigneur ! Personne à la Cour ne vous égale !

— Eh là ! » fit Genji avec un petit rire gêné.

Servir Genji représentait pour Koremitsu le bonheur suprême. Il voulait être son fidèle et dévoué valet. Genji aurait préféré des relations d'amitié les mettant presque sur un pied d'égalité, mais ce n'était pas dans la nature d'un homme comme Koremitsu qui avait toujours refusé.

Genji prit la nouvelle flèche que lui passait Koremitsu.

« En effet ! fit le Ministre de Gauche assis près de Koremitsu sur un petit tabouret, Genji surpasse tous les jeunes nobles de la Cour. Aussi beau qu'intelligent, il excelle également dans la littérature et les arts martiaux. Mais... » dit-il sans achever sa phrase.

Le Ministre de Gauche était le beau-père de Genji. A la majorité de celui-ci, à l'âge de douze ans, il l'avait marié à la Princesse Mauve, sa fille. A cette époque, il avait été aussi question qu'elle devînt l'épouse du Prince Aîné, l'enfant de Dame Kokiden. Mais par orgueil, le Ministre de Gauche avait rejeté cette idée car il ne tenait pas à faire servilement sa cour au père de la dame, le Ministre de Droite, son adversaire politique. Il avait donc confié l'avenir de sa famille à la réussite sociale de Genji.

En fait, le Ministre de Gauche regrettait que l'Empereur n'eût pas conféré le rang de Prince du sang au Prince Cadet. Tous autour de lui dans le Pavillon du tir à l'arc avaient deviné la suite de ses propos.

« C'est vrai... quand je pense que le fils de cette Kokiden sera un jour sur le trône ! Moi-même, j'en éprouve du dépit », reprit Koremitsu comme s'il terminait la phrase laissée en suspens.

Lors des divertissements en compagnie du Ministre de Gauche, cette affaire revenait systématiquement dans la conversation. Sans doute étaient-ce les seuls moments où ce haut dignitaire pouvait se lamenter, en présence de ses proches. Il épanchait ses griefs, en paroles seulement, car il était incapable de passer aux actes.

Les suivantes elles-mêmes se mirent à proférer à voix basse des injures à l'encontre de Dame Kokiden et de son père, le Ministre de Droite. La conversation s'envenimait et les femmes acquiesçaient en traitant Kokiden de « méchante Epouse Impériale ».

Genji jugea qu'il fallait immédiatement détendre l'atmosphère. Ils se trouvaient à la Cour. Les murs avaient des oreilles. Si le bruit courait que l'on avait calomnié ici le Ministre de Droite, cela fournirait à celui-ci un prétexte idéal – de conspiration par exemple – pour supplanter son rival.

« Monsieur mon Beau-père, comme je vous l'ai déjà dit à maintes reprises, la puissance ne m'intéresse nullement. J'en suis délivré. Je préfère, et de loin, admirer la nature et respecter les arts martiaux. Pour moi, c'est cela le Bonheur.

— Pourquoi n'avez-vous donc jamais eu envie de réussir ? Rien ne marche comme je le veux, s'exclama le Ministre de Gauche dépité en se croisant les bras dans un grand mouvement de manches de sa veste jaune d'or, couleur de kerrie.

— L'enseignement du Bouddha dit que l'envie ne connaît pas de limites. Elle dure éternellement. Plutôt que de courir après des choses futiles telles que la réussite sociale, ne vaut-il pas mieux être entouré de belles femmes comme maintenant et couler des jours heureux ? C'est autrement plus merveilleux ! »

A son air dubitatif, il semblait bien que le Ministre de Gauche n'était pas convaincu, mais ces paroles réussirent du moins à faire taire les médisances des suivantes. Félicitées par Genji, les jeunes femmes rosirent de plaisir.

Genji ajusta sur la corde une nouvelle flèche et se mit à tendre son arc. Ses yeux fixés sur la cible se firent instantanément perçants.

« Holà ! s'écria Koremitsu, quand on parle du loup, il se montre ! »

Genji suspendit le geste de sa main qui tirait la corde et suivit le regard de son compagnon. Sur le promenoir de la véranda ouest du Pavillon Violet, il vit arriver le puissant Ministre de Droite vêtu d'une robe de cour de cérémonie, un sceptre à la main, en compagnie du Prince Aîné. L'allure majestueuse du Ministre paraissait arrogante à beaucoup de gens et le personnage semblait retors. Le Prince Aîné, quant à lui, marchait comme s'il se cachait à l'ombre du Ministre. Probablement était-il intimidé par les gens de la Cour. Son visage était couvert de boutons de la taille de grains de millet et il lançait des regards agités.

A leur vue, le Ministre de Droite déclara avec un sourire hypocrite :

« Mon cher Ministre de Gauche, ce n'est vraiment pas le moment de perdre votre temps en pareil endroit !

— Que voulez-vous dire ?

— C'est bien ennuyeux... mais vous ne deviez pas rapporter en présence de Sa Majesté l'affaire concernant la reconstruction de l'Office des Fabrications ? dit le Ministre de Droite sur un ton grave, mais ses yeux riaient, franchement moqueurs et méprisants.

— Mais... le Rapport pour Décision n'est pas encore...

— C'est moi qui m'en suis chargé. Si vous avez déjà oublié, Monseigneur le Ministre de Gauche, c'est que vous commencez à vous faire vieux et à perdre la mémoire », s'esclaffa le grand homme en reprenant sa marche, suivi du Prince Aîné caché dans ses jupes.

Sur le visage du Ministre de Gauche humilié apparut une violente colère. Indignées également furent les suivantes qui l'entouraient. Genji devina aisément la stratégie du Ministre de Droite.

Ces derniers temps, les incendies se multipliaient à la Cour et l'on cherchait des mesures pour y remédier et réparer les dégâts. Il fallait bien évidemment s'occuper du renforcement de la Garde mais aussi décider de la démolition des pavillons détruits par le feu et nommer les charpentiers chargés de la reconstruction des bâtiments. Dans le cas de grands travaux, la coutume était de réunir le Conseil des hauts dignitaires.

D'ordinaire, les délibérations du Conseil se déroulaient dans la salle du poste de la Garde du Corps et les avis des Conseillers étaient résumés dans le Rapport pour Décision présenté ensuite au Souverain. Puis, les Ministres de Droite et de Gauche rapportaient en présence de l'Empereur et attendaient le décret impérial.

Le Conseil pour la décision de la reconstruction de l'Office des Fabrications avait eu lieu la veille au soir. Mais le point n'avait pu être fait, tous les avis n'ayant pas été rassemblés. Il était prévu une réunion supplémentaire dans l'après-midi. Plus les travaux étaient de grande envergure et plus les enjeux devenaient importants. Chacun pensait à ses intérêts et à ses profits. La corruption faisait rage. Cela donnait des délibérations compliquées et les séances s'éternisaient.

Et pourtant, le Rapport pour Décision était déjà terminé. Il s'agissait maintenant de le présenter à Sa Majesté ! Genji flaira une machination du Ministre de Droite. Il était convaincu que celui-ci avait acheté les hauts dignitaires et reçu de la part de puissants charpentiers des pots-de-vin considérables. Mais si on l'informait qu'il devait aller aujourd'hui rapporter en présence de l'Empereur, le Ministre de Gauche ne pouvait formuler aucune objection. Il n'en avait pas la capacité en raison de son influence réduite et de son peu d'habileté.

« Monseigneur, il faut vous presser. »

Le Ministre de Gauche comprit la situation et s'en retourna précipitamment chez lui. En simple tenue informelle, il ne pouvait être reçu en audience par Sa

Majesté et se trouvait donc dans l'obligation d'aller se changer au plus vite.

Voilà pourquoi le Ministre de Droite portait un habit de cérémonie. Son vêtement de dessus fermé très haut avait de larges manches droites, la ceinture visible à l'arrière seulement. Sous son manteau, il portait une veste de brocart et un kimono à très longue traîne, et il était coiffé d'un bonnet plat de gaze noire pourvu d'une queue et d'une bande raide de laque noire. Le Ministre de Gauche lui en voulait pour ce procédé si cavalier.

Tout en se dirigeant vers le Pavillon de la Fraîcheur et de la Pureté, le puissant Ministre observait, un sourire glacial aux lèvres, l'air troublé de celui qu'il considérait comme son ennemi, ainsi que Genji qui lui retourna son regard. A ce moment-là, les yeux de celui-ci rencontrèrent ceux du Prince Aîné, son demi-frère. Depuis leur plus jeune âge, ils n'échangeaient pas le moindre mot. Comme s'il était effrayé par ce regard inquisiteur, le Prince Aîné se dissimula derrière le Ministre de Droite qui lança à Genji d'un ton dur, en le fixant droit dans les yeux :

« Dites donc, Genji, l'apprentissage du tir à l'arc ne sert absolument à rien. Quand on est un homme, on fait tout pour occuper un poste important et même pour se retrouver à la tête de ce pays. »

Sur ce, il pressa le Prince Aîné et pénétra dans le Pavillon Privé du Souverain.

Koremitsu entra dans une violente colère, le visage congestionné. Mais Genji ne répondit rien et ne manifesta aucune réaction, le visage impassible. Lentement, il tendit la corde de son arc, visa et décocha la flèche... qui atterrit loin de la cible.

Genji resta un moment sans bouger dans l'attitude de l'archer qui vient de lancer sa flèche.

2

« Le Ministre de Gauche se fait attendre », fit remarquer l'Empereur d'un air ennuyé, un bras posé sur l'accoudoir du dais impérial, dans la salle ordinaire du trône du Pavillon de la Fraîcheur et de la Pureté. Son visage était sillonné de rides et ses cheveux parsemés de fils blancs.

« Oh ! il semble avoir oublié l'heure fixée », répondit le Ministre de Droite en se prosternant à distance respectueuse.

Dans cette salle se tenaient les hauts dignitaires et les courtisans lors des audiences en présence de Sa Majesté.

« Elle lui a été communiquée convenablement ?

— Je peux l'assurer à Votre Majesté.

— Que ce personnage est embêtant ! » soupira le Souverain à l'adresse du Ministre de Droite. Mais il pressentait que ce retard était dû à l'un des nombreux pièges tendus par ce rusé personnage.

« Votre Majesté a raison, approuva celui-ci qui riait en son for intérieur. A ce propos, avant son arrivée, j'aurais une requête à vous faire.

— Dites, demanda l'Empereur d'un air contrarié.

— Ma demande va vous sembler bien inconvenante, Votre Majesté, mais pourriez-vous avoir l'obligeance de m'apprendre quand vous pensez nommer le Prince Héritier ? Le Prince Impérial va sur ses vingt ans. Le moment semble favorable.

— J'y pense, j'y pense... Mais seul ce Prince peut me succéder sur le trône, je ne vois donc pas pourquoi vous vous inquiétez !

— Je remercie Votre Majesté de me parler ainsi. Mais...

— Un peu de retenue ! Chaque chose en son temps, n'est-ce pas ? »

Sur ces mots, l'Empereur détourna le regard, présentant son profil au Ministre de Droite qui le regarda d'un air dédaigneux. Le Souverain n'avait pas eu d'autres fils ces dernières années. Par conséquent, seul celui de l'Epouse Impériale Kokiden pouvait accéder au trône. L'Empereur devrait un jour ou l'autre nommer Prince Héritier le Prince Aîné, mais il ne l'avait pas encore officiellement proclamé. C'était sa manière à lui de s'opposer au Ministre de Droite et à Dame Kokiden. La seule possible.

Ceux-ci n'osaient pas insister trop lourdement en raison de la conduite étrange du Prince Aîné dans son enfance et de son comportement instable. Il pouvait passer une journée entière, sans se lasser, à taper du pied dans une balle, ou bien rester assis dans le grenier du Pavillon de la Fraîcheur et de la Pureté, ou encore dessiner des phallus sur le mur du Pavillon Violet. A la découverte de son vice, le Ministre de Droite et Dame Kokiden avaient employé les grands moyens pour que personne n'en sût rien à l'extérieur. Ils interdirent aux femmes de leur suite d'en parler. Le Prince Aîné n'avait pas le droit de sortir, sous aucun prétexte, et il ne devait jamais entrer en contact avec quiconque.

Mais l'Empereur était au courant. Il ne pouvait se faire à l'idée de désigner comme successeur un enfant pareil.

Bien qu'il le comprît, la haine du Ministre de Droite pour le Souverain augmentait d'année en année.

« Votre Majesté pourra-t-elle jamais m'accorder son pardon ? Un tel retard est inexcusable. »

Vêtu maintenant d'une tenue de cérémonie, le Ministre de Gauche se prosternait devant le trône.

« Il n'y a là rien d'étonnant ! C'est dans votre habitude. »

L'Empereur avait beau se moquer du Ministre prosterné devant lui, le front touchant terre, il était exaspéré par le comportement du Ministre de Droite. Le Souverain fut assailli par un sombre pressentiment.

Le Ministère des Affaires Suprêmes, qui contrôlait toute l'administration du pays, était dirigé par le Ministre des Affaires Suprêmes et les Ministres de Gauche et de Droite. Mais en raison de la vacance actuelle du premier poste, la fonction du Ministre de Gauche précédait celle du Ministre de Droite, selon le Code. Si cette hiérarchie était respectée, la stabilité du pays pouvait être assurée.

Dans la réalité, cependant, c'était l'inverse. Le puissant Ministre de Droite étendait désormais son influence sur l'ensemble des organes administratifs et le Ministre de Gauche n'était plus qu'un pantin. Même l'Empereur était manipulé par le premier. Celui-ci dirigeait le gouvernement sans même consulter le Souverain. Les huit Départements et les cent Offices et Bureaux étaient entre ses mains, alliés à son clan.

Sous peu, pensait l'Empereur, ce serait le monde du Ministre de Droite. De dépit, le Souverain voulait l'en empêcher à tout prix et également venger la Favorite. Aucun autre Prince Impérial n'était né, il ne savait que faire. Il s'en voulait de son impuissance. L'idée qu'il proclamerait bientôt Prince Héritier le Prince Aîné et qu'il abdiquerait la couronne en sa faveur – selon le vœu du Ministre de Droite et de sa fille – le faisait frémir.

L'Epouse Impériale Kokiden avait renvoyé ses suivantes et elle écouta, du début à la fin, les paroles qui s'échangèrent dans la salle du trône. Elle se demandait avec irritation pourquoi l'Empereur hésitait encore à nommer le Prince Héritier.

Sa nervosité et son angoisse flottaient dans l'atmosphère, semblables à des nuages sombres. La cause de son inquiétude se trouvait dans le pavillon d'une Epouse

Impériale situé en face du sien et nommé le Clos aux Glycines. Il abritait la Princesse du Clos aux Glycines.

D'une beauté impressionnante, âgée de vingt ans à peine, elle avait par un étrange hasard des traits comparables à ceux de feu la Dame du Clos au Paulownia. Elle lui ressemblait tant que la défunte semblait ressuscitée.

Après la mort de la dame, et pour apaiser son chagrin, l'Empereur avait supplié que vienne au Palais cette Princesse Impériale, le vivant portrait de sa regrettée Favorite. La Princesse du Clos aux Glycines était la quatrième fille de l'Empereur du règne précédent et, de par sa naissance, elle avait un rang bien supérieur à celui de Dame Kokiden. De plus, le Souverain lui vouait une passion exclusive qui ne le cédait en rien à celle qu'il éprouvait auparavant pour la Dame du Clos au Paulownia. A tel point que celle qui avait rendu le sourire à l'Empereur était surnommée la « Princesse Rayon-de-Soleil ». Sans oublier que Dame Kokiden avait maintenant l'apparence d'une femme d'un certain âge. Elle était battue sur tous les plans.

Donc, après la disparition de sa rivale, l'épouse Kokiden était à nouveau dévorée par la rancune et la jalousie. Son pouvoir absolu était dû à la crainte que l'on avait d'elle et non au respect ou à la confiance. En outre, elle ne recevait plus du tout les faveurs du Souverain depuis la mort de la Favorite.

En échange du pouvoir, l'épouse Kokiden était tombée dans un gouffre de solitude. A cause de ses deux rivales, haine, jalousie, chagrin et sentiment d'abandon lui torturaient l'esprit, et elle perdit toutes les vertus morales d'une femme ou plutôt d'un être humain – à savoir la gentillesse et la douceur. D'autre part, son instinct maternel associé à son propre intérêt qui la conduisait à protéger ce Prince Aîné atteint de débilité, doté d'un caractère malsain, était à l'origine de son tempérament froid et impitoyable. On l'appelait la « méchante Epouse Impériale ».

Kokiden essaya d'analyser la raison de cette angoisse qui lui étreignait la poitrine et elle comprit : elle avait peur que la Princesse du Clos aux Glycines se trouvât enceinte et donnât naissance à un garçon. En vérité, elle ne faisait pas là une découverte car elle avait ressenti cette inquiétude dès l'arrivée de la jeune femme. Et pour éviter à tout prix qu'elle conçût un descendant de l'Empereur, elle récitait des formules incantatoires maléfiques, qui devaient se révéler efficaces, puisque depuis toutes ces années la Princesse du Clos aux Glycines n'avait jamais été enceinte.

« Mais... pensa Kokiden, si Sa Majesté hésite tant à désigner mon enfant comme son successeur, c'est qu'elle a une arrière-pensée ? Et si, finalement, la Princesse du Clos aux Glycines lui avait annoncé une grossesse ? Dans ce cas, que devrais-je faire ? »

L'inquiétude projetait son ombre maléfique dans l'esprit de Kokiden. Mais elle n'avait pas pour autant l'intention d'utiliser les mêmes méthodes qu'envers son ancienne rivale. Depuis près de vingt ans, l'Epouse Impériale était sans cesse tourmentée, et pas uniquement dans ses rêves, par la gravité de son crime. A toute heure du jour et de la nuit, elle cherchait donc un moyen pour empêcher la naissance d'un Prince Impérial si son pressentiment se révélait justifié.

3

Heian-kyô, la « Capitale de la Paix[1] », se trouve dans une plaine entourée de petites montagnes et de collines.

1. Kyôto.

De cette ville devenue en 794 le noyau de la vie politique du pays partaient, dans plusieurs directions, les voies gouvernementales qui menaient aux provinces du Yamato, de Tamba, de Wakasa, d'Echizen, de Mino. De toutes ces régions affluaient marchands ambulants et commerçants.

Mais comme la plupart de ces routes franchissaient des montagnes à forte déclivité, les voyageurs appréciaient d'autant plus leur arrivée sur le col d'où l'on apercevait la Capitale et qui marquait la fin de leurs épreuves. A la vue du magnifique spectacle qu'offrait la ville construite comme un damier de go dans une vaste plaine verdoyante, tous oubliaient les difficultés de leur long voyage.

Pour arriver à la Capitale en venant des provinces du Nord de Kaga et d'Echizen, sur la mer du Japon, le voyageur traversait la province d'Omi par voie terrestre puis il prenait le bateau sur le lac Biwa pour atteindre Otsu. De là, il prenait la route de pèlerinage du temple d'Ishikawa et, après avoir franchi une dernière montagne, il entrait par une porte de la Troisième Avenue dans la Capitale.

Au sommet de la montagne située derrière le temple Kiyomizu, se tenait souvent une foule de voyageurs qui regardaient la ville avec une vive émotion. Parmi ceux qui avaient caressé l'espoir d'y mener une vie luxueuse, certains ne rencontraient pas la chance et finissaient par retourner dans leur région natale, leur rêve brisé. Sur ce col, on éprouvait toujours un sentiment de joie et de tristesse alternées.

Mêlé aux voyageurs et aux marchands ambulants, un jeune homme vigoureux regardait la Capitale avec nostalgie. Il portait un chapeau et un manteau contre la pluie en paille usée, une tenue de voyage tachée et une barbe de plusieurs jours. Il avait le visage brûlé par le soleil.

« Déjà un an ! » murmura l'homme en se remettant en route. Ses sandales de paille tressée étaient usées et, hormis ses trais distingués et son regard honnête, il avait l'allure d'un mendiant.

Quelques pas plus loin, il aperçut devant lui une vieille cabane. Les voyageurs s'y abritaient de la pluie ou se reposaient de leur marche. A l'intérieur, un groupe de voyageurs regardait quelque chose. Poussé par la curiosité, il se pressa jusqu'à la baraque et entra en se frayant le passage à coups de coude.

Une jeune femme vêtue d'un habit de sortie vert pâle plutôt élégant racontait avec volubilité une histoire qu'elle avait dû entendre un jour.

« C'était un homme mauvais, mais la femme l'ignorait... elle attendit des années son retour. Mais en vain, elle n'eut plus aucune nouvelle... »

La conteuse était âgée d'une vingtaine d'années et, même si l'on avait voulu se montrer aimable avec elle et lui faire des compliments, il aurait été difficile de lui dire qu'elle était belle. Mais elle respirait l'intelligence et la finesse.

« Elle finit par se marier avec un autre. Mais cette nuit-là... son ancien amour rentra et... »

Elle savait captiver son auditoire qui, suspendu à ses lèvres, attendait la suite avec impatience. Sachant ménager ses effets, elle laissait une phrase en suspens, reprenait son souffle. Pris par son talent d'orateur, les auditeurs la harcelaient de questions :

« Alors, elle a fait quoi, la femme ?

— Elle a ouvert la porte ? »

La jeune narratrice répondait, puis elle continuait de narrer son histoire en ajoutant des détails tristes qui faisaient monter les larmes aux yeux des femmes présentes. Tous l'écoutaient avec sérieux.

« Et elle se pendit et mourut... »

Hommes et femmes laissèrent échapper un long soupir et chacun y alla de ses commentaires, à la grande satisfaction de la conteuse, fière de son effet. Avec un petit sourire gêné, elle finit par avouer :

« C'est moi qui viens d'inventer cette histoire.

— Quoi ! s'écria son public admiratif.

— Quel talent !

— Oh, je suis vraiment contente que vous ayez apprécié. »

Les voyageurs se dispersèrent. La femme, ravie de son succès, s'assit et se mit à boire une tasse de thé. Mais l'homme barbu qui avait assisté à la scène resta à l'intérieur, il la regardait en souriant. Celle-ci s'en aperçut et elle le dévisagea d'un air méfiant, mais soudain, son visage s'illumina :

« Oh ! Seigneur Chûjô ! s'exclama-t-elle en se levant.

— Vous êtes bien toujours la même, Shikibu, vous n'avez pas perdu de votre imagination ! Vous semblez avoir encore perfectionné votre talent de conteuse et de faiseuse d'histoires. »

La femme nommée Shikibu ne sut que répondre, intimidée par tant de compliments.

On l'appelait Tô no Shikibu, mais elle était surnommée Murasaki Shikibu. Son père, Fujiwara no Tametoki, était poète et féru de littérature chinoise. En dépit de son savoir, il n'avait pu accéder à un grade élevé et il avait été nommé à Echizen comme Gouverneur de province.

« Echizen ne vous plaît plus, Shikibu ? lui demanda Chûjô tout en marchant.

— Dans cette région, la neige n'arrête pas de tomber, jour après jour.

— Par cette chaleur, il neige !

— En hiver ! répondit-elle comme vexée par la réflexion moqueuse de son compagnon.

— Votre père doit être très fâché contre vous.

— Mon père s'est résigné....

— Je comprends. Vous voulez donc à ce point servir au Palais ?

— A la Cour, on peut assister à de magnifiques cérémonies annuelles et entendre toutes sortes d'histoires.

— Il n'y a pas que cela !

— Que dites-vous ?

— Si, malgré l'opposition de votre père, vous tenez tant à servir à la Cour, c'est pour rencontrer Genji, le Prince Radieux ! Je me trompe ?

— Oh, vous vous moquez encore... »

D'un air malicieux, Chûjô regarda Shikibu et avança d'un pas rapide.

« Dites donc, Shikibu, vous fréquentiez Genji dans votre enfance... il connaît vos sentiments à son égard, fit-il remarquer en riant.

— Vraiment, vous êtes méchant », reprocha Shikibu en se cachant le visage, rouge de confusion.

A la grande joie de Chûjô qui rit à nouveau. Il cumulait les fonctions de « Général en Second de la Garde du Corps » et de « Chef à la Chancellerie Privée ». Il était appelé officiellement Tô no Chûjô, le « Chef Général en Second », mais la Garde n'était qu'une troupe de parade et les officiers n'avaient pas d'activité militaire. Fils du Ministre de Gauche, il avait pour sœur cadette la Princesse Mauve, l'épouse de Genji. Il était donc le beau-frère de celui-ci et son aîné. Les deux hommes entretenaient des relations d'amitié intime, dénuées de cette rivalité fréquente entre frères.

D'une grande ouverture d'esprit, il ne s'attachait pas aux détails à son avis sans importance, se montrait insouciant et généreux et vivait à sa guise, l'esprit libre.

Mais il se montrait aussi extrêmement cultivé et il excellait dans les arts de la poésie, la musique et la danse. A la Cour, c'était un jeune noble admiré, du même niveau que Genji.

« Où donc traînais-tu ? A un moment aussi crucial ! » lui reprocha durement le Ministre de Gauche, son père, manifestement éméché.

Vêtu d'un vêtement de dessus en brocart à larges manches sur un pantalon bouffant, la tenue ordinaire des nobles de cour, Chûjô subissait d'un air confus les remontrances et les lamentations de son père appuyé contre la balustrade du Pavillon de la Pêche.

Les deux hommes se trouvaient dans le palais paternel et la nuit était déjà tombée. C'était une résidence imposante construite dans le style *shinden-zukuri* avec, en son milieu, le Pavillon Central d'habitation relié par des galeries ouvertes édifiées sur pilotis aux ailes occidentale et orientale, prolongées chacune perpendiculairement vers le sud par des passages couverts et surélevés aboutissant à deux petits pavillons, à l'est et à l'ouest, les Pavillons de la Pêche. Ces derniers s'ouvraient sur le jardin comprenant un étang, une île et des ponts. L'ensemble formait la lettre U.

Le soir, les aristocrates prenaient souvent le frais et se délassaient en famille en buvant du saké dans le Pavillon de la Pêche. Le Ministre de Gauche avait tendance à boire beaucoup de vin de riz et dans ces cas-là refaisait surface son sentiment de frustration qu'il réussissait à dissimuler en temps ordinaire. Il avait les joues en feu et le regard embrumé par les vapeurs de l'alcool.

« Ce Ministre de Droite s'apprête à me jouer un sale tour. Le Rapport pour Décision et tout le reste, il les a faits en douce, sans prévenir... Et en plus, personne ne proteste ! Moi... eh bien... » marmonna-t-il en reprenant une coupe de saké.

Chûjô regardait distraitement l'eau de l'étang. Son allure de jeune aristocrate n'avait rien à voir avec celle de l'homme en tenue de voyage usagée posté sur le col précédant l'arrivée dans la Capitale.

« Tu m'écoutes, Chûjô ! »

Mais il resta muet.

« Eh bien, imagine que j'ai été insulté en présence de Sa Majesté. Tu peux comprendre ce que je ressens ! Et pendant que ta famille est sur son déclin, tu batifoles par monts et par vaux, selon ton bon plaisir !

— Père, je vous en prie, calmez-vous.

— C'est bien le moment de me calmer ! » s'écria le père excédé, en reprenant du saké.

Chûjô comprenait très bien l'inquiétude et le dépit de son père. Lui-même ne supportait pas les manières du Ministre de Droite qui outrepassait ses pouvoirs. Mais jusqu'à maintenant, la résignation avait dominé en lui. Il avait le sentiment que l'on ne pouvait rien faire contre le cours des événements. Pour lui, c'était la fatalité du moment.

« Et pendant ce temps, Monsieur disparaît, n'en faisant qu'à sa tête et sans donner sa destination. A quoi donc sert ton mariage avec la fille de l'Epouse Impériale Kokiden ? Si tu t'étais occupé sérieusement d'elle, la situation n'aurait pas dégénéré à ce point !

— Père, cela ne sert à rien de s'énerver.

— Alors, qu'est-ce que je dois faire à ton avis ? Vraiment, tous autant qu'ils sont... » Mais le Ministre de Gauche ne put terminer sa phrase. Ecrasé par la fatigue et l'alcool, il s'était écroulé de sommeil et ronflait déjà, le corps étendu sur le sol.

Chûjô se demanda si c'étaient les soucis endurés quotidiennement par son père qui le mettaient dans cet état. Il ne l'avait pas vu depuis un an et le trouvait terriblement déprimé. Il se rendait compte que son père, avec la nature naïve qui le caractérisait, s'était toujours montré complaisant. Il s'était fait manipuler par le Ministre de Droite. Cela avait été un jeu d'enfant de le manœuvrer.

Le Ministre de Gauche se mit à ronfler bruyamment. En tant que personnage occupant le grade supérieur au Ministère des Affaires Suprêmes, il donnait une image de lui déshonorante et pitoyable.

Soudain, Chûjô eut honte de sa conduite. Il avait pour épouse principale la fille de Dame Kokiden. C'était bien évidemment un mariage « politique » destiné à servir les intérêts du Ministre de Gauche. Mais Chûjô ne s'occupait pas du tout d'elle et ne lui rendait jamais visite, plutôt porté, comme Genji, sur « la bagatelle » avec d'autres femmes. Si, comme le disait son père, il avait fréquenté régulièrement la fille de Kokiden, celui-ci n'aurait sans doute pas eu besoin de le convoquer. Chûjô recouvrit de sa veste le pauvre homme qui dormait profondément à ses pieds.

Au-dessus de l'étang, des lucioles bondissaient. Les lueurs des flammes de bougies du Pavillon Central qui se reflétaient sur l'eau se mêlaient harmonieusement à celles des lucioles et créaient un spectacle presque féerique.

« Pendant que ta famille est sur son déclin, tu batifoles par monts et par vaux, selon ton bon plaisir... » Ces paroles résonnaient dans l'esprit de Chûjô. La danse désordonnée des petites lumières sur l'étang lui parut soudain quelque chose d'aussi éphémère qu'un vol rapide de libellules. Il comprit que la situation était plus grave qu'il ne l'avait imaginé.

Chûjô avala d'un trait une coupe de saké. Cet alcool fort lui brûla la gorge et sa douleur lui rappela la souffrance de son père. Alors, il se leva lentement et tapa dans ses mains. Du pavillon occupé par les femmes au service de la maison arrivèrent des suivantes. Chûjô leur demanda de s'occuper de leur maître allongé par terre et il partit vers le Pavillon Central en empruntant le passage couvert de la Porte du Milieu, absorbé dans ses pensées.

Il songeait que prospérité ou ruine sont les vicissitudes de l'existence en ce bas monde. Si la maison du Ministre de Gauche devait connaître la déchéance, c'était la loi de la nature, qui dépassait le domaine des hommes. Convaincu de l'impermanence des choses, il ne comprenait pas le désir du pouvoir et de la gloire, amenés à disparaître un jour. Pour lui, tout était éphémère et instable, rien n'était acquis une fois pour toutes. Mais alors émergea dans son esprit l'image de son père abattu et amaigri qui vint ébranler la conviction de Chûjô. Quelque part au fond de son cœur, il méprisa sa manière de penser un peu frivole et insouciante.

A ce moment-là, du Pavillon de la Pêche opposé, lui parvint le son d'une cithare à treize cordes. Il regarda dans cette direction mais ses yeux furent arrêtés par les stores en bambou, l'intérieur de la petite construction était invisible. Il s'agissait probablement de sa sœur, la Princesse Mauve, qui jouait de la cithare. Il entendit quelques fausses notes. Chûjô comprit que la cause des soucis de son père se trouvait là également.

En passant par le Pavillon Central, il se rendit au Pavillon de la Pêche de l'aile opposée. C'était bien sa sœur qui jouait de cet instrument à cordes, à l'abri des regards derrière les stores baissés. Elle était seule et jouait avec recueillement, une expression grave sur le visage. Sa longue chevelure noire déployée librement dans le dos descendait jusqu'au sol et elle portait un vêtement de cérémonie. Les nombreuses robes superposées permettaient, aux cols et aux poignets, un dégradé de teintes subtiles harmonisées aux couleurs de la saison. Le kimono le plus proche du corps lui dissimulait presque les mains. Une large jupe-culotte écarlate recouvrait l'ensemble et elle portait une mante en brocart et une traîne de fine soie blanche. Eclairée par la flamme tremblotante des lampes, elle avait une fraîcheur, une innocence et une beauté à couper le souffle.

La Princesse continuait de jouer, elle ne s'était pas aperçue de la présence de Chûjô. En tant que fille de haut dignitaire, elle avait acquis dès l'enfance la maîtrise de la cithare et des poèmes *waka* de trente et une syllabes, mais ce soir, elle jouait maladroitement. Le son de son instrument était disharmonieux.

« L'esprit troublé, on ne peut jouer correctement. »

Surprise, elle s'arrêta de jouer et se retourna. Devant le store se tenait Chûjô, un doux sourire aux lèvres.

« Frère ! quand donc êtes-vous revenu ? »

La joie se lisait sur le visage de la jeune femme. Son frèrc était la seule personne au monde à qui elle osait confier ses états d'âme.

« Depuis peu. Je viens de me faire sévèrement réprimander par Père.

— C'est que vous agissez toujours à votre guise...

— Oh, même toi, tu me fais des reproches », fit Chûjô en relevant le store pour entrer. Elle ne chercha pas à l'en empêcher.

« C'est encore à cause du Prince Radieux ?

— Cela n'a rien à voir avec lui, déclara-t-elle, le visage subitement sombre.

— Le son de ta cithare dit tout... Alors, c'est toujours pareil avec Genji ? »

La Princesse Mauve jetait des regards furtifs à Chûjô appuyé contre la balustrade. Elle détourna soudain la tête mais il put lire une tristesse indicible sur son beau profil. Fille aînée du Ministre de Gauche, elle était l'épouse principale de Genji. En la mariant avec lui, son père avait parié l'avenir de sa famille sur la réussite sociale du jeune aristocrate qui recueillait les faveurs de l'Empereur, au lieu d'opter pour le Prince Aîné pourtant considéré comme le prochain prétendant au trône. Lors de leur mariage, Genji était âgé de douze ans et elle, de seize années.

Mais elle avait reçu une éducation de princesse élevée comme une vraie fleur en serre, sous la tutelle d'un Ministre de Gauche diligent qui protégeait son joyau. Elle ignorait tout du monde et des choses de la vie, manquait de sensibilité, de finesse même, pour saisir les subtilités de l'amour dans un couple. Elle ne savait s'y prendre avec un époux. En outre, du fait de la primauté de l'âge, elle traitait Genji avec une froideur due à son souci de la hiérarchie et à sa fierté d'aînée.

Du point de vue de Genji, la Princesse Mauve n'était qu'une « princesse de conte de fées », idéale et dénuée de sentiment, trop cérémonieuse, guindée. Il n'épouvait pour elle ni amour ni désir.

« Frère, vous ne pouvez pas comprendre, vous qui vivez en homme affranchi.

— Tu le dis ! Pourtant, je suis plus au courant de la vie et des sentiments que toi, qui es une fille gardée comme un trésor par son père, préservée de tout contact extérieur.

— Ces choses de la vie dont vous parlez, Frère, ne sont en fait que de simples divertissements, répliqua la Princesse Mauve qui vivait dans ce monde aristocratique plongé néanmoins dans les luttes intestines de partis et cible de toutes les rumeurs.

— Oui, c'est vrai, mais ceux qui sont amateurs de divertissement, comme tu dis, et qui savent s'amuser ont une sensibilité aux choses. Ils possèdent le *mono no aware*. Ils saisissent la beauté émouvante des choses simples et éphémères.

« Dis-moi, quelles sont tes relations avec le Prince Radieux ? Il se montre par ici quelquefois ? »

Elle ne répondit mot. Chûjô ne poursuivit pas ce qui ressemblait à un interrogatoire. Bien qu'élevée comme dans un cocon et ignorante du monde, elle devait bien savoir que le sort de sa famille dépendait de ses relations avec Genji. Même s'il n'était pas Prince du sang, il restait fils d'Empereur. Si ses liens avec lui étaient coupés, la chute de leur famille était assurée.

La Princesse se décida enfin à parler, le visage douloureux. « Il change de plus en plus. C'est ce qui m'effraie. »

Elle confia par bribes ses sentiments à son frère. A mesure qu'elle parlait, son ton devenait de plus en plus pathétique. Sa confession inspirait de la pitié à Chûjô qui l'écoutait d'une oreille attentive.

La Princesse Mauvc s'efforçait de gagner l'amour du Prince Radieux. Cependant, chaque fois qu'ils se retrouvaient tous deux dans l'intimité de sa chambre, elle ne pouvait oublier sa qualité d'aînée. Sa fierté reprenait le dessus et rendait leurs rapports frigides incapables de satisfaire Genji.

De plus, comme il avait appris avec l'âge les techniques de l'amour, il réclamait toutes sortes de positions. Pour la Princesse Mauve, l'acte d'amour avec le Prince Radieux correspondait à une cérémonie de caractère sacré. Mais lui, recherchait à chacune de leurs rencontres intimes de nouvelles positions qui mènent au plaisir.

Pour la délicate et innocente princesse, c'était insupportable. Tout en se soumettant à des actes humiliants, elle se demandait s'il fallait appeler cela l'amour dans un couple. N'y avait-il donc pas d'autre moyen pour s'aimer que ces relations bestiales ? se lamentait-elle intérieurement. La pauvre jeune femme, secrètement meurtrie par le comportement de Genji, finissait par le repousser violemment.

C'est ainsi qu'il en était venu à ne plus lui rendre visite. Mais elle savait parfaitement quelle allait être la conséquence de son rejet. Quand un homme ne venait plus dans la chambre d'une femme, cela sufffisait pour entraîner le « divorce ».

« Je crois comprendre ce qu'est un homme. Mais je ne sais pas pourquoi... poursuivit-elle en sanglotant, il ne peut comprendre ce que je ressens. Pourquoi... mais pourquoi... »

Incapable de poursuivre, la jeune femme dissimula ses larmes derrière sa manche et Chûjô devina la force de son amour pour Genji et le chagrin qui la déchirait. Dans ce genre de mariage « politique » arrangé, où seul entrait en jeu l'intérêt des familles intrigantes, la jeune mariée n'avait pas son mot à dire. Elle devait se résigner pour l'avenir des siens. En outre, la Princesse souffrait de ne pouvoir communiquer son amour à Genji.

A la vue des tourments de sa sœur, Chûjô fut envahi d'un amour indestructible. Il se sentit rempli de honte pour s'être livré avec insouciance à son idéal de douceurs sans consistance. Il prit dans ses bras sa sœur éplorée et lui passa la main dans les cheveux, en se traitant intérieurement d'homme stupide.

4

Vêtue d'un vêtement de cour de dame d'honneur, couleur fleur de prunier rouge pâle, Shikibu suivait la maîtresse des Appartements et se rendait au Pavillon de l'Empereur. Flambant neuf, son costume – elle n'en avait pas porté de tel depuis huit ans – lui paraissait terriblement lourd et, contrairement à ses prévisions, elle ressentait une vive émotion.

Elle regardait autour d'elle avec nostalgie. Elle avait appris que plusieurs incendies avaient ravagé certains bâtiments, mais le Pavillon de la Fraîcheur et de la Pureté, le Pavillon Violet et les autres pavillons se dressaient majestueux, comme autrefois. Shikibu ne se sentait plus de joie à l'idée d'être de retour à la Cour et toutes les dames d'honneur qu'elle croisait en chemin resplendissaient.

La maîtresse des Appartements pénétra dans le Pavillon Impérial, puis invita Shikibu à entrer dans la salle principale de Dame Kokiden, où les dames d'honneur de sa suite bavardaient gaiement.

Mais à l'arrivée de Shikibu, elles se groupèrent d'un seul élan autour de l'Epouse Impériale et se tinrent très droites, presque au garde-à-vous. Ce fut un mouvement prompt effectué dans un ordre impeccable. Comme si les suivantes n'étaient pas des êtres humains mais des marionnettes que Dame Kokiden manipulait à son gré.

Shikibu fut surprise et même choquée, mais elle prit bien soin de ne rien laisser paraître. Quelle discipline ! Quelle différence avec la grâce et l'élégance qu'elle avait connues dans le temps ! Ces femmes ressemblaient aux soldats d'une armée.

Au centre, l'Epouse Impériale lançait un regard perçant et inspectait de la tête aux pieds Shikibu qui baissa les yeux instinctivement. Les traits de Dame Kokiden s'était encore durcis au cours de ces années et elle semblait sur le point d'exploser de colère à tout instant.

« Une nouvelle dame d'honneur est arrivée à la Cour et elle vient vous saluer, dit la maîtresse des Appartements en se prosternant respectueusement, imitée aussitôt par Shikibu.

— On m'appelle Tô no Shikibu, Noble Dame, et je viens solliciter votre bienveillance.

— Votre tête me dit quelque chose, fit remarquer Dame Kokiden.

— En effet, Noble Dame, c'est la deuxième fois que je sers à la Cour. La première fois, je servais la Dame du Clos au Prunier en tant que jeune fille du Service Intérieur du Palais.

— Bon, bon. Il est donc inutile de vous donner des détails, vous êtes au courant, pour le harem impérial.

— Je vous prie de bien vouloir m'excuser, Noble Dame, mais cela fait si longtemps... Si vous pouviez avoir l'extrême obligeance de m'indiquer de quoi il s'agit », répondit Shikibu avec une politesse marquée.

Dame Kokiden esquissa un sourire inquiétant, comme si elle pénétrait les pensées de l'autre, et dit :

« Il n'y a pas de nouvelles règles particulières à suivre. Mais désormais, vous devez utiliser la main droite en tout. Comme vous me semblez quelqu'un de sensé, vous devez comprendre. » Elle dévisagea la dame d'honneur qui sourit légèrement.

« J'ai compris, Noble Dame, répondit Shikibu en se prosternant. Je vous remercie de votre conseil attentionné. » Mais son regard n'était pas soumis.

Kokiden usait d'une périphrase pour lui signifier qu'elle devait se ranger du côté du Ministre de Droite. Cette manière de parler par insinuation n'était pas du goût de Shikibu. Elle avait entendu les rumeurs, mais la puissance du Ministre de Droite, déjà forte auparavant, semblait s'être encore intensifiée. Et dans le même temps, il semblait que les harcèlements entre dames au service du Souverain eussent encore augmenté en noirceur.

Shikibu était venue à la Capitale contre la volonté de son père, farouchement opposé à son départ, et son rêve se trouvait confronté à une réalité peu reluisante.

Elle échouait dans un monde dépourvu d'élégance alors qu'elle recherchait à la Cour la « culture ». Elle souhaitait lire des poèmes comme le recueil du *Sotanshu*, être au contact des jeunes nobles et participer aux divertissements avec instruments à vent et à cordes.

Mais la situation était devenue très différente. Dame Kokiden et le Ministre de Droite abusaient de leur autorité à tout propos et les courtisans assuraient la stabilité de leur position en faisant preuve de soumission. Shikibu comprit qu'elle ne pourrait pas vivre dans la vraie culture.

Une fois terminée son audience chez Dame Kokiden et achevées toutes les présentations d'usage, elle se sentit envahie par l'inquiétude et la nostalgie, déçue par l'avenir peu glorieux qui l'attendait à la Cour. Tout ce qu'elle venait de voir lui donnait une impression de fadeur.

Parvenue au promenoir qui longeait le Pavillon Violet, elle entendit des voix crier : « Bra...vo ! » « Bra...vo ! » et vit devant l'édifice un groupe de courtisans autour de joueurs de balle au pied. Ceux-ci tapaient à tour de rôle dans la balle en peau de daim et se la passaient en la soulevant habilement du pied pour éviter de la laisser tomber. Soudain, l'un d'eux manqua la balle qui roula à terre.

L'air réjoui, les nombreux spectateurs poussèrent des cris enthousiastes. Ce spectacle rasséréna Shikibu, heureuse de constater que cela au moins n'avait pas changé. « Finalement, songea-t-elle, il n'y a que les dames d'honneur au service de Dame Kokiden qui ont changé. »

Une suivante qu'elle ne connaissait pas arriva près d'elle et lui souffla discrètement au creux de l'oreille :

« Vous cherchez quelqu'un ?

— Non, pas spécialement, répondit Shikibu.

— Je vois... ce doit être le Prince Radieux. »

Devant le silence de Shikibu, la femme poursuivit :

« Mais vous savez, il vaut mieux ne pas insister, nous ne sommes pas du même rang que lui. Et puis, votre visage... » fit la suivante en la quittant, avec un sourire perfide.

Une aiguille transperça le cœur de Shikibu. Les lèvres serrées, elle se dirigea vers le Pavillon Higyôsha car elle avait été mise au service de la maîtresse des lieux, la Princesse du Clos aux Glycines.

Depuis son arrivée à la Cour, cette Princesse avait perdu sa gaieté et passait tout son temps confinée dans sa chambre. En raison d'une ressemblance frappante avec la défunte Favorite, elle s'était attirée les faveurs de l'Empereur.

Mais, en contrepartie, elle était devenue la cible des épouses et des concubines folles de jalousie.

La haine de Dame Kokiden surpassait celle des autres et l'on disait que, chaque nuit, elle proférait des imprécations pour que sa rivale ne pût donner d'enfant à l'Empereur. Naturellement, les femmes à son service étaient peu rassurées et certaines finissaient par renoncer à servir à la Cour sous un prétexte quelconque.

Les cancans allaient bon train et les « commères » ne se gênaient pas pour laisser courir le bruit que la Princesse du Clos aux Glycines avait une liaison avec le Prince Radieux, dont elle était la belle-mère par alliance. Une histoire inventée de toutes pièces pour calomnier la pauvre femme, car il n'y avait pas de raison pour que cet acte hautement répréhensible se produisît. On voulait seulement calomnier la Dame du Clos aux Glycines, mais il était évident que l'on recherchait la moindre occasion pour la renvoyer du harem impérial.

Pour tenter de distraire la dame, Shikibu inventait toutes sortes d'histoires, ou bien s'amusait avec elle aux concours des coquillages ou des peintures. Il s'agissait d'assembler par paires des coquilles de palourdes ouvertes et séparées, décorées à l'intérieur de motifs de fleurs sur un fond doré, ou des peintures accompagnées de poèmes. Par chance, les deux femmes avaient à peu près le même âge et, mises en confiance, elles ne furent pas longues à devenir comme des amies de longue date.

Leur connivence déplaisait au plus haut point à Dame Kokiden et à son père. Dorénavant traitée comme faisant partie du camp anti-Ministre de Droite, Shikibu attira sur elle une haine virulente. Plus elle cherchait à remplir de son mieux son rôle auprès de sa maîtresse, plus elle faisait l'objet de commérages. Elle découvrait la réalité du Palais avec ces femmes, leur bassesse et leurs intentions malveillantes, qu'elle avait senties dès le début.

Son rêve dc vie merveilleuse s'écroula en un rien de temps. Seule lui restait la consolation de pouvoir penser à Genji. Petite fille, lorsqu'elle était attachée au Service Intérieur du Palais, elle lui avait enseigné les classiques chinois, car son érudition en littérature était connue. Lorsqu'elle rencontra pour la première fois le jeune Prince alors âgé de sept ans, elle en avait dix.

L'aptitude exceptionnelle de Shikibu dans l'étude des classiques chinois faisait regretter à son père qu'elle ne fût pas née homme ! Appréciée pour ses connaissances, on la considérait comme la préceptrice de Genji. Lui-même était remarquablement doué et il assimilait sans difficulté le savoir que lui transmettait Shikibu. En outre, elle lui parlait du monde des adultes qu'elle avait appris à connaître par elle-même, malgré son jeune âge. Elle racontait avec aplomb l'amour et ses ruses en témoignant d'une maturité d'adulte.

Genji l'écoutait avec plaisir et son jeune professeur ressentait une joie sans égale à parler avec lui. Puis son cœur se mit à souffrir à la vue du sourire charmeur du jeune Prince. C'était son premier amour.

Mais à quatorze ans, elle fut séparée de lui : elle devait suivre son père dans la province d'Echizen où il était nommé Gouverneur. Echizen était une région froide du Nord, qui donnait sur la mer du Japon, où la neige tombait sans cesse. Les jours loin de Genji s'écoulaient, sans espoir et sans plaisir, et elle regardait ces quatre années passées en sa compagnie comme une période de bonheur intense, comme si elle les avait rêvées.

A Echizen, une province pourtant éloignée de la Capitale, lui parvenaient les rumeurs concernant Genji. On le disait doué pour les arts martiaux et les lettres. Il était devenu un jeune homme séduisant, d'une beauté fascinante qui captivait tous ceux qui l'approchaient. A l'idée que son talent littéraire était en partie dû à son enseignement, elle se sentait extrêmement fière.

Elle savait que son amour était sans espoir en raison de leur naissance, de leur rang respectif, de sa beauté, de son caractère. Tout les séparait. Mais elle ne pouvait s'empêcher de penser à lui. Séparée également de lui par la distance, elle devait l'observer de loin dans sa province d'Echizen et rêvait de se trouver près de Genji, le Prince Radieux.

Son désir de se rendre à la Cour pour le voir était devenu si violent qu'un jour, incapable de réprimer ses sentiments, elle était partie à la Capitale. Désormais au service de la Princesse du Clos aux Glycines, elle attendait de rencontrer Genji. Son magnifique rêve évanoui, il ne lui restait plus que cette pensée qui ne la quittait jamais.

5

Le soleil couchant empourprait sa peau nue douce et soyeuse. Allongée sur le corps de Genji également dévêtu, la Dame de la Chambre remuait en silence, avec des mouvements infaillibles pour la recherche de la volupté. Ils se trouvaient dans une pièce de la résidence de la Sixième Avenue.

Les cheveux épars, la dame transpirait et sa sueur collait à la peau moite de Genji. Le corps vibrant, ses mouvements s'accéléraient. Elle se retenait de toutes ses forces pour ne pas crier mais lorsque le plaisir jaillit de son corps de femme sensuelle, son cri déferla. Ivre de bonheur, la Dame de la Chambre atteignit la jouissance avec indécence, en poussant des cris de femelle en rut.

Allongé sous elle, Genji fixait sa maîtresse, comme dégrisé. Les mouvements de la femme déclenchaient des ondes de plaisir qui parcouraient son corps, mais ce n'était pas celui des sens.

Le visage caressé par les seins lourds qui ballottaient devant ses yeux, Genji observait d'un air froid sa maîtresse dont la figure passait de la douleur à l'enchantement. Leurs corps accouplés ne faisaient plus qu'un mais, contrairement à elle, Genji ne se sentait pas dans un état d'exaltation.

La Dame de la Chambre était la veuve de feu le Prince Héritier, mort de mort naturelle. Elle vivait désormais loin de la Cour, retirée dans la modeste résidence de la Sixième Avenue. Si son mari était resté en vie, elle serait devenue Impératrice, le grade le plus élevé de la hiérarchie.

Parmi les maîtresses de Genji, elle était celle qui avait le plus haut rang. Possédant charme et beauté, elle avait reçu une éducation parfaite, réservée aux dames d'insigne naissance. Bien que son époux fût décédé, les jeunes nobles continuaient de fréquenter son salon littéraire où se réunissaient des femmes d'esprit et où l'on participait à des divertissements de musique et de poésie. De huit ans l'aînée de Genji, elle était une femme distinguée qui dissimulait une simplicité et une fraîcheur de jeune fille ainsi qu'une séduction de femme mûre aux rondeurs appétissantes.

Attiré par le charme de sa féminité accomplie et dépourvue de défauts, Genji lui avait envoyé des poèmes, auxquels elle ne répondait jamais. Son indifférence avait éveillé en lui le désir de conquête. Lors de ses fréquentes visites, il récitait des poèmes remplis de jeune passion et le cœur de la dame s'était mis à vibrer. Ce jeu de la séduction procurait une joie et un plaisir que Genji éprouvait pour la première fois.

Cette dame orgueilleuse, révérée par tous en raison de son rang et de son statut de veuve du Prince Héritier, répondit par des poèmes qui laissaient deviner des sentiments de plus en plus enflammés pour Genji, heureux de la séduire.

Cependant, une fois conquise, elle perdit tout intérêt pour lui. Car, lors de leurs amours dans sa chambre, il avait découvert la face cachée de la dame. Sa grâce et sa fraîcheur qu'appréciaient tant les jeunes nobles et les suivantes dans son salon disparaissaient alors totalement. Avide de plaisirs sensuels, elle devenait semblable à une bête femelle. Elle prenait des positions obscènes et bizarres inconnues de Genji. Bien qu'il fût conscient que c'était par amour et pour lui donner du plaisir, le jeune Genji ne pouvait s'empêcher de se sentir gêné.

« Quel contraste avec mon épouse, la Princesse Mauve, se disait-il. Comme la forme de leur amour est différente ! » Le mystère de la femme lui était exposé crûment, avec impudeur.

La Dame de la Chambre enfonçait comme une folle ses ongles dans la poitrine de Genji. Soudain sans force, elle se laissa tomber sur lui. De son corps coulaient des gouttes de sueur. Elle avait le souffle chaud et la respiration agitée. Genji voulut redresser le corps brûlant de sa maîtresse.

« Non, Monseigneur, vous n'avez pas encore conclu... »

Allongée sur son amant, elle lui fit un sourire de séductrice et lui lécha la poitrine avant de descendre lentement vers le bas de son ventre. Celui-ci ne trouva pas la force de résister. La Dame de la Chambre remuait habilement sa langue, ses mains expertes excitaient son membre à l'aide de subtils massages.

Mais Genji restait détaché. En dépit des efforts de sa maîtresse, il ne parvenait pas à la jouissance et, aux mouvements de la dame, il devinait facilement son exaspération. Genji laissa flotter ses pensées et son regard fut soudain attiré par une délicate Belle du-Soir qui apparaissait par un interstice de la porte. La fleur éphémère qui s'épanouit le soir au soleil couchant et ne montre sa beauté qu'un instant. Genji la trouva « vraiment » belle.

« Allons-y ! fit Genji à son fidèle compagnon qui s'amusait à la balle avec une jeune demoiselle du Service Intérieur, devant la porte de la résidence de la Dame de la Chambre.

— Comment ! vous avez déjà terminé ?

— Je ne pense pas que je reviendrai un jour dans cette maison, répondit Genji comme en colère avant de monter dans le char à bœuf.

— Vraiment, Monseigneur, vous êtes bien volage, si vous me permettez ! »

N'obtenant pas de réponse de la part de Genji qui, en temps normal, aurait répliqué par une plaisanterie facile,

Koremitsu comprit que son maître n'était pas dans son état habituel. Honteux de ne pouvoir lire dans ses pensées, Koremitsu pressa le bœuf et la voiture s'éloigna de la résidence de la dame.

Dans le véhicule, Genji se sentit soudain terriblement déprimé. Quand il avait émis sa semence dans la bouche de sa maîtresse, il avait été submergé par l'abattement. Ce sentiment restait collé à lui comme une tache indélébile. Et de plus, la dame l'avait avalée ! Pour le jeune Genji, l'acte d'avaler son sperme lui paraissait être celui d'un démon qui avait aspiré son énergie sexuelle et même son âme.

Genji se consumait. Il ne voulait plus rencontrer cette femme. Les questions se bousculaient dans son esprit : « Qu'ai-je donc fait jusqu'à maintenant, qu'est-ce que je cherche sans cesse ? Lorsque je m'amuse avec des femmes, je suis toujours tourmenté par ce genre de réflexions : qu'est-ce que je fais, pourquoi, dans quel but, à la recherche de quoi ? » Malgré ses nombreuses maîtresses, il ne se sentait jamais satisfait. Ses pensées revenaient toujours vers *une* femme...

Il s'agissait de sa belle-mère par alliance, l'Epouse Impériale, la Princesse du Clos aux Glycines. Pour lui, la femme idéale et qu'il avait toujours adorée comme sa mère, depuis sa plus tendre enfance. Il ne pouvait aller au-delà de cette relation, car c'eût été une conduite effroyable digne du châtiment divin. Mais plus il fréquentait d'autres femmes, plus il sentait que son attachement pour la Princesse, sa belle-mère, devenait profond. Et ce sentiment qu'éprouvait Genji devenu un jeune homme était sans doute celui de l'amour d'un homme pour une femme. Cette dame inaccessible enflammait son cœur.

Quand il pensait à elle, son cœur se fendait de chagrin. L'esprit une fois de plus obsédé par la dame, lui revint en mémoire un événement qui s'était produit dans son enfance. Un événement délicieux qui, dans le même temps, était à l'origine de son tourment.

Il avait dix ans.

Jusqu'à ce que fût célébrée sa majorité à l'âge de douze ans, Genji pouvait entrer et sortir librement à l'intérieur des stores de la Princesse du Clos aux Glycines. Enfant, il la chérissait comme sa mère et il aimait s'asseoir sur ses genoux et se faire dorloter. Une fois, il s'amusa à lui caresser les seins, dans la simple intention de lui faire des câlineries. Mais la dame troublée et en grand désarroi avait eu une étrange réaction. « Il ne faut pas ! » avait-elle soudain crié en repoussant violemment l'enfant profondément choqué.

S'ils avaient entretenu les relations normales d'une mère avec son enfant, elle aurait empêché son geste, sans toutefois éprouver une telle gêne. Son sursaut de protestation avait donné l'impression à Genji qu'elle ne le considérait plus comme un enfant mais comme un homme. De plus, il se souvenait distinctement que la pointe des seins de la dame outrée s'était aussitôt durcie au contact de sa main. C'était la preuve évidente qu'elle voyait en lui un homme !

Enfant, Genji n'avait pu vraiment saisir le sens de cette réaction. Mais depuis ce jour-là, il l'avait regardée comme une femme et non plus comme une mère. Et son sentiment s'était bientôt transformé en amour, un amour interdit...

Le tourment de Genji avait commencé à cet instant précis. Il comprit que, jusqu'à présent, il avait recherché la femme qui remplacerait la Princesse du Clos aux Glycines. Mais il se rendit compte que c'était irréalisable. Aucune personne sur terre ne pourrait prendre sa place... Cette constatation désespéra davantage encore Genji.

Le char avançait tiré par le bœuf, secoué par les trous et les bosses de la route, et il roulait sans cesse dans des flaques d'eau. Sans doute passait-il dans des quartiers populaires habités par le petit peuple.

Soudain, Genji ouvrit le petit rideau. Le soleil couchant embrasait les alentours où s'entassaient des petites maisons basses. Au-dessus des toits recouverts de pierres s'élevait la fumée des repas. Pour Genji, habitué à ne voir que les palais de la Cour et des Ministres, c'était un spectacle intéressant. Avec les pleurs des enfants à l'intérieur, les bruits de la préparation du repas du soir, l'aspect des maisons aux murs d'argile et aux étroites fenêtres, Genji pouvait s'imaginer la vie de ces habitants bruyants et sales. Il observait avec un vif intérêt.

Devant certains de ces humbles logis étaient écloses des belles-du-soir blanches. Quelle vision féerique, ces fleurs dans la lumière rouge du soleil couchant. Elles rappelèrent à Genji la délicate belle-du-soir aperçue dans la résidence de la Dame de la Chambre. Tout à sa contemplation, il vit soudain, par les fentes d'une palissade en écorce de cyprès qui clôturait une maison, un somptueux char recouvert d'une natte, sans doute pour le dissimuler. Un véhicule luxueux qui détonnait dans un tel décor. Ce contraste sauta immédiatement aux yeux de Genji.

« Arrête-toi ! lança Genji à Koremitsu qui s'empressa de stopper le véhicule.

— Sais-tu qui habite dans la maison de ces belles-du-soir ?

— Je n'en ai aucune idée. Vous savez, ce genre de maison misérable...

— Allons voir ce char.

— Comment ? » s'écria Koremitsu. Mais après avoir

jeté un coup d'œil sur le char près de la palissade, il concéda :

« C'est curieux, en effet.

— Tu ne pourrais pas aller demander ?

— Pour vous, Monseigneur, je ferais n'importe quoi. Un ordre de vous et je m'exécute aussitôt. »

Sur ces habituelles flatteries, Koremitsu entra par la porte en lattis.

La lumière du soleil déclinait peu à peu et l'obscurité se rapprochait discrètement. En même temps, les belles-du-soir si merveilleusement écloses se fanaient. Comme si l'obscurité de la nuit prenait la vie des fleurs éphémères.

Koremitsu ressortit peu après. Dans la main, il tenait un éventail blanc et une belle-du-soir encore ouverte.

« Quelle perspicacité, Monseigneur, une dame de la noblesse, de haute naissance, vit dans cette maison.

— Tu connais son nom ?

— Je n'ai pas osé le demander, mais il paraît qu'elle est venue se cacher là pour échapper aux foudres d'une certaine personne à la Cour.

— La colère d'une certaine personne ?

— Probablement qu'il...

— S'agit de l'Epouse Impériale Kokiden ?

— Elle seule est capable de se montrer aussi terrible », acquiesça Koremitsu qui donna l'éventail à Genji et poussa le bœuf pour faire avancer le char.

A l'intérieur du véhicule secoué, Genji essayait de se rappeler qui avait bien pu s'attirer la colère de Dame Kokiden. Et soudain, il se souvint.

C'était il y avait environ un an, pendant la saison des longues pluies continuelles, dans les quartiers de nuit où logeaient par roulement au Palais Impérial les membres de la noblesse. La Cour était retenue pour observer les abstinences. Désœuvré, Genji passait le temps à discuter des femmes en buvant du saké, en compagnie de Chûjô, le Général en Second de la Garde du Corps de Gauche, du Directeur de l'Office des Chevaux de Gauche et du Directeur Adjoint aux Rites.

Comme ils étaient entre hommes, ils se mirent à raconter leurs aventures féminines et celles qui les avaient marqués d'une manière ou d'une autre. Ils riaient gaiement en racontant leurs expériences : celle-là qui mordait au doigt, celle-ci qui aimait les gousses d'ail ou cette autre qui puait de la bouche. Mais Chûjô, quant à lui, raconta sur un ton mélancolique l'histoire suivante :

« C'était une jeune personne douce et innocente. Elle ne se montrait jamais jalouse ni rancunière et elle me convenait merveilleusement pour oublier la vie oppressante et étriquée de la Cour. J'étais donc toujours avec elle mais la mère de mon épouse était furieuse. Folle de jalousie, elle lui avait envoyé à maintes reprises des lettres pleines de fiel, et ma maîtresse a disparu un jour sans laisser de traces et sans me dire où elle allait... Je ne sais où ni comment elle vit. Je ne peux m'empêcher de penser régulièrement à elle et d'être préoccupé par son sort.

— C'est normal, Seigneur Général en Second de la Garde du Corps, intervint le Directeur de l'Office des Chevaux de Gauche, vous avez épousé la fille de Dame Kokiden. Ça devait arriver.

— Ce n'est pas cela, c'est une manœuvre de mon père qui a tout fait pour qu'elle parte. Mais Dame Kokiden, c'est Dame Kokiden, et elle s'est conduite comme à son habitude, ce qui n'a rien arrangé. »

Plein d'amertume, Chûjô but à grands traits du saké. Dans ses yeux brillait une lueur.

Genji se souvenait encore distinctement du visage de son beau-frère à cet instant. Il avait pour épouse la fille de Kokiden mais il ne se rendait plus jamais chez elle, fou amoureux de l'autre femme. Un comportement que la haineuse et jalouse Kokiden ne pouvait pardonner. Elle envoyait sans cesse des lettres où perçaient des menaces qui semblaient dire en permanence : « Si tu continues tes coucheries avec Chûjô, je vais te jeter un sort pour que tu meures. » Ainsi rejetée par Kokiden, qui détenait un pouvoir immense sur les femmes du Palais Impérial, la pauvre fut contrainte de partir et de se cacher. Mais ce fut pour elle un déchirement.

Ballotté dans son char, Genji comprit soudain que celle qui demeurait dans ce misérable logis devait être la maîtresse de Chûjô. Il examina l'éventail qu'elle lui avait fait parvenir, sur lequel était écrit un poème, tracé avec élégance et grâce.

Ai-je deviné
car j'ai cru la reconnaître
sous la blanche rosée
qui en avivait l'éclat
fleur de la belle-du-soir[1]

Elle avait usé de métaphores et de moyens détournés pour lui signifier : « Ne serait-ce pas vous, Monseigneur Genji, le Prince Radieux ? Moi, une insignifiante belle-du-soir, j'ai grâce à vous l'impression de briller. »

A la lecture de ce poème, Genji esquissa un sourire. Il était clair qu'elle cherchait à le séduire, et bien qu'elle fût la maîtresse de Chûjô, elle voulait attirer son attention. Pris d'intérêt, il prononça son nom, blotti dans sa voiture, puis ferma l'éventail. Il sentit le désir monter en lui.

---

1. Traduction de René Sieffert, *Le Dit du Genji*, éditions POF.

6

A son retour ce soir-là dans sa résidence de la Deuxième Avenue, une nouvelle inattendue attendait Genji : la Princesse Mauve était venue lui rendre visite en son palais et elle attendait dans la chambre à coucher de son époux. Il va sans dire que celui-ci était extrêmement surpris.

Dans l'aristocratie, le mari et la femme n'habitaient pas sous le même toit. L'épouse restait en général dans la maison paternelle et son mari venait lui rendre visite. L'éducation des enfants se faisait donc dans la maison natale de l'épouse et le mari apportait seulement un soutien financier.

Il était naturel qu'un homme fût polygame et quand celui-ci visitait plus souvent l'une ou l'autre de ses épouses ou concubines, des disputes entre femmes éclataient. Néanmoins, il était quasiment impensable qu'une épouse vînt d'elle-même dans la chambre du mari.

A l'époque, l'épouse principale de Genji était la très fière Princesse Mauve. Rien de plus normal donc que Genji fût surpris de sa venue. Il descendit de son char et pressa le pas en direction de sa chambre à coucher. Mais en traversant sa résidence, il n'aperçut aucun des serviteurs ni aucune des suivantes de la dame. Emoustillé à l'idée qu'elle s'était glissée seule chez lui, Genji se sentit impatient de la voir.

Dans la chambre se tenait assise, le dos bien droit, la Princesse maquillée et joliment apprêtée, vêtue d'une longue jupe ample et d'un léger kimono blanc de dessous. Elle semblait en tenue de nuit. A l'arrivée de Genji derrière les stores, elle tourna automatiquement la tête. Malgré un imperceptible tremblement, son profil montrait une ferme détermination.

« Madame... fit Genji en entrant après avoir relevé le store, que se passe-t-il ?

— Je vous en prie... » commença-t-elle sans terminer sa phrase. Puis elle articula :

« Je vous en prie, Monseigneur... veuillez de moi. » Puis elle s'arrêta net, toujours de profil.

Sur le moment, Genji fut incapable de prononcer un mot. Laissant de côté sa honte, cette fière Princesse venait mendier son amour. Elle semblait ne plus avoir toute sa raison.

« Etes-vous vraiment décidée ? » insista-t-il.

La Princesse Mauve ne répondit pas et serra les lèvres. Genji comprit alors qu'elle ne plaisantait pas et qu'elle avait la ferme intention de s'allonger près de lui sur sa couche. Alors, il commença à enlever lentement ses vêtements. Elle gardait les yeux fermés et trembla de tout son corps au bruit du froissement d'étoffes.

« La lumière... je vous en prie, veuillez éteindre la lumière », chuchota-t-elle d'une voix presque inaudible.

Genji éteignit la mèche. Dans l'obscurité, il ôta son bonnet plat de gaze noire et sa veste ample. Le puissant parfum qui imprégnait ses vêtements emplissait la pièce. Le torse dénudé, Genji posa la main sur l'épaule de la Princesse Mauve. Il sentit trembler son corps dur comme de la pierre. Genji donna une petite pression, la rigidité disparut sur-le-champ et elle se laissa faire.

Genji l'aida à s'allonger dans le noir et dénoua avec des gestes lents la ceinture de sa jupe. On entendit le bruit de la soie qui tombe. Puis il desserra le nœud du fin kimono de dessous, ouvrit en silence le sous-vêtement et posa ses lèvres sur sa nuque. Aussitôt, le corps de la Princesse se raidit. Mais elle ne chercha pas à résister, totalement différente de la femme qu'il connaissait. Il eut envie d'elle. Car si la nouvelle se répandait que cette épouse s'était imposée dans la chambre de son mari, elle deviendrait la risée de tous. La Princesse Mauve avait osé prendre ce risque et, pour la première fois, elle voulait accompagner Genji dans l'acte d'amour.

Il comprit la farouche détermination de la jeune femme pour obtenir son amour. En ouvrant son sous-vêtement, il frôla sa poitrine bien ronde. Ce contact réveilla son instinct de mâle. Et le tremblement de jeune fille ingénue, comme l'odeur du parfum dont elle avait imprégné en abondance ses vêtements pour cette soirée, l'excita plus encore. Il lui caressa les seins puis s'étendit sur elle. Elle avait un corps agréable et chaud. Excité par la nouveauté, il la pénétra lentement. C'était exquis et doux comme du miel.

La Princesse Mauve le laissait agir sans faire le moindre mouvement, la bouche à peine entrouverte. Genji se demandait si depuis leurs six ans de mariage, il avait déjà ressenti un tel amour. Soudain, il eut l'impression d'avoir effleuré du doigt ce qu'il cherchait. Il la prenait doucement et la sentait soupirer d'aise à chacun de ses mouvements dans le liquide onctueux. Genji s'enflamma, il l'enlaça fermement comme s'il voulait se fondre en elle corps et âme, et il sentit le miel couler de son corps d'homme comblé.

Alors, la main de la Princesse Mauve arrêta le mouvement de Genji. Il devina qu'elle le regardait fixement. Interloqué, il voulait rester dans ce monde de douceur mais elle le retint avec vigueur. Elle se refusait avec une violence qu'il ne lui avait jamais connue.

« Où êtes-vous allé aujourd'hui ? demanda-t-elle d'une voix indignée.

— Que dites-vous ?

— A qui appartient ce parfum qui imprègne votre corps ?

— Que racontez-vous là ? » répliqua Genji pressé de retrouver sa douceur. Mais elle se refusa violemment.

« A qui ? » fit-elle d'une voix maintenant éplorée.

Elle avait senti, grâce à son odorat très fin, l'odeur de la Dame de la Chambre sur le corps de Genji.

« Je... commença-t-elle en pleurs, j'ai beau être votre épouse principale, je passe après vos maîtresses et je dois... supporter leur odeur. »

Elle se sentait si humiliée qu'elle eut du mal à continuer.

« Je vous aime plus que n'importe qui et je voulais prendre soin de vous... Pourtant, pourquoi... pourquoi me faites-vous tant de mal...? »

Ses larmes ne voulaient plus s'arrêter. Elle qui avait enduré une double humiliation, celle de se rendre chez Genji et celle de sentir l'odeur de la Dame de la Chambre, elle n'en pouvait plus.

Genji fut aussitôt dégrisé. Il se retira du corps de la femme et s'assit, démoralisé. L'amour qu'il avait ressenti pour la Princesse Mauve disparut dans un brouillard.

Soudain, une phrase lui traversa l'esprit : « Une activité sexuelle intense permet à l'homme de rester en bonne santé. » Elle figurait dans le livre de médecine rédigé en 984 par un médecin japonais qui s'appuyait sur les théories de ses confrères chinois concernant l'origine des maladies à l'époque des Sui[1]. Cette formule était bien connue des aristocrates. Et d'autre part, la polygamie d'un homme témoignait de son appartenance à la haute noblesse. Dans ce monde, il était tout à fait normal que le mari couchât la même nuit successivement avec deux femmes. Mais elle ne pouvait supporter cette idée et Genji se sentit découragé. Finalement, la

1. Empire des Sui : 581-617 apr. J.-C.

Princesse Mauve était bel et bien une princesse de conte de fées.

Dans l'obscurité, cette nuit-là sur la rivière Kamo, des milliers de lucioles dansaient comme de gros flocons de neige voltigeant et tournoyant dans le vent. Le cours d'eau coulait paisiblement et la clarté de la pleine lune se reflétait à la surface, éblouissante.

Sur la berge déserte, une flûte traversière diffusait un air mélancolique. Le son était si poignant qu'il donnait envie de pleurer, et même les lucioles devaient comprendre car elles se groupaient, comme attirées par le son de l'instrument.

Le joueur de flûte, c'était le Prince Radieux. L'éclat de la pleine lune, la danse des lucioles, la beauté sublime de Genji, la tristesse de la musique... Cette scène semblait appartenir au monde des rêves.

A ce moment-là, une ombre noire s'approcha derrière le joueur. Un noble, sans aucun doute, vêtu d'une tunique de chasse. Genji n'avait pas remarqué son arrivée et il continuait de jouer.

« Un son aussi triste tire des larmes même aux lucioles. »

Surpris, Genji se retourna et vit Chûjô qui se tenait près de lui, un aimable sourire aux lèvres. Son visage s'éclaira d'un seul coup.

« Chûjô !

— Il y a si longtemps que nous ne nous sommes vus !

— Au moins un an. Où étais-tu parti ?

— Eh bien, dans un lieu que j'aime. Qu'as-tu fait pendant mon absence ? Le son de cette flûte ne me semble pas ordinaire.

— J'ai compris que dans le monde des hommes, c'est la tristesse qui prime... »

A ces mots, Chûjô éclata d'un rire franc.

« Des paroles qui ne te ressemblent guère. La rumeur à ton sujet en province est bien différente !

— Et toi, Chûjô, fit Genji avec un petit sourire forcé, que fais-tu en pareil endroit ?

— Je te cherchais. Je suis allé dans ta résidence de la Deuxième Avenue et l'on m'a dit que tu étais sorti avec ta flûte. J'ai pensé que toi qui es un amateur de poésie, un amoureux de la nature et de tout ce qui est raffiné, je te trouverais probablement ici. »

A la vue du visage de Chûjô souriant et aimable, Genji se sentit délivré d'un poids.

Plein d'entrain, Chûjô chevauchait en compagnie de Genji.

« Où allons-nous ? lui demanda celui-ci.

— Au temple Nijô-tenjin. »

C'était un temple délabré où tous deux aimaient jouer dans leur enfance.

« Pourquoi un endroit pareil ?

— Je voudrais te présenter quelqu'un.

— Qui donc ?

— Shikibu.

— Shikibu ? Elle est de retour dans la Capitale ?

— Oui. Elle souhaiterait te rencontrer. Cela fait bien longtemps que vous ne vous êtes pas vus, n'est-ce pas ?

— Sept ans au moins.

— Shikibu est une adulte maintenant. Elle n'est malheureusement pas d'une grande beauté, c'est le moins que l'on puisse dire ! » dit gaiement Chûjô en poussant au galop son cheval le long de la rivière Kamo.

Au temple Nijô-tenjin, Shikibu se trouvait dans le bureau, seule, occupée à écrire à la lumière d'une chandelle. Les murs de la bâtisse étaient lézardés, les treillis cassés, laissés à l'abandon. C'était un lieu désert où ne passait jamais personne.

Au-dehors retentit un bruit de sabots de cheval. Shikibu s'arrêta d'écrire et regarda par les treillis. Grâce au clair de lune, elle pouvait voir l'intérieur du temple, dans ses moindres recoins. Chûjô semblait de retour. Elle l'aperçut qui attachait à un arbre les rênes de son cheval. Mais... qui était l'autre personne à ses côtés ? Un beau jeune homme, en tunique de chasse pourpre.

« Le Prince Radieux ! » s'écria Shikibu.

Conduit par Chûjô, il s'approchait du bureau. Shikibu le dévorait des yeux. Non seulement il avait encore embelli pendant ces sept années, mais il se dégageait maintenant de lui une force virile. Son apparence était plus masculine que l'image qu'elle s'en était faite à Echizen.

En extase, Shikibu regardait avancer Genji. « Mon Prince... » C'est en ces termes qu'elle l'appelait en son for intérieur. Certaines des qualités de Genji venaient de son enseignement à elle. Son imagination avait amplifié sa part de responsabilité ; par moments, elle pensait être à l'origine de toute l'image de ce merveilleux Genji et l'avoir modelé dans son enfance. En un mot, elle finissait par croire qu'il était sa création. Elle savait que son désir de possession exclusive l'amenait à penser ainsi. Elle se montrait d'une fierté excessive, incapable de se résigner à l'impossibilité de cet amour.

Chûjô donna à Genji un livret en faisant ces commentaires :

« Je ne pensais pas que pendant ma longue absence de la Capitale, le pouvoir du Ministre de Droite avait pris tant d'ampleur. Sur ces feuillets sont notés tous les actes de ce Ministre. On comprend facilement comment il a pu obtenir le pouvoir. A coups de machinations. »

Sous les yeux de Shikibu béate d'admiration devant sa silhouette divine éclairée par la chandelle, Genji feuilletait le livret où elle avait inscrit ces notes jour après jour sur la demande de Chûjô.

Celui-ci, en effet, n'avait soudain plus supporté d'observer sans réagir le despotisme du Ministre de Droite, conscient également qu'il risquait de perdre sa position. Pour enquêter sur le Ministre, il avait pris comme collaboratrice Shikibu, parce qu'il appréciait ses talents épistolaires, mais aussi pour lui venir en aide, car elle était devenue la cible de toutes les calomnies, désormais considérée comme faisant partie du camp rival.

Elle notait tous les illégalités commises par le Ministre de Droite, qu'elle apprenait en écoutant les rumeurs dans le harem et chez les gens affiliés à la maison du Ministre de Gauche. Ainsi, elle ne laissait rien échapper. L'autorité tyrannique du parti de la Droite était insupportable. Mais par crainte des représailles, aucun contestaire ne se manifestait.

Le livret était rédigé de la manière suivante :

– Mépris des avis des hauts dignitaires pendant les délibérations du Conseil et rédaction du Rapport pour Décision à son gré.

– Manipule aisément Sa Majesté et émet les édits et les ordres impériaux.

– Lors des nominations de fonctionnaires, reçoit beaucoup d'argent et de présents.

– Incantations pour opérer des sortilèges afin que la Princesse du Clos aux Glycines ne donne pas naissance à un Prince Impérial.

Etaient notés avec tous les détails les jours, heures et lieux des actes mentionnés ci-dessus.

« Que comptes-tu en faire ? demanda Genji à la fin de sa lecture, d'un air manifestement indifférent.

— Après avoir rassemblé le plus grand nombre de preuves possibles, j'irai porter plainte au Département de la Justice.

— Et si le Ministre de Droite étend son influence jusqu'à ce Département, que feras-tu ? interrogea Genji qui avait déjà compris que le Ministre avait la main sur les huit Départements.

— Si ma démarche reste vaine, j'irai au Bureau de la Police. En tout cas, si nous n'agissons pas, mon père, le Ministre de Gauche, et toute sa famille finiront par être expulsés de la Cour. Peut-être que l'on ne pourra rien faire. Mais si nous créons un mouvement, je suis sûr que certains y adhéreront. Ils sont si nombreux à la Cour, ceux qui haïssent le Ministre de Droite. Leur nombre est incalculable. Tous se taisent par crainte de perdre leur place. En tout cas, c'est le moment de réagir. Qu'en penses-tu, mon ami ? »

Genji ne sut que répondre. L'action de Chûjô semblait au contraire contribuer à la perte du Ministre de Gauche.

« Genji, tu as pour épouse ma sœur, tu es donc du côté de ma famille. Soutiens-moi. C'est important.

— Shikibu, vous pensez de même ? » demanda Genji en se tournant vers elle. S'agissant de l'intelligente Shikibu, il devait songer qu'il y avait peut-être quelques chances de succès.

« N... non... je... »

Incapable de lui répondre correctement, Shikibu rougissait de confusion.

« Shikibu est une femme intelligente. Pour élaborer un plan, elle sera d'une grande aide, ajouta Chûjô. Une partenaire de premier choix. »

Shikibu devint cramoisie. Genji restait silencieux, le visage inexpressif.

« Genji ! » s'écria Chûjô exaspéré. Son ton montrait combien il était décidé à éviter la chute du Ministre de Gauche.

Genji détourna la tête et son regard fut attiré par une belle-du-soir fanée. Par une fente du mur, s'était introduite dans la pièce la pointe d'une tige. Il se leva brusquement et prit la fleur dans la main.

« La vie de cette fleur éphémère ne dure que le temps de son éclosion, dit-il en prenant soudain la parole. Je peux me souvenir ensuite avec netteté de la beauté de cette fleur éclose. Car la “beauté” vit éternellement dans le cœur de l’homme... Moi, je suis toujours à la recherche de ce genre de beauté. »

Et il posa devant Chûjô la fleur flétrie.

« Toi, Chûjô, ce que tu cherches, c’est ce genre de chose, une fleur fanée. La gloire, le pouvoir, sont comme le rêve que l’on fait une nuit. Quand on les a perdus, il ne reste que la haine et la rancœur. »

Devant le silence des deux autres, il poursuivit :

« Je n’aime pas la lutte. Oublions ce genre de conversation, voulez-vous ? »

Il allait partir quand Chûjô lui dit :

« Genji, que cela te plaise ou non, tu es déjà pris dans ce tourbillon. Tu es impliqué.

— Dans ce cas, fit Genji en s’arrêtant soudain, je me laisse porter par le courant... »

Puis il sortit. Par les fentes de la porte, Chûjô le regarda s’éloigner. Il ne pouvait pas le retenir, car ses paroles correspondaient exactement à sa manière de penser et de vivre auparavant. C’est pourquoi ils étaient devenus des amis inséparables. Mais cette insouciance était en partie la cause, bien que lointaine, du déclin de sa famille.

« Un jour, les étincelles du feu l’atteindront lui aussi. Et il changera sa manière de penser, soupira Chûjô.

— Non, le Prince Radieux ne changera jamais, rétorqua Shikibu.

— Comment pouvez-vous l’affirmer ?

— Il n’est pas d’un caractère indécis.

— Qu’est-ce qui vous fait dire cela ? » faillit lui demander Chûjô, mais il resta silencieux. Shikibu le connaissait à fond depuis son enfance. Elle était si perspicace qu'elle connaissait Genji mieux que lui-même.

Shikibu eut une lueur d'inquiétude dans les yeux mais elle se reprit très vite et poursuivit :

« Le chasseur pathétique d'un amour pathétique et à jamais sans espoir, c'est lui, Genji, celui que l'on surnomme le Prince Radieux. Il poursuit l'image de sa mère défunte. Face à la violence de ce sentiment, le pouvoir et la gloire représentent bien peu de chose. »

Shikibu se tut, l'air grave, et Chûjô ne savait pas pourquoi mais il ne trouva rien à ajouter. Devant lui, il y avait la belle-du-soir déposée par Genji. Fanée et laide, la fleur n'avait plus de couleur, elle était déjà passée. Il eut soudain l'impression que tel était peut-être son destin.

7

Dans la grande avenue de la Capitale plongée dans l'obscurité de la nuit, le vent du nord soufflait. Les nuages sombres recouvraient la ville et prenaient par endroits des formes étranges et inquiétantes, signes de mauvais présage. Les gens effrayés se pressaient sur la route pour rentrer chez eux et tous passaient le plus rapidement possible. Bientôt, il n'y eut plus personne. Le vent devint violent, l'atmosphère moite et désagréable.

Dans la résidence de la Dame de la Chambre de la Sixième Avenue, retentirent soudain des gémissements de douleur. Les suivantes couraient affolées dans les corridors. Dans son lit, la Dame de la Chambre souffrait le martyre. Les jeunes nobles présents et ses dames d'honneur lui conseillaient instamment d'appeler le prêtre exorciste mais, contre toute attente, elle refusait obstinément. De douleur, elle se griffait la poitrine et ses femmes appelèrent le médecin herboriste qui prescrivit un remède efficace. Mais elle ne voulut pas en entendre parler. Les suivantes exaspérées se contentaient de regarder la malade.

« Appelez Somemaru », demanda calmement la Dame de la Chambre derrière les stores en bambou, d'une voix presque inaudible.

Somemaru était un de ses valets. La dame l'avait trouvé nouveau-né et elle avait élevé cet enfant dont elle ignorait l'identité, abandonné près du mur d'enceinte. Si elle ne l'avait recueilli, il serait mort de faim. Par conséquent, le valet lui était dévoué corps et âme. Elle devait l'avoir compris car elle ne se confiait qu'à lui.

Elle le réclamait sans cesse, et lorsqu'il se rendait dans la chambre à coucher de leur maîtresse, les suivantes se retiraient. Dans la pièce où ils n'étaient plus que tous les deux, seulement séparés par le store, la Dame de la Chambre demanda :

« Tu as bien fait parvenir ma lettre, n'est-ce pas ? Elle est arrivée ?

— Vous pouvez en être assurée, Madame, répondit Somemaru en se prosternant.

— Dans ce cas, pourquoi... mais pourquoi le Prince Radieux n'est-il pas venu me rendre visite depuis ?

— C'est que... »

Somemaru ne pouvait pas répondre. Il avait donné la lettre adressée au Prince à un serviteur nommé Koremitsu. Mais à l'expression de celui-ci, il avait compris ce que son maître pensait de la Dame de la Chambre.

Somemaru avait de la peine pour la malade qui souffrait derrière les stores.

« Somemaru, dis-moi...

— Que puis-je faire pour vous, Madame ?

— Cette chose, cette redoutable aiguille qui a transpercé ma poitrine, à ton avis, qu'est-ce que c'est ?

— Ne serait-ce pas le mal d'amour, Madame ?

— Non, c'est différent. J'ai maintes fois été amoureuse. Dans ces cas-là, j'avais la joie au cœur. Cette fois-ci, ce n'est pas du tout pareil. Un mal diabolique qui se cache dans ma poitrine veut sortir, sous la forme d'une aiguille empoisonnée.

— Alors, vous n'êtes pas atteinte d'une vraie maladie ?

— Ne raconte pas d'histoires. Tu avais compris. Ce qui me transperce ne peut se guérir avec des formules d'exorcisme. Mais je veux savoir ce que c'est.

— Je suis vraiment désolé, Madame, mais je ne comprends pas. »

Somemaru ne pensait pas ce qu'il venait de dire. Il lisait dans le cœur de sa maîtresse. Mais il n'osait pas parler. Humiliée par l'indifférence de son amant, le Prince Radieux, elle éprouvait soudain de la haine pour lui. Et comme elle supposait qu'il avait d'autres maîtresses, elle brûlait de jalousie à leur égard. Ces sentiments violents se fondaient en un seul et la faisaient se tordre de douleur.

De haute condition, épouse de l'ex-Prince Héritier, elle avait toujours été vénérée et jamais, au grand jamais, elle n'avait été rejetée ni négligée. Elle ne connaissait pas les sentiments tels que la haine, la jalousie et l'humiliation qui surgissaient alors.

« Elle est d'une nature à avoir des obsessions », pensa Somemaru.

Incapable de montrer ouvertement ses sentiments, elle se livrait à une introspection permanente, se tourmentait et essayait de détecter chez elle les sentiments nuisibles, afin de les supprimer, inquiète à l'idée de ce qu'ils pourraient devenir.

Son état fendait le cœur de son valet qui se prosterna et partit en silence.

Le vent violent agitait les fleurs de belles-du-soir. Les treillis des maisons serrées les unes contre les autres étaient baissés et les feuilles des arbres de la grand-rue tournoyaient dans l'air. Devant la maison de Belle-du-Soir, était arrêté un véhicule aux parois de vannerie qu'utilisait Genji pour se cacher. Assis sur la chaise du char, Koremitsu attendait avec un air d'ennui.

A ce moment-là, il y eut des cris de femmes derrière la palissade en cyprès.

« Que faites-vous ?

— Qui êtes-vous ?

— Quelqu'un ! Quelqu'un ! »

Une dispute venait d'éclater dans la maison. Koremitsu saisit les brancards, prêt à mettre le char en route. Il vit sortir Genji, le visage dissimulé par un tissu violet, qui portait Belle-du-Soir dans les bras. La femme ne montrait pas particulièrement de résistance et elle s'agrippait solidement au cou de Genji.

« Vite ! vite ! »

Koremitsu releva les stores du char. Genji y fit monter sa belle et s'y engouffra vivement avant de baisser le rideau.

« Allez ! »

Koremitsu tapa sur le derrière du bœuf. Comme étonné, l'animal se mit à galoper à vive allure. Surpris, Koremitsu courut derrière lui et sauta sur le marche-pied arrière. Les roues en bois grinçaient et le char disparut dans la nuit, secoué par le vent. Les servantes de Belle-du-Soir sorties juste derrière eux ne savaient plus que faire.

Le plan de Genji avait parfaitement réussi.

Il avait voulu plusieurs fois rendre visite à cette femme sans décliner son identité mais, ses gens étant sur le qui-vive, il s'était vu opposer un refus. Il était normal que la surveillance fût intense car la dame se cachait pour échapper au courroux de Kokiden. Pour Genji, ce n'était guère pratique, mais par égard pour Chûjô, il ne pouvait faire sa cour en dévoilant son nom. C'est pourquoi il avait employé les grands moyens et décidé de l'enlever.

Le char avançait, ballotté en tous sens.

« J'ai compris, depuis le jour où vous avez demandé une belle-du-soir, que vous étiez le Prince Radieux... et que vous viendriez... »

Belle-du-Soir se cramponnait à Genji, effrayée par les secousses de la voiture. Elle avait tout à fait l'allure de cette fleur. Blanche et délicate, elle paraissait fragile comme cette fleur éphémère sur le point d'être cueillie.

« Belle-du-Soir », murmura Genji en l'étreignant doucement. Les lèvres de la jeune femme s'entrouvrirent et sa langue chercha sa bouche. Leurs langues s'unirent comme si elles s'accouplaient.

Genji ressentit l'étonnement de la nouveauté, surpris de trouver chez elle une telle ardeur. Son désir attisé, il suça les lèvres de la jeune femme, écarta le bas de son léger kimono de dessous et glissa sa main. Belle-du-Soir ouvrit légèrement les cuisses. « Elle m'attendait ! »

A cette pensée, le souffle tiède de sa compagne excita davantage encore Genji. Ses doigts touchèrent la fente secrète de la jeune femme. Elle brûlait déjà d'un feu ardent. Elle étreignit Genji et s'abandonna à ses mains.

Le char était violemment secoué. Du bout des doigts, Genji caressait en silence la fente largement ouverte et accueillante. Les secousses du char transmettaient à l'extrémité de ses doigts des mouvements pénétrants. La jeune femme écartait ses jambes de plaisir, le souffle chaud et la respiration haletante. Dans cette beauté délicate et éphémère se dissimulait un comportement de femme violente.

Lorsqu'elle avait compris que celui qui lui faisait la cour était le Prince Radieux, et bien qu'elle fût la maîtresse de Chûjô, elle avait envoyé des poèmes pour le séduire et semblait apprécier son « enlèvement ».

Genji imagina une blanche belle-du-soir éclose dans la lumière rouge du soleil couchant. Pendant une courte durée limitée à la fin du jour, la fleur brûle sa vie en beauté. Elle ressemblait tout à fait à cette femme. Mais, pensa-t-il soudain, après s'être embrasée, la belle-du-soir se fane et devient laide.

Une ombre traversa l'esprit de Genji, qu'il s'empressa de chasser. Il oublia le reste du monde en se livrant à de douces sensations avec sa compagne.

Les alentours étaient enveloppés par un brouillard dense et humide qui collait à la peau. Le char de Genji avait quitté le quartier ouest de la Capitale et se dirigeait vers la Sixième Avenue. C'était un véritable bourbier. Les mauvaises herbes s'enroulaient autour des roues du véhicule et l'eau remplissait les ornières creusées par les roues. Dès la périphérie de la Capitale, il y avait des terrains incultes et humides où s'étendaient des marécages.

Tout en fixant attentivement ce monde opaque, Koremitsu faisait avancer le véhicule. Des arbres morts se dressaient sur le chemin, semblables à des spectres ou à des ogres, et Koremitsu était saisi d'effroi. Un éclair déchira le ciel, suivi immédiatement du grondement du tonnerre qui ébranla le sol. Koremitsu était mort de peur.

« Monseigneur, où va-t-on ? demanda-t-il en craignant la réponse.

— A Rokujô-Kawara-in.

— Hein ? » fit Koremitsu interdit.

Cette vaste demeure, construite à grands frais par Minamoto no Tôru, avait été laissée à l'abandon après sa mort et le palais était tout délabré. Il ne restait à présent que le temple. En outre, le bruit courait que le lieu était hanté et personne ne s'en approchait.

« On dit qu'il y a des fantômes et des esprits. Et peut-être ne le savez-vous pas, mais un voyageur qui s'était abrité de la pluie aurait été dévoré là-bas par les ogres.

— Les fantômes et tout le reste, ce ne sont que des superstitions. Mais si cela t'inquiète, il vaut mieux rentrer », dit Genji magnanime, derrière le rideau baissé.

Koremitsu était embarrassé. D'après le ton de sa voix, son maître ne semblait pas le moins du monde effrayé. De plus, si le prince avait prévu depuis le début de venir là, la demeure avait dû être aménagée avec un minimum de meubles et de literie, et le personnel devait attendre.

A cette pensée, Koremitsu se sentit plus léger.

L'épais brouillard bouchait l'horizon et collait au corps. Il reçut quelques gouttes de pluie. Koremitsu tira le lourd bœuf pour le faire accélérer. Il avait envie d'être arrivé avant que la pluie ne devînt violente. Les roues se prenaient sans cesse dans les flaques d'eau, mais il pressait le bœuf et poussait aussi lui-même par-derrière pour faire avancer le char tant bien que mal.

A nouveau, un éclair ! Une lumière blafarde éclaira le paysage.

Koremitsu vit devant lui le portail délabré de la résidence Rokujô-Kawara-in. Le palais au toit effondré, aux poutres cassées et dénudées, ressemblait au squelette d'un cadavre en décomposition. Les murs exposés au vent et à la pluie étaient envahis par la mousse et le lierre, et la porte d'entrée en mauvais état avait un aspect misérable, comme défoncée à coups de pied.

Koremitsu hésitait vraiment à entrer.

« Entre vite », ordonna Genji en lisant dans les pensées de Koremitsu.

Le valet s'exécuta mais son arrivée effraya un oiseau qui poussa un cri sinistre et s'envola dans un battement d'ailes affolé.

« Ouah ! » cria-t-il.

Genji, lui, ne réagit pas.

L'oiseau parti, régna à nouveau un profond silence. Koremitsu essaya de percer du regard le brouillard dense. Alors, apparut la forme sombre d'une construction à l'allure de temple qui semblait flotter dans l'espace. « Ce bâtiment, c'est tout ce qui reste du temple ? » se demanda Koremitsu en dirigeant le char vers la construction. Tout autour étaient allumées des torches qui éclairaient en rouge le bas du bâtiment. Il paraissait sorti du monde imaginaire.

Il y eut un nouvel éclair accompagné de roulement du tonnerre. On entendit tomber un arbre immense dans le brouillard et la terre vibra.

Dans l'aile résidentielle du temple, Koremitsu n'arrêtait pas de jeter dans le feu de grandes quantités de bûches. Pour vaincre sa peur, il voulait éclairer l'endroit le plus possible. Koremitsu était contrarié, il n'avait vu personne. Pas même l'ombre d'une femme de service ou d'un homme d'escorte, et il comprit que tous étaient retournés à la résidence de Genji avant l'arrivée de leur maître.

A présent, dans cette demeure abandonnée que l'on disait hantée, ne restaient que trois personnes, Genji, Belle-du-Soir et Koremitsu. Au-dehors, il pleuvait des cordes. A l'idée qu'ils allaient passer la nuit dans un endroit pareil, Koremitsu eut froid dans le dos.

« Vraiment, mon Maître... » grommelait Koremitsu en faisant brûler les bûches.

Le bâtiment principal avait été aménagé en une chambre simple d'aristocrate avec nattes de jonc, écrans, paravents et literie. A l'intérieur, Genji et Belle-du-Soir se livraient à des jeux amoureux silencieux mais passionnés.

Allongée nue sur un fin kimono mauve et un autre doublé de blanc, elle évoquait un joli bouton de fleur. A l'ombre des flammes vacillantes, Genji la caressait tendrement. Il frôlait délicatement du bout de ses doigts admiratifs la beauté de Belle-du-Soir, ses paupières qui tremblaient imperceptiblement, sa bouche, sa nuque, ses épaules, puis descendait encore. Les lèvres de la jeune femme s'ouvrirent et il sentit le souffle d'une respiration haletante.

Le bouton était sur le point de s'ouvrir. Genji s'allongea lentement sur elle. Le corps de Belle-du-Soir était brûlant. Il sentit une jeune femme ardente. Les mouvements subtils de Genji la plongèrent immédiatement dans l'extase.

Les deux amants se livraient aux plus douces des voluptés. Ils avaient perdu la notion du temps et de l'espace. Leurs corps unis tournoyaient dans un monde de sensualité. Les longs cheveux noirs de la jeune femme remuaient comme autant d'êtres animés. Genji glissait en elle dans un va-et-vient qui se faisait de plus en plus rapide. L'un dans l'autre, le couple laissait monter le plaisir. Soudain, il déferla. Belle-du-Soir sentit comme une décharge, son corps se tendit et elle cria de bonheur.

La belle-du-soir brûlait sa vie, elle s'était éclose. Au paroxysme du plaisir, Genji arrosa la fleur de sa semence. Les lèvres de la jeune femme s'entrouvrirent de nouveau. Puis, anéantie, elle ferma les yeux et resta silencieuse, une expression de béatitude sur le visage.

Genji s'étendit à ses côtés. La respiration toujours agitée, il lui caressait les cheveux. Elle lui jeta un regard empli d'adoration puis enfouit son visage dans sa poitrine. Genji éprouva un sentiment de satisfaction profonde.

Des gouttes de pluie tombèrent sur le bras de Genji passé sous la tête de la jeune femme qui nageait en pleine félicité et restait immobile, les yeux clos, comme en méditation. Il regarda le plafond noir que la clarté des flammes n'atteignait pas. Mais à y bien regarder, le plafond n'était pas noir, il était recouvert de *choses noires* collées. L'une d'elles s'envola en faisant un bruit d'ailes.

Des chauves-souris... une multitude de chauves-souris étaient suspendues au plafond !

Genji détourna instinctivement les yeux et vit alors la statue du Bouddha Amida[1] sur une petite estrade. Autour de son cou était enroulé un serpent bleu qui sortait par intermittence une langue rouge. Genji ressentit une peur inconnue et, pour ne pas montrer ce spectacle à Belle-du-Soir, il lui masqua le visage avec la couverture. Celle-ci gardait les yeux fermés, ignorante de ce qui se passait au-dessus de sa tête.

A l'extérieur, il devait pleuvoir très violemment car la pluie sur le toit résonnait avec force. Gardant son sang-froid, Genji regarda autour de lui. Comme l'avait dit Koremitsu, l'endroit semblait habité par des fantômes ou des êtres surnaturels.

Tout à coup, il entendit une voix... une voix qui gémissait. Il connaissait cette voix.

« J'ai mal... j'ai mal... pourquoi ? pourquoi ai-je aussi mal ? »

Il reconnut, sans erreur possible, la voix de la Dame de la Chambre.

« J'ai mal... ma poitrine... ma poitrine... j'ai mal... »

---

1. « Bouddha de la vie et de l'éclat infini ».

Au même moment, la Dame de la Chambre avait une nouvelle crise. Seul avec elle dans sa chambre de la résidence de la Sixième Avenue, Somemaru ne supportait plus de sentir sa maîtresse souffrir. Et il eut peur. Car il venait de songer que si la Dame de la Chambre restait en proie à ses obsessions, à ses sentiments négatifs envers Genji, ceux-ci deviendraient des mauvais esprits qui s'en iraient hanter sa personne.

Il avait souvent entendu parler de ces histoires d'esprits maléfiques de vif. Il se détachait d'une personne à son insu et tourmentait celui ou celle qu'elle détestait. On disait en outre que la personne possédée pouvait voir celui ou celle qui la hantait. Si l'esprit de la Dame de la Chambre allait tourmenter Genji, les conséquences seraient terribles. Jeter un sort à quelqu'un, même si l'acte ne se révélait pas efficace, était un crime grave passible de bannissement. Hanter par l'intermédiaire de son esprit maléfique une personne était également un acte considéré comme criminel, au même titre que les malédictions.

Mais Somemaru ne pouvait rien faire. Il ne lui restait plus qu'à prier pour que les obsessions de la Dame de la Chambre ne deviennent pas de mauvais esprits.

« J'ai mal.. quelqu'un... quelqu'un... soulagez-moi, j'ai mal... quelqu'un... »

En entendant souffrir sa maîtresse, Somemaru se boucha les oreilles.

La voix parvint indistinctement jusqu'à Koremitsu qui se trouvait dans l'aile résidentielle du temple. Bouleversé, il se demanda s'il s'agissait d'un fantôme ou d'un esprit diabolique. Il sentit son sang se glacer dans ses veines et soudain, il entendit un petit choc, puis un bruit de pas...

« Il y a quelqu'un ! » s'écria intérieurement Koremitsu qui saisit une bûche enflammée en guise de torche et se précipita à l'extérieur. Sous la pluie battante, des pas s'enfuyaient. Il dirigea la torche dans cette direction et aperçut une ombre. Celle d'un homme, il en était sûr, en dépit de ses contours flous.

« Qui est là ? » cria-t-il en se mettant à sa poursuite.

Mais dans le bâtiment principal retentirent les cris de Genji.

« Koremitsu ! Viens vite ! Koremitsu ! »

Sa voix n'annonçait rien de bon et Koremitsu revint précipitamment sur ses pas. Il entendit tomber les écrans de tissu puis les hurlements de Belle-du-Soir et des bruits de vomissements.

« Belle-du-Soir ! » cria Genji d'une voix déchirante.

Il se passait quelque chose de terrible et Koremitsu galopa vers le bâtiment, sa torche presque éteinte à la main. Mais il fut alors attaqué par une *chose noire* qui poussait des cris. Il baissa la tête et se protégea avec les bras. Des centaines et des centaines de chauves-souris s'élançaient à l'extérieur en piaillant. Quand elles furent parties, Koremitsu se redressa et éclaira le bâtiment.

Il fut pétrifié. Dans le bâtiment, Belle-du-Soir entièrement nue vomissait du sang et se tordait dans des souffrances atroces en fauchant les écrans les uns après les autres. Elle se griffait la gorge, les yeux révulsés, et son corps se convulsait nerveusement.

Genji également poussait des gémissements.

« Va chercher l'exorciste et le médecin, vite ! » lui ordonna Genji dès qu'il l'aperçut.

Koremitsu vit la Mort sur le visage de son maître. A la vue de l'horrible spectacle, il eut les pieds cloués au sol.

« Vite... Vas-y vite ! »

Reprenant enfin ses esprits, Koremitsu fit demi-tour comme s'il prenait la fuite. Après le départ de son valet,

Genji, lui-même souffrant, voulut prendre la jeune femme dans ses bras.

« Belle-du-Soir, je t'en prie ! Ne meurs pas ! »

Folle de douleur, elle délirait, elle avait maintenant l'aspect d'un ogre aux traits diaboliques qui mange les humains. Elle agitait sa chevelure en désordre et ne cessait de griffer la natte avec vigueur.

« Belle-du-Soir ! Belle-du-Soir ! »

Genji voulait l'étreindre mais, avec une force incroyable, elle le repoussa. Elle ouvrit grand la bouche au point de s'en décrocher la mâchoire et le dos rond comme un chat en colère, les poils dressés, elle se mit à vomir de toutes ses forces, le corps agité par les spasmes. Puis du sang et de la bile giclèrent. Elle n'avait plus rien à vomir. Son dernier spasme provoqua une douleur effrayante qui lui déchira les entrailles. Comme folle, Belle-du-Soir enfonça la main droite au fond de sa gorge. Sa main semblait engloutie. C'était insensé. Genji frissonna d'horreur et recula.

Belle-du-Soir écarquilla des yeux teintés de sang. Elle retira alors lentement de sa bouche une main gluante, toute rouge. Le regard vide, elle s'effondra sur le sol et ne bougea plus.

Belle-du-Soir était morte...

« Non... ! » hurla Genji et il perdit connaissance.

8

Le lendemain matin, des éclaircies trouaient l'épais brouillard.

Lorsque le prêtre et le médecin prévenus par Koremitsu étaient arrivés en grande hâte, Belle-du-Soir avait trépassé et Genji agonisait. Immédiatement, le premier récita les formules exorcistes et le second prescrivit un médicament à prendre avec de l'eau chaude. Sans doute se révéla-t-il efficace, car Genji échappa de justesse à la mort. Il fut transporté dans sa résidence de la Deuxième Avenue où il resta longtemps alité en raison de sa grande faiblesse.

La mort étrange du Rokujô-Kawara-in fut déclarée au Bureau de Police et plusieurs fonctionnaires arrivèrent sur les lieux avant la levée du jour. Leur enquête terminée, ils furent d'avis qu'il s'agissait probablement de l'acte d'un être surnaturel. Tous pensaient que cette demeure était habitée par les démons et les fantômes. De nombreuses personnes y étaient décédées de mort étrange. En outre, la mort épouvantable de Belle-du-Soir ne semblait pas être l'œuvre d'un être humain.

Les fonctionnaires rédigèrent une simple autopsie et s'empressèrent de quitter l'endroit.

Le soleil poursuivait sa montée et le brouillard commença à se dissiper. Dans la plaine de roseaux se dressaient par endroits des arbres morts à l'air désolé.

Le cheval monté par Chûjô et Shikibu fendait les grandes herbes *susuki*. Ils avaient appris au lever du jour le décès de Belle-du-Soir et l'état de Genji presque à l'agonie. La Cour en émoi commentait la rumeur : le Prince Radieux avait failli être tué par des fantômes !

Surpris d'apprendre que sa maîtresse, dont il avait perdu la trace, se trouvait avec Genji, Chûjô éprouva un terrible choc quand il sut comment elle était morte. Les inspecteurs de police avaient décrété, sans procéder à aucune vérification, que les coupables étaient des êtres surnaturels, mais Chûjô ne pouvait l'admettre. Shikibu non plus. Les deux inspecteurs improvisés voulaient examiner l'endroit.

Leur monture s'arrêta. Devant eux, il y avait le Rokujô-Kawara-in. Cette bâtisse, qui ressemblait au

Palais des démons en plein brouillard, n'était qu'une simple ruine délabrée sous la lumière du soleil.

Chûjô et Shikibu mirent pied à terre et se dirigèrent vers le bâtiment principal. Il n'y avait plus personne. Seul restait le cadavre de Belle-du-Soir recouvert d'une natte de paille et l'odeur nauséabonde emplissait la pièce.

Chûjô retint Shikibu à l'entrée et entra dans la pièce. Le sol poussiéreux était couvert de sang coagulé et de vomissures rappelant l'horreur du drame. Après avoir soulevé la natte de paille, il découvrit le visage marqué par la souffrance. Les yeux restés ouverts semblaient bouillonner de rancœur et de haine.

« Belle-du-Soir... » murmura Chûjô en lui fermant les paupières. Mais le ressentiment ne disparut pas du visage de la femme. Sa mort avait été atroce.

Sur le point de pleurer, Chûjô ôta sa tunique de chasse et recouvrit le cadavre, puis il ferma les yeux et joignit les mains. Il pria avec recueillement pour que la défunte trouvât le salut dans le monde du Bouddha. Finalement, songea-t-il, elle a eu le même destin que la fleur du même nom, une vie éphémère à la fin brutale. Un filet de larmes coula sur ses joues. Curieusement, il n'éprouvait pas de haine pour Genji. Non, au contraire. Elle était morte dans les bras de Genji qui l'aimait et il fut envahi par un sentiment de gratitude pour son ami qui avait connu les derniers moments de sa bien-aimée.

Chûjô se leva. Il remarqua alors un pot à eau rouge posé dans un coin. Il ne pouvait plus en détacher les yeux. Ce rouge évoquait la couleur du sang. « Ce n'est pas un simple pot à eau », se dit-il, pris d'une intuition. Il se dirigea vers le coin et s'empara du récipient. Il regarda à l'intérieur. Il était rempli d'eau, une eau pure ordinaire, à première vue. Mais il fut saisi d'un sombre pressentiment. Et ce pressentiment lui semblait justifié.

Chûjô prit le pot et sortit. A l'entrée, l'attendait toujours Shikibu. Elle voulut lui dire quelque chose, mais il avançait avec son pot comme possédé du démon. Shikibu lui emboîta le pas en se demandant ce qui pouvait bien se passer.

Dans le jardin envahi par les herbes folles, il y avait des flaques d'eau. Chûjô les inspecta une à une. Dans l'une d'elles, barbotait une grenouille. Ce fut celle qu'il choisit pour verser l'eau de son récipient et Shikibu comprit le sens de son geste. Tous deux regardaient attentivement la grenouille.

Chûjô avait vu juste. A peine la grenouille entra-t-elle en contact avec l'eau du pot qu'elle fut prise de convulsions et rendit l'âme. Le regard de Chûjô se durcit.

« Ce n'est pas possible... murmura Shikibu d'une voix tremblante. Dans cette demeure, il se passe des choses encore plus terrifiantes que l'apparition de fantômes et d'esprits démoniaques. Belle-du-Soir a été empoisonnée et Genji lui-même a failli perdre la vie !

— Du poison de serpentaire ! » rugit Chûjô sûr de lui.

Le poison de serpentaire était un poison mortel extrait des ailes d'un rapace de Chine. On disait que la personne qui prenait cette substance avait instantanément les entrailles en feu et qu'elle mourait dans d'horribles souffrances en vomissant du sang. Les livres historiques chinois relataient beaucoup de ces meurtres au poison de serpentaire. Chûjô en avait entendu parler et, à l'évidence, Belle-du-Soir avait été assassinée de cette manière.

« Mais... intervint Shikibu.

— C'est un poison foudroyant. Il est interdit d'en faire la préparation à l'Office des Remèdes. (Cet office dirigeait l'enseignement et la pratique de la médecine dans la Capitale, chargé de la culture des plantes médicinales et de la confection des remèdes.) Il n'a pas été préparé à l'Office.

— Alors ?

— Ce doit être cet homme qui l'a préparé... ce vieil herboriste aveugle, Kôan. C'était un fonctionnaire de l'Office. Mais il a été chassé de la Cour pour avoir préparé un jour un poison mortel interdit par la loi... Actuellement, c'est le seul qui soit capable de faire du poison de serpentaire.

— Il vit encore !

— En effet... c'est un fonctionnaire du Département de la Justice qui me l'a révélé. Il prépare de nombreux poisons mortels et les vend clandestinement. L'acheteur n'a pas à craindre de voir son identité reconnue car Kôan est aveugle. Parmi les personnes soi-disant mortes à cause des fantômes, beaucoup ont été, c'est évident, empoisonnées avec ce poison de serpentaire.

— C'est effrayant, fit Shikibu en frissonnant.

— On y va, d'accord ?

— Où ça ?

— Chez Kôan. Il vit caché dans la partie ouest de la Capitale, tout au bout de la Neuvième Avenue. Si nous l'interrogeons, peut-être l'amènerons-nous à révéler le nom de son acheteur. »

Sur ce, Chûjô se dirigea vers sa monture, suivi de Shikibu déconcertée.

La maison de l'herboriste se trouvait à la périphérie de la Capitale, sur un terrain envahi par une végétation dense, tout près de marais glauques, dans un bois touffu. La lumière du jour perçait difficilement entre les branches d'arbres et, même à midi, l'endroit paraissait lugubre. Une étroite bande de terre, où poussaient de mystérieuses herbes inconnues, entourait la cabane.

Probablement des plantes vénéneuses importées de Chine ou de Corée. Aux murs pendaient des centaines de cadavres d'insectes et des produits de mer séchés auxquels se collaient les mouches vertes qui pullulaient.

A leur arrivée, Chûjô et Shikibu furent accueillis par une nuée de mouches qui s'éleva en faisant de légers tourbillons, et par une odeur très désagréable. On ne percevait aucune présence humaine et l'on n'entendait même pas le cri des oiseaux ou des insectes. C'était un silence insolite.

Après avoir attaché les rênes de son cheval, Chûjô s'enhardit à pousser la porte d'entrée en bois. Elle s'ouvrit en grinçant. A peine entré, il fut assailli par une épouvantable odeur de pourriture qui lui donna des haut-le-cœur et lui piqua les yeux. Derrière lui, Shikibu se bouchait le nez et la bouche. L'odeur était si effroyable qu'il était impossible de respirer par le nez, ne fût-ce qu'un instant.

Dans la cabane, il n'y avait pas de fenêtre à proprement parler. Les faibles rayons du soleil qui filtraient par les fentes des murs se croisaient dans la pièce sombre dans un dédale inextricable. Kôan était invisible.

« Où peut-il être allé ? » se demanda Chûjô à voix haute.

Shikibu parcourut la pièce des yeux. Sur les étagères qui couvraient les murs étaient alignées toutes sortes de plantes médicinales et de pots remplis de médicaments. Au centre de la pièce trônait une table haute qui arrivait à hauteur des hanches, recouverte de sang coagulé.

« C'est bizarre, dit Chûjô en reniflant.

— Quoi donc ?

— Cette odeur. »

Il renifla de nouveau. Chûjô sentait dans cette odcur de pourriture qui remplissait tout *d'autres* odeurs. Shikibu respira par le nez, mais elle eut envie de vomir et mit précipitamment sa main devant sa bouche.

Chûjô passa l'intérieur en revue. Shikibu remarqua soudain à ses pieds une chose jaune orangée, ayant pour motif une sorte de filet rouge foncé, sur laquelle adhérait du sang noir. Il faisait très sombre et il était difficile de bien distinguer. Shikibu se pencha pour mieux regarder. Tout à coup, elle sentit quelque chose tomber mollement sur sa nuque. Elle passa la main. C'était du sang ! Shikibu leva les yeux et de sa gorge jaillit un cri perçant.

Un homme pendait, une corde passée autour du cou, le crâne profondément fendu du front jusqu'à la mâchoire ! La chose sur le sol était son cerveau.

Shikibu s'évanouit ; Chûjô lui-même était incapable d'articuler un son. Il avait reconnu Kôan d'après la description qui lui avait été donnée, et il en conclut que son assassin l'avait tué pour lui imposer le silence. Chûjô se ressaisit et porta Shikibu à l'extérieur. Il l'étendit sur le sol, puis entra de nouveau dans la cabane pour passer l'endroit au peigne fin.

La tête de l'homme avait été fendue d'un coup bien net, comme une grenade. Avec une hache, et de face. Ensuite, le meurtrier lui avait passé une corde au cou pour le suspendre au plafond à une poutre de traverse, dans un coin de la pièce. Vu l'état de décomposition du cadavre, plusieurs jours s'étaient écoulés depuis la mort. L'intérieur ne portait aucune trace de cambriolage ou autre. On ne pouvait donc retenir comme mobile du meurtre que celui de le réduire au silence. L'arme, à savoir la hache, était introuvable. Elle avait peut-être été abandonnée dans un marais proche.

Chûjô étudia de plus près le cadavre et il vit qu'il avait les deux yeux enfoncés. La blessure semblait assez ancienne. Quelqu'un avait crevé les yeux de Kôan !

Mais il ne pouvait dire si son tortionnaire et son assassin étaient la même personne.

Il ne put en apprendre plus pour le moment mais, comme il était convaincu que sa maîtresse avait été empoisonnée avec un poison fourni par cet homme, il ne voulut pas enterrer le cadavre. Il laissa l'endroit en l'état et ferma hermétiquement la porte. A son retour, le criminel comprendrait qu'il y avait eu de la visite.

Chûjô aida Shikibu qui avait repris ses esprits à monter à cheval, puis il tourna les rênes avec colère.

Ainsi était provisoirement tiré le rideau sur ces deux tragiques événements.

Mais Shikibu et Chûjô ne divulguèrent aucune de leurs découvertes, ni l'empoisonnement mortel de Belle-du-Soir, ni l'horrible meurtre de Kôan. Ils pensaient que le criminel se trouvait dans leur entourage et ils ne tenaient pas à éveiller son attention. Et s'il s'avérait que ces meurtres avaient des liens avec le camp du Ministre de Gauche, auquel étaient affiliés Genji et Chûjô, le Ministre de Droite profiterait, à n'en point douter, de la moindre occasion pour écraser son adversaire par qui le scandale arrivait.

Chûjô et Shikibu décidèrent d'observer de loin et d'attendre que le criminel commît une faute et se découvrît lui-même.

La cérémonie funéraire de Belle-du-Soir eut lieu trois jours plus tard. Il était d'usage d'observer une durée de deuil d'au moins trois jours pour laisser le temps au défunt de revenir à la vie. Le corps avait été placé dans un cercueil, mais une odeur de mort flottait dans l'air en raison du climat chaud très humide et cette odeur augmentait inévitablement la peine de son entourage.

Belle-du-Soir n'avait pas de parents. Ce fut Chûjô qui joua le rôle du chef de la lignée familiale pour les funérailles. Shikibu s'occupa avec tact de tous les préparatifs. Genji aurait dû participer à cette cérémonie mais il était dans son lit, toujours malade et incapable de se lever.

La levée du corps se fit de nuit. Le maître en divination, après avoir pratiqué la géomancie, manié les baguettes divinatoires et interprété le calendrier, fit sortir le cercueil dans la direction convenable, suivi des femmes attachées au service de la défunte et des moines. Le cercueil fut transporté à Toribeno, à l'est de la Capitale, où depuis des temps reculés se trouvaient le cimetière et le crématoire.

Quand le cortège de la cérémonie funéraire parvint à la cabane couverte de bardeaux en bois de cyprès, devant laquelle se dressaient un portique et un four en argile, tout était déjà prêt pour l'incinération. Chûjô et les autres placèrent dans le four crématoire le cercueil de Belle-du-Soir.

Les moines commencèrent leurs prières et l'on mit le feu aux bûches. Les flammes jaillirent aussitôt, enveloppèrent le cercueil. Autour, les suivantes récitaient les invocations aux bouddhas en s'unissant au moine de haute vertu. De tous les yeux coulaient d'abondantes larmes.

Le cercueil brûla rapidement et laissa apparaître Belle-du-Soir aussitôt enveloppée par les flammes. Son corps se mit à brûler.

Chûjô pleurait intérieurement de chagrin, mais son visage éclairé par les flammes brûlait de haine. Dans sa rage de ne pas connaître le nom du meurtrier, ses pensées se bousculaient. Dans son esprit apparaissait et disparaissait le visage d'une personne de la Cour.

« Si l'assassin a voulu empoisonner Belle-du-Soir, c'est qu'il la haïssait... Dans ce cas, il faut chercher du côté du Ministre de Droite, et ce ne peut être que le

Ministre, l'Epouse Impériale Kokiden ou le Prince Aîné. Non, le bruit court que celui-ci n'a pas toute sa raison. A moins que ce ne soit une pure invention de sa famille pour cacher la vérité... En dehors de ces trois-là, qui donc en voulait à Belle-du-Soir ?

« Il y a aussi une autre possibilité. Genji voulait coucher avec Belle-du-Soir et une femme follement amoureuse du Prince Radieux l'aurait tuée par jalousie... Une femme amoureuse mais qui n'était pas payée en retour de son amour. La Dame de la Chambre ? C'est plausible. Mais alors, ma sœur, la Princesse Mauve, fait tout aussi bien l'affaire. Et pourquoi pas Shikibu ? En fait, presque toutes les femmes du Palais sont amoureuses du Prince Radieux. Même la Princesse du Clos aux Glycines aurait, dit-on, des relations avec lui. En définitive, je peux soupçonner tout l'entourage féminin de Genji.

« Et si je changeais de point de vue ? Le poison introduit dans le pot à eau visait en réalité Genji, mais c'est Belle-du-Soir qui l'a bu en premier. Dans ce cas, l'assassin éprouve de l'animosité contre le Prince Radieux. Alors, il ne peut venir que du camp du Ministre de Droite. Mais puisque Genji ne fait plus partie de la famille régnante, il ne peut monter sur le trône, et le Ministre n'a donc pas besoin de le tuer. »

Ses pensées s'entrechoquaient et Chûjô ne savait plus où donner de la tête. Plus il réfléchissait et moins il trouvait de solution. « Mais qui est-ce ? » marmonna Chûjô.

Les flammes enveloppaient entièrement le corps de Belle-du-Soir. Le cadavre crépitait sur le bûcher, la graisse fondait et s'enflammait, et les billes de feu tombaient en grésillant. A la vue de cet horrible spectacle, le visage de Shikibu se crispa. Les voix qui récitaient les sûtras se firent plus fortes. Les yeux clos, Shikibu et les autres femmes essayaient d'oublier en récitant de toutes leurs forces.

Chûjô, lui, regardait le corps en train de fondre. Il jugeait qu'il fallait le regarder bien en face. « Je dois me souvenir de cette atrocité, de cette cruauté, de cette souffrance. Par ce spectacle répugnant, Belle-du-Soir me communique après sa mort son ressentiment. Regarde ! Observe ! »

La chair se dissolvait en diffusant une forte et désagréable odeur de grillé. La graisse fondait et s'accumulait dans le four et le feu repartait de plus belle. Puis le grésillement cessa et, quand toute la graisse eut coulé, apparurent les os noircis. Les côtes se détachaient comme un grand peigne et la tête d'où pendaient les yeux ne devint plus qu'un crâne noir.

L'émotion étouffait Chûjô et, au fond de son cœur, il lui fit cette promesse : « Je te jure d'attraper ton assassin, Belle-du-Soir... je te le jure ! » Le corps de sa bien-aimée semblait avoir attendu ce moment pour se briser en deux. Les os roulèrent avec les bûches. La graisse fut dispersée et les flammes jaillirent comme s'il y avait une explosion. Les moines et les suivantes reculèrent, surpris. On aurait dit le dernier mouvement de rancœur de Belle-du-Soir.

Chûjô regardait fixement cette scène. Puis le feu faiblit et la cendre voltigea dans la nuit obscure. « La fleur de belle-du-soir s'est dispersée », songea Chûjô en imprimant cette image à jamais dans son esprit.

9

Dans le Palais Réservé, le vent tournoyait. Au Pavillon de la Fraîcheur et de la Pureté retentit l'appel des officiers en service à la Cour, à l'heure de la Vache. Les gardes-sergents chargés de la surveillance déclinaient leur nom et faisaient leur rapport.

Le vent secouait violcmment les arbres. Les officiers devaient être revenus au poste de Garde et l'on entendait les cris des grillons.

Une ombre traversait les corridors et se dirigeait vers le pavillon de la Princesse du Clos aux Glycines en se cachant des regards. Elle marcha à pas feutrés dans la galerie et ouvrit discrètement la porte à deux vantaux qui donnait sur les appartements. Personne ne remarqua le faible bruit. Les suivantes devaient toutes dormir.

La silhouette avança dans le couloir, s'arrêta devant le store de la Princesse du Clos aux Glycines et s'agenouilla dans une attitude respectueuse. Sentant soudain une présence, la dame s'éveilla. Elle aperçut une ombre humaine agenouillée qui ne bougeait pas, l'air résolu.

Elle se redressa doucement et regarda l'ombre toujours immobile. Elle pouvait sentir son souffle et elle devina de qui il s'agissait sans avoir besoin d'allumer la lampe. C'était le Prince Radieux ! En effet, dans l'air flottait le parfum dont il imprégnait habituellement ses vêtements.

La Princesse conserva son calme. Elle connaissait les sentiments de Genji et la raison de sa venue ici en cachette. Son histoire avec Belle-du-Soir lui était parvenue aux oreilles. Dix jours étaient passés depuis la cérémonie funéraire.

Rétabli de sa maladie, Genji avait même retrouvé une santé impressionnante grâce aux conjurations formulées nuit et jour par les prêtres. Cependant, son cœur blessé ne cicatrisait pas.

Elle avait compris que si Genji changeait sans cesse de maîtresse, c'était parce qu'il recherchait dans chacune l'image de sa mère défunte. Belle-du-Soir devait être l'une d'elles. Elle-même avait tout déclenché en apparaissant à Genji enfant, elle qui était tout le portrait de sa mère. Il voulait oublier son amour impossible et irréalisable avec elle en couchant avec d'autres femmes. Elle se sentait responsable des larmes de sang que versait Genji. S'il ne l'avait connue, il n'aurait pas eu à subir une telle souffrance. En proie aux remords, elle entendit la voix presque inaudible de Genji :

« Combien de fois ai-je eu envie d'ouvrir ces stores, depuis la cérémonie de ma majorité… » confessait-il, le cœur serré. Il désirait se raccrocher à quelqu'un après la fin tragique de Belle-du-Soir. « J'ai toujours cherché... en vain... je ne trouve pas... Que dois-je faire...? »

La Princesse ne répondit rien. Mais naquit en elle un terrible et grave conflit.

Devant son silence, la main de Genji releva un peu le store. Le regard de la Princesse était fixe... Son conflit intérieur tourbillonnait, comme emporté dans une tornade. La main de Genji se leva encore. Leurs yeux se rencontrèrent. Ceux de Genji étaient tristes et pitoyables, pleins d'une souffrance pathétique, et disaient son amour et son désir violent... ceux de la Princesse, l'Epouse Impériale, étaient pleins d'hésitation et d'angoisse tourmentée... Son conflit intérieur fut entraîné dans les flots déchaînés.

Mais elle ne put le repousser.

Il y eut un courant d'air... Le store de la Princesse du Clos aux Glycines trembla imperceptiblement et resta ouvert. Par les treillis, elle vit tournoyer les feuilles d'arbre. Elles avaient la couleur rouge du sang.

La Princesse du Clos aux Glycines

1

L'automne était là.

Le vent apportait une agréable fraîcheur dans le Palais Impérial et l'on percevait le léger froissement des feuilles mortes soulevées avec douceur dans le jardin.

Au sommet des montagnes qui encerclaient la Capitale, les frondaisons de la végétation luxuriante étaient déjà d'un rouge vif éclatant et les pentes colorées en un subtil dégradé de couleurs se trouvaient progressivement envahies par les riches teintes automnales.

L'aspect tranquille et doux de l'automne semblait avoir effacé des esprits les événements abominables de l'été. Genji s'était complètement rétabli et, pour Chûjô et Shikibu, le temps s'écoulait comme s'ils avaient oublié leur terrible secret.

Le pouvoir du Ministre de Droite et de Dame Kokiden était quasi absolu et l'on ne sentait pas s'ourdir de nouvelles et ténébreuses machinations, pour la simple et bonne raison que le Prince Aîné avait été nommé Prince Héritier. L'Empereur avait accédé aux demandes instantes du Ministre de Droite et de la Princesse, sa fille. Ainsi se réalisait leur vœu le plus cher. La prospérité de leur maison semblait acquise puisque le Ministre, en tant qu'aïeul du Prince, connaîtrait un jour le pouvoir suprême.

Une fois en place la famille influente et ses positions solidement établies, tous devaient s'aligner. Le Prince Héritier désigné, les gens de la Cour devaient le révérer en tant que futur Fils du Ciel et ils ne devaient plus laisser intervenir leurs sentiments personnels. Telle était la règle au Ministère des Affaires Suprêmes. Ceux qui, jusqu'à maintenant, avaient montré leur obéissance par crainte de la puissance du Ministre de Droite, par pure forme, devaient, après la nomination du Prince Héritier, s'incliner par obligation.

Rien ne troublait à présent la tranquillité de la Cour dans le silence de l'automne.

Mais arriva enfin une nouvelle qui remplit l'Empereur d'allégresse : l'Epouse Impériale, la Princesse du Clos aux Glycines, attendait un enfant de lui.

L'air radieux de l'Empereur dépassait l'imagination. Il lui vouait une passion exclusive et lui rendait visite quotidiennement, au point de négliger les affaires de l'Etat. Dame Myôbu, la gouvernante, et Shikibu, toutes deux attachées au service de cette Epouse Impériale, le suppliaient de ne pas oublier son rôle de Souverain, mais il faisait la sourde oreille. Les courtisans se souvenaient de l'époque de la Favorite et voyaient d'un mauvais œil cette passion de l'Empereur pour la Princesse du Clos aux Glycines.

Avec son visage diaphane, amaigri par ses malaises matinaux, elle embrasait le cœur du Souverain qui la trouvait encore plus belle dans cet état de femme enceinte. Mais la jeune femme ne connaissait pas le bonheur, loin de là. L'attachement du Souverain accentuait son angoisse et elle se sentait glisser au fond d'un gouffre : l'enfant qu'elle portait n'était pas l'enfant de l'Empereur, mais celui de Genji !

Un enfant adultérin...

La gravité de son acte la faisait trembler d'effroi. Cette seule et unique fois avait entraîné un résultat effroyable. Quel crime avait-elle commis dans sa vie antérieure pour être punie de manière aussi terrible ? A chacun de ses vomissements le matin, la vision de l'enfer qui l'attendait après sa mort lui traversait l'esprit. Elle ne savait que faire. Elle redoutait, comme le diable incarné, l'enfant qui grandissait chaque jour dans son ventre.

La nouvelle de sa grossesse avait mis l'Epouse Kokiden dans tous ses émois. Son enfant avait été nommé Prince Héritier, mais c'était un déséquilibré, elle était bien obligée de le reconnaître. S'il montait sur le trône et que son état vînt à être connu, le Ministre de Gauche, mais également les autres hauts dignitaires, pourraient réclamer son abdication si la Princesse du Clos aux Glycines mettait au monde un Prince Impérial.

Les manières excentriques du Prince Aîné avaient pris une tournure effrayante depuis l'automne. Ces derniers temps, il restait confiné dans la chambre de son pavillon, jour et nuit, pris du délire de persécution, persuadé que tous disaient du mal de lui. On faisait venir en cachette un prêtre de grande renommée pour les conjurations, mais sa manie ne disparaissait pas.

En tout cas, la nouvelle de la grossesse de la Princesse du Clos aux Glycines montrait que le pouvoir du Ministre de Droite et de sa fille n'était qu'un château de cartes. Les soucis de Dame Kokiden recommençaient.

Un mois plus tard, une autre nouvelle vint lui porter le coup de grâce : l'Empereur nommait au rang d'Impératrice la Princesse du Clos aux Glycines. Le Souverain n'avait pas tenu compte des vingt ans de présence à la

Cour de l'épouse Kokiden, et nommer Impératrice cette Princesse ne correspondait pas du tout à l'usage. Mais il pensait avoir apaisé Kokiden puisqu'en compensation, le Prince Aîné était Prince Héritier. Il avait mal calculé, comme à son habitude, et contrairement à ses prévisions, les idées meurtrières et obsessionnelles de l'épouse jalouse refirent surface.

Dans le Pavillon Violet de cérémonie un magnifique banquet était organisé, accompagné de chants et de danses, au milieu des flamboyantes feuilles rouges qui semblaient atteindre le ciel.

Dans les somptueux Appartements impériaux étaient rassemblés tous ceux qui servaient au Palais, sans distinction de rang : les hauts dignitaires, les courtisans, les épouses et les concubines, les dames d'honneur, les gouvernantes, les fonctionnaires du Service Intérieur, les demoiselles de la Cour et les membres de la Chancellerie Privée. Vêtus de leurs plus beaux atours, ils avaient apporté un soin extrême dans la recherche et l'harmonie des couleurs. La splendeur du spectacle provoquait l'admiration des jeunes filles du Service Intérieur et des domestiques qui regardaient, les yeux écarquillés, à l'ombre d'un arbre ou cachés derrière un rocher.

Assis sur les nattes du promenoir du Pavillon Violet, les dignitaires, le sceptre à la main et coiffés du bonnet en gaze noire, laissaient pendre par la balustrade leur traîne blanche de kimono, et leurs vêtements d'apparat exprimaient tout le faste de cette cérémonie. Dans la véranda, le visage dissimulé par les écrans, les épouses et les concubines montraient leurs longues manches par le bas des stores. Leurs robes rivalisaient de beauté grâce à l'assortiment de couleurs des nombreuses superpositions.

Bien entendu, étaient présents le Souverain, le Ministre de Droite, l'Epouse Impériale Kokiden, le Prince Aîné, la Princesse du Clos aux Glycines désormais Impératrice, mais aussi le Ministre de Gauche et Shikibu. Il était cependant peu naturel que ne fût pas visible la frêle silhouette de la Princesse Mauve.

L'élégante musique de cour choisie pour l'occasion s'intitulait *Les Vagues de la mer bleue*. Par cette réception, l'Empereur célébrait l'accession au rang d'Impératrice de la Princesse du Clos aux Glycines et il avait ordonné ce qu'il y avait de mieux, de plus beau. Pour la danse *Les Vagues de la mer bleue*, les deux danseurs portaient une cape ornée de mille oiseaux dans les vagues, leur tête était coiffée de chrysanthèmes splendides et ils avaient une épée à la ceinture. Ce jour-là, les deux danseurs se nommaient Genji et Chûjô.

Soudain, le son sublime des flûtes en bambou et de la cithare à treize cordes s'éleva comme un vent violent et froid soufflant de la montagne Miyama, et les quarante musiciens, choisis parmi les plus éminents, descendirent dans le jardin pour former un cercle autour de Chûjô et de Genji. Puis, comme la marée qui descend, le cercle des musiciens recula et chacun se dispersa. Il ne restait au centre que les deux danseurs qui imitaient les vagues avec des gestes fluides et élégants et chantaient des poèmes.

Ce mouvement de la marée qui monte et qui descend, cette danse et le chant des poèmes se répétèrent plusieurs fois. Le vaste jardin ressemblait à un rivage grandiose que venaient frapper les vagues, encore et encore.

Le comble de la beauté dans ce spectacle était le ballet effectué par les danseurs après la dispersion des musiciens. Sous le soleil rouge du couchant, la beauté de Genji évoquait l'être ailé bouddhique *karyôbinga* dans le nirvâna. Les spectatrices extasiées contemplaient son jeu de pieds, ses mouvements de tête, qui atteignaient la perfection.

A ses côtés, Chûjô, un noble pourtant reconnu comme excellent dans tous les domaines, ne pouvait soutenir la comparaison. Ses mouvements déliés laissaient transparaître de temps à autre une imperceptible raideur et, dans ces moments-là, Genji le dirigeait pour qu'il danse en harmonie. Ils se regardaient, Genji encourageait du regard Chûjô reconnaissant et l'on pouvait deviner leur profonde amitié.

A la vue de ces deux hommes, Shikibu eut l'impression que le Prince Radieux était vraiment la lumière. Comparé à lui, même Chûjô devenait l'ombre, alors qu'il était d'ordinaire admiré pour son élégance et sa magnificence. C'est dire comme Genji était magnifique. Il n'était pas difficile d'imaginer combien leur vue ravissait l'Empereur et le Ministre de Gauche.

Leur danse terminée, les deux hommes saluèrent et remercièrent en se tenant par l'épaule. Le Ministre de Gauche applaudit à tout rompre. Shikibu se mit de la partie. Les applaudissements et les clameurs se propagèrent bientôt dans tout le Pavillon Violet.

Mais parmi l'assistance, deux spectateurs étaient moroses, le Ministre de Droite et l'épouse Kokiden. Leur orgueil leur interdisait de féliciter les danseurs affiliés à la maison adverse. Après avoir montré ouvertement leur antipathie, ils se retirèrent, en sommant le Prince Aîné qui agitait nerveusement ses genoux de les suivre.

Les applaudissements continuaient. Genji et Chûjô souriaient à l'assistance. Des gouttes de sueur perlaient sur leur front et ils arboraient une expression remplie de satisfaction. Genji regarda alors dans la direction des stores de la Princesse du Clos aux Glycines. L'ombre de l'Impératrice ne bougeait aucunement, même de façon imperceptible, et elle restait de profil. Alors que les épouses et les concubines applaudissaient frénétiquement, elle-même adoptait une attitude diamétralement opposée. Genji comprenait bien le sens de son silence.

La foule applaudissait toujours. Genji se composa un visage souriant puis s'inclina profondément pour remercier.

L'eau de la rivière Katsura où se reflétait le soleil couchant était teintée de rouge. Le mont Arashiyama comme le pont Togetsukyô resplendissaient de teintes évoquant une étoffe tissée d'or ornementée de broderies colorées, et le ciel embrasé où flottaient des nuages moutonnés créait un paysage de peinture en rouleau.

Sur la surface, les pierres plates faisaient un ricochet avant de couler.

« Tu n'es vraiment pas douée », dit Koremitsu en lançant une pierre au ras de l'eau. La pierre rebondit plusieurs fois.

« C'est que... les hommes ont plus de force, répliqua une jeune servante.

— Si tu parles ainsi, ce n'est plus la peine de continuer », fit Koremitsu en s'allongeant sur la berge, avec une expression d'ennui.

Le ciel s'assombrissait et prenait la teinte violette de l'obscurité. Il aurait dû voir la danse *Les Vagues de la mer bleue* interprétée par le Prince Radieux. Mais dans l'obligation de répondre à la demande instante du Ministre de Gauche, il n'avait pu s'y rendre.

« Madame, il va bientôt faire nuit. Nous devrions songer à rentrer. »

Sur la berge, il y avait un char dans lequel se tenait la Princesse Mauve. Pour se dérober aux regards, elle n'avait pas mis le vêtement de sortie qui dépasse. En temps normal, elle laissait, comme les autres personnes de la Cour, pendre ses longues manches par le bas du store de la voiture pour attirer l'attention des hommes. D'après l'assortiment de couleurs des superpositions et la qualité des étoffes, brocart, damas, satin, taffetas ou soie, elle indiquait son rang et faisait ainsi montre de son raffinement.

La Princesse Mauve ouvrit le petit rideau pour regarder à l'extérieur et l'on put deviner son visage mélancolique qui contemplait avec regret le feuillage rouge du mont Arashiyama. Intentionnellement, elle ne s'était pas rendue au Palais pour assister à la démonstration du Prince Radieux, qui se produisait devant un public composé de personnages importants. Pour être venue en excursion dans un endroit pareil, fallait-il que son époux lui ait causé du chagrin !

« Mon maître fait souffrir les gens », songea Koremitsu qui ferma le rideau. Son geste signifiait qu'il était temps de partir.

« Allez, nous partons ! » lança-t-il à la jeune servante en faisant avancer le bœuf. La jeune fille les suivit.

« Nous rentrons... directement, n'est-ce pas ?

— Oui, je vous prie », répondit la dame d'une voix triste.

Koremitsu conduisit le char vers le pont Togetsukyô, où le va-et-vient incessant des commerçants et des voyageurs ne s'interrompait jamais. C'était un pont en bois à claire-voie et, quand ils le franchissaient, les chars étaient fort secoués.

« Vous allez sentir de violentes secousses pendant quelques instants, Madame, mais je vous demande un peu de patience », dit Koremitsu.

Face à eux arrivait un autre char. Le véhicule d'un membre de la noblesse recouvert de feuilles de palmes. De celui-là non plus ne dépassait aucun vêtement. Encore une voiture dont le passager cherchait à se dissimuler.

Pris de curiosité, Koremitsu regarda plus attentivement l'escorte et identifia le valet Somemaru. A l'intérieur se trouvait donc la Dame de la Chambre, de la Sixième Avenue. « Serait-elle venue admirer comme ma maîtresse les feuilles rouges du mont Arashiyama ? » se demanda-t-il.

Somemaru, de son côté, devait avoir reconnu Koremitsu car il parlait avec la passagère du char, imaginant sans doute que le Prince Radieux était dans ce véhicule. Par pitié pour la Dame de la Chambre, Koremitsu souhaitait lui faire comprendre qu'il se trompait. Il ne désirait pas la rendre anxieuse en un tel endroit.

Lorsque la voiture de la dame arriva face à lui, Koremitsu informa Somemaru.

« Madame la Princesse Mauve est dans le char. »

Il avait parlé d'une voix suffisamment forte pour que la passagère entendît ses paroles. Le véhicule s'arrêta et la Princesse Mauve demanda :

« Qui est à l'intérieur ?

— C'est la Dame de la Chambre, Madame. »

Koremitsu ne savait comment réagir. L'arrêt de l'autre voiture signifiait-il que la noble dame avait une demande à faire à sa maîtresse ?

« Veuillez arrêter aussi notre voiture », fit la Princesse Mauve sur un ton préoccupé.

Koremitsu s'exécuta et les deux chars se trouvèrent à la même hauteur. Koremitsu, Somemaru, ainsi que les autres valets, restaient là sans parler. Les véhicules obstruaient le passage sur le pont, gênant la circulation des piétons.

Le silence fut rompu et la Dame de la Chambre fit porter un billet à Koremitsu qui le donna à la Princesse Mauve. Celle-ci l'ouvrit et découvrit un poème.

Comme je ne sais
en quel autre lieu trouver
un peu de repos
pour pénible que paraisse
cette vie je m'y attarde[1]

« Que dois-je faire ? Je n'ai pas appris les moyens de me défendre contre ces sentiments que j'ignorais et je vis ainsi, en songeant à la douleur de vivre. » Tel était le fond de la pensée de la dame. Elle avait la fierté de son rang. En raison de son grade élevé, elle était toujours traitée avec révérence. C'est pourquoi son orgueil souffrait tant de son amour désespéré pour Genji. Elle ne savait comment sortir de cette souffrance dont elle n'avait jamais eu l'expérience et s'enfonçait dans le chagrin, incapable de se résigner à disparaître.

La Princesse Mauve était stupéfaite. Son aînée, la Dame de la Chambre, et qui plus est de condition supérieure, avouait sa faiblesse. Alors qu'elle aurait dû la jalouser pour son statut d'épouse légitime du Prince Radieux.

Si la dame se dévoilait de la sorte, indiquant par là qu'elle comprenait les sentiments de l'autre, c'était parce qu'elle avait sans doute deviné la similitude de leur état d'esprit et de leur situation. La Princesse Mauve était également fière, en raison de la primauté de son âge, et elle avait des relations dépourvues de chaleur avec Genji. Le Prince Radieux s'éloignait d'elle également. La Dame de la Chambre étouffait son orgueil pour lui communiquer sa compréhension. Devant un tel comportement, la Princesse Mauve ressentit du respect et de la sympathie pour elle. Elle s'empressa de lui retourner un poème.

---

1. Traduction de René Sieffert (Murasaki Shikibu, *Poèmes*, p. 89), mais l'interprétation est ici différente.

La goutte de rosée
tombée sur une feuille fine
du dessous de l'arbre
dans la lande fanée
comment demeurerait-elle[1]

La fin de l'automne venue, la goutte de rosée a glissé entre les feuilles flétries du haut de l'arbre jusqu'à celle du bas, qui va bientôt tomber. Quand la rosée aura atteint le sol, ce sera l'approche de l'hiver, symbole de la mort. Comment pourra-t-elle ne pas disparaître alors que les herbes seront toutes fanées ?

« Et moi de même, alors que mon époux est las de moi et qu'il s'éloigne de ma couche la nuit, comment pourrais-je survivre encore longtemps ? »

En s'identifiant à la rosée, elle disait dans ce poème sa tristesse de ne pas avoir réussi à gagner l'amour de Genji et son angoisse de la mort. De grande éducation, la Dame de la Chambre pourrait en saisir immédiatement le sens caché. La Princesse Mauve l'informait de sa peine.

« Un jour, nous nous reverrons », fit la Dame de la Chambre après un court instant, le temps de déchiffrer son poème.

La Princesse Mauve eut chaud au cœur. Toutes deux se comprenaient et elle se sentit stupide d'avoir été jalouse de la Dame de la Chambre au point de la détester presque.

Le char de la Dame de la Chambre se remit en route. Somemaru salua poliment Koremitsu qui lui retourna son salut avec empressement. Koremitsu devina que les deux femmes s'étaient comprises, qu'elles éprouvaient les mêmes sentiments pour Genji.

1. Inspiré du poème traduit par René Sieffert (Murasaki Shikibu, *Poèmes*, p. 71).

Et lui-même ressentit de la sympathie pour le valet Somemaru.

« Nous ne savions pas que cette dame était ainsi, n'est-ce pas ? » fit remarquer Koremitsu en incitant le bœuf à avancer. Mais sa maîtresse ne répondit pas.

Sur le pont Togetsukyô, il y avait l'habituel va-et-vient des passants pressés. Les voitures des deux femmes partirent chacune dans la direction opposée. Quand Koremitsu se retourna, la voiture de la dame était déjà hors de vue et il lui sembla avoir rêvé ce qui venait de se passer. Seuls marchaient les piétons.

2

L'exaspération se lisait sur les visages de Shikibu et de Chûjô qui échangeaient en cachette leurs informations dans le temple Nijô-tenjin. Leur enquête sur l'assassin de Belle-du-Soir piétinait et leur recherche se heurtait à un mur épais.

Ils avaient recueilli des témoignages dans le plus grand secret. Koremitsu avait vu une ombre suspecte s'enfuir cette nuit-là, mais il ne savait absolument pas de qui il s'agissait.

Les suivantes et les hommes en service dans la résidence de Genji savaient tous que leur maître était allé au Rokujô-Kawara-in en compagnie de Belle-du-Soir le soir de la tragédie, puisqu'ils avaient transporté à l'avance du mobilier. Le criminel pouvait avoir un complice parmi les valets, lequel aurait ajouté le poison de serpentaire dans l'eau du pot rouge. Mais le personnel était très nombreux, et comme les deux enquêteurs cachaient leur découverte de l'empoisonnement, il était hors de question pour eux d'interroger chacun individuellement.

D'autre part, l'ombre aperçue par Koremitsu était peut-être celle de l'assassin, mais personne ne semblait convenir. Chûjô avait examiné en détail les mouvements des uns et des autres pendant la nuit tragique.

Les premiers suspects étaient le Ministre de Droite et Dame Kokiden mais à ce moment-là, se tenaient les délibérations du Conseil. Les deux Ministres y assistaient, et Shikibu avait vu Kokiden dans ses appartements.

De même, elle avait constaté que le Prince Aîné et la Princesse du Clos aux Glycines se trouvaient dans leurs pavillons respectifs.

Chûjô, quant à lui, savait que la Princesse Mauve se trouvait dans sa résidence, le palais de son père.

Restait la Dame de la Chambre, mais il avait pu recueillir plusieurs témoignages sûrs : elle était dans sa demeure cette nuit-là.

Tous assuraient que la nuit de l'affaire, ils ne s'étaient pas rendus au Rokujô-Kawara-in et rien d'autre.

Quant à l'autre affaire, le meurtre de Kôan, il n'y avait là non plus aucun indice. Le vêtement du criminel évidemment maculé de sang et la hache mortelle n'avaient pas été retrouvés, comme ils l'imaginaient, abandonnés dans le marais proche.

Pour ce qui était du mobile, on pouvait facilement imaginer que le meurtrier de Kôan avait voulu supprimer un témoin encombrant. Mais en ce qui concernait le meurtre de Belle-du-Soir, de nombreux points restaient confus.

Premièrement, ils ignoraient qui, de Belle-du-Soir ou de Genji, était visé par le poison.

Si c'était Genji, les soupçons se tournaient immédiatement vers le Ministre de Droite, mais quel besoin avait-il de le tuer, puisqu'il n'était plus Prince du sang ?

Si l'on considérait que c'était Belle-du-Soir, force était de penser aussitôt à Kokiden, mais elle avait un alibi.

On pouvait aussi soupçonner l'une des femmes du harem impérial qui aurait agi par jalousie. Leur enquête ne donna rien non plus de ce côté-là. D'ailleurs, il était difficile d'imaginer que l'une d'elles commît directement un meurtre et se risquât à subir ensuite la vengeance des esprits irrités.

Les deux enquêteurs n'avaient aucun atout dans leur jeu, rien pour les mettre sur une piste. Désespérés de ne pouvoir résoudre leur problème, ils se tapaient la tête contre un mur infranchissable.

Une autre question se posait. L'auteur du crime avait-il atteint son but avec la mort de Belle-du-Soir ? Si c'était Genji qu'il visait, l'assassin se manifesterait un jour ou l'autre de nouveau. Et dans le cas présent, il n'existait aucun autre moyen pour découvrir le meurtrier que d'attendre qu'il sortît de sa réserve.

Chûjô et Shikibu décidèrent donc d'observer les moindres faits et gestes à la Cour.

3

Quand une femme du harem attendait un enfant de l'Empereur, elle retournait dans sa maison natale le troisième ou le quatrième mois et elle accouchait là.

La Princesse du Clos aux Glycines était allée s'installer dans son palais de la Troisième Avenue, sa résidence natale, juste après le début des investigations menées par les deux enquêteurs. Shikibu et la gouvernante O-Myôbu l'avaient suivie.

Son pavillon du Palais Impérial était déserté par ses suivantes et l'Empereur éprouvait un sentiment d'abandon. Un messager impérial se rendait chaque jour dans la demeure de la Troisième Avenue et le Souverain envoyait nombre de poèmes et de billets doux. Mais rien n'y faisait. Maladive, la Princesse ne sortait pas de son lit. Ses vomissements du matin se révélaient de plus en plus violents et sa pâleur comme sa maigreur alarmaient ses suivantes

En apprenant son état de faiblesse, l'Empereur s'était montré très inquiet. En raison de son rang, il lui était difficile de quitter le Palais, mais du moins avait-il pu ordonner de faire appel à un maître en divination et à un exorciste religieux reconnus pour leur efficacité dans la guérison des maladies. Il faisait procéder à différentes magies et conjurations tout au long du jour pour écarter le mal, chasser les mauvais esprits et les choses impures. Le palais de la Troisième Avenue retentissait des récitations de sûtras comme dans un temple bouddhique et avec un tel traitement, n'importe quel malade aurait dû guérir.

Mais l'état de santé de la Princesse ne s'améliorait aucunement. Plus elle entendait les récitations solennelles de sûtras, plus elle tremblait d'effroi en songeant à son crime d'adultère. Elle avait désobéi aux dieux et aux bouddhas. Déchirée par le remords, écrasée par la honte de sa conduite vis-à-vis de l'Empereur, elle aurait voulu être morte. Mais quand elle songeait à la cruauté de l'enfer qui l'attendait, saisie de frayeur, elle n'avait plus le courage de mourir. Et la cruauté de son destin, celui de donner naissance à un enfant adultérin, la plongeait dans d'insupportables tourments.

Alors, elle demanda aux suivantes de lui apporter les plantes médicinales suivantes : la carthame et la pivoine herbacée. Comme elle les priait de se rendre chez un médecin de grande renommée, les femmes pensèrent qu'il devait s'agir de remèdes puissants pour combattre les malaises de la grossesse, et elles s'empressèrent de donner l'ordre à un domestique de faire cueillir les simples réclamés.

La fleur de carthame ressemble à un chardon et, l'été, elle donne une fleur orangée que l'on utilise comme colorant. Ses propriétés médicinales se trouvent dans la racine en forme de bulbe. De même pour la pivoine herbacée.

Mais carthame comme pivoine sont des fleurs estivales. Il serait difficile de les cueillir. Par chance, on pouvait se procurer la pivoine encore cultivée à l'Office des Remèdes. La carthame était déjà fanée et il fallait aller en pleine campagne creuser la terre pour en trouver.

Les domestiques se mirent donc en quête de la précieuse racine, allongés des heures à plat ventre au bord des rivières ou à la lisière des champs. Après plusieurs jours, les hommes couverts de boue revinrent enfin avec, dans chaque main, des racines de carthame et de pivoine.

Shikibu et ses compagnes s'empressèrent de les laver et de les faire sécher. Ensuite, elles firent de la poudre en râpant les racines séchées et mélangèrent les deux produits. Le remède fut porté à la Princesse dans son lit.

Satisfaite, celle-ci prenait quotidiennement son médicament. Néanmoins, les effets bénéfiques tardaient à venir. Au contraire même, depuis qu'elle buvait cette potion, son état empirait de jour en jour. Elle avait un air hagard. Sa peau qui évoquait un blanc chrysanthème avait changé de teinte et était devenue hideuse.

L'exorciste et le maître en divination de l'Office du Yin et du Yang continuaient de réciter leurs formules et prières pour la guérison. Un billet écrit de la main de l'Empereur parvenait chaque jour au palais de la Troisième Avenue, mais la maladie rongeait le corps de la Princesse.

Les suivantes commencèrent à douter de l'efficacité de ce remède et les femmes d'expérience, les plus âgées, l'enjoignirent de ne plus le prendre. Mais leur maîtresse refusait, tout simplement. Shikibu elle-même, qui préparait chaque fois le remède, se mit à le regarder avec méfiance. Elle ne comprenait pas bien pourquoi la Princesse tenait tant à le prendre ni quelle était sa véritable nature.

Un jour, la Princesse fit savoir qu'elle voulait parler seule à seule avec Shikibu, qui se rendit au chevet de la malade en se disant que c'était pour le moins étrange. La vue de ce visage émacié, de ce teint violet et de ces mains décharnées lui donna envie de détourner les yeux pour ne pas voir l'aspect misérable de la malade. Son ventre proéminent semblait incongru.

« Comment vous sentez-vous ? lui demanda gentiment Shikibu.

— Bien, je vous remercie. Mon rôle est de donner naissance à un Prince Impérial, l'enfant de Sa Majesté... Je dois à tout prix répondre à son attente et la remercier de toutes ses bontés, fit-elle dans un murmure. Je vous ai fait appeler car je voudrais vous confier quelque chose.

— Je suis à votre disposition, Madame.

— Donnez-moi la boîte à miroir. »

Près de la lampe se trouvait une boîte en laque décorée d'un phénix sculpté, l'oiseau de la mythologie chinoise. Shikibu la posa près de l'oreiller de sa maîtresse.

« Ouvrez le couvercle et installez le miroir sur son support. »

Shikibu fit comme elle le lui demandait. A l'intérieur, également décoré d'un phénix, se trouvait un miroir en argent.

« Quel miroir magnifique !

— Ce miroir est un trésor de famille qui m'a été remis par ma défunte mère. Je voudrais vous le confier pour quelque temps.

— Comment... ? fit Shikibu interloquée. Que dois-je en faire ?

— Ce miroir se transmet dans ma famille depuis les temps anciens. Il a appartenu à ma mère... à ma grand-mère... et ainsi de suite... Il représente l'âme, la conscience, la vie des femmes de ma famille depuis des générations... Pour me rétablir et donner naissance à l'enfant de Sa Majesté, je veux l'âme, la vie de ces femmes contenues dans ce miroir. »

Dans ce pays en effet, le miroir tenait une place importante et l'on disait que l'âme des femmes contenue dans le miroir restait pure. Mais que signifiaient ces paroles : « Je veux l'âme, la vie » ? Shikibu se risqua à demander :

« Que puis-je faire pour vous, Madame ?

— Je veux que vous me fassiez boire à petites doses la poudre que vous obtiendrez en grattant ce miroir.

— Mais, Madame, intervint Shikibu, c'est de l'argent... L'argent ne devient-il pas du poison ?

— Pris en petite quantité, il n'y a aucun problème... J'ai un devoir important à remplir. Il me faut guérir mon corps pour l'accomplir... C'est pourquoi l'âme, la vie dans ce miroir me sont nécessaires... Shikibu... je vous en prie. Je vous en prie... donnez-moi l'âme de ce miroir... »

Epuisée, la malade ne put terminer sa phrase, mais Shikibu avait senti sa détermination et elle répondit, dans l'intention de rassurer la malade :

« J'ai compris, Madame. Je vais le conserver précieusement.

— Je vous... remercie. Seulement... n'en parlez... à personne... »

A bout de souffle, elle ferma les yeux et s'endormit.

Mais Shikibu n'avait pas l'intention de suivre ses indications. Elle comprenait ses sentiments mais il n'était pas question de lui faire boire ce poison. Elle regarda la dame endormie, ferma le couvercle de la boîte du miroir et sortit discrètement.

En marchant dans les couloirs, elle sentit des nuages sombres s'étendre au-dessus de sa tête, et elle réfléchit à l'étrange supplication de la dame.

Son désir de boire de la poudre d'argent devait avoir un lien avec ce remède à base de carthame et de pivoine... La détérioration de son état de santé semblait provoquée par ce médicament... C'était sa maîtresse elle-même qui l'avait réclamé, elle devait donc le connaître... Et elle avait l'intention de boire de la poudre d'argent, alors que chacun savait que c'était du poison... Elle continuait de boire quotidiennement son remède sans se soucier de son état qui empirait.

Soudain, un éclair traversa l'esprit de Shikibu comme si elle venait d'avoir une révélation divine. Et si par hasard... ? Mercure-carthame-pivoine, Shikibu avait lu quelque chose à ce sujet. Ou bien l'avait-elle entendu ? En tout cas, elle s'en souvenait vaguement. Ces trois éléments étaient employés pour une chose effrayante...

Médicament abortif... elle avait trouvé ! Quels abominables mots ! L'Impératrice voulait-elle perdre volontairement l'enfant de l'Empereur ? Quasiment certaine d'avoir touché juste, Shikibu en eut la chair de poule.

Une fois sortie du palais de la Troisième Avenue, elle se dirigea rapidement vers l'Office des Remèdes pour vérifier les propriétés des simples et du métal.

Le noir pressentiment de Shikibu se révéla juste. La pivoine herbacée était utilisée pour arrêter la douleur et la carthame, pour provoquer l'arrivée des menstruations. L'expulsion du fœtus avant terme, en réalité. Le mercure était plus actif et plus efficace que la carthame, mais pris en quantité plus que nécessaire, il provoquait un empoisonnement.

Shikibu comprit que l'Impératrice avait essayé de perdre l'enfant avec la carthame et la pivoine. Et comme cela n'avait pas réussi, elle voulait en dernier recours boire de la poudre d'argent. Mais l'argent et le mercure étaient deux métaux fondamentalement différents et elle les avait confondus. Shikibu devina la détermination de l'Impératrice, qui devait bien savoir que ce métal était du poison. C'était sans doute pourquoi elle n'en avait pas pris auparavant. Pourtant, elle voulait maintenant en prendre, persuadée que l'argent avait les propriétés du mercure.

A l'idée que sa maîtresse n'hésitait pas à risquer sa vie pour perdre l'enfant de l'Empereur, Shikibu reçut comme une douche d'eau glaciale.

La pluie d'automne tombait sans discontinuer sur la Capitale et le ciel gardait le même aspect sinistre depuis plusieurs jours. Les arbres laissaient pendre leurs branches sans vigueur, fatiguées par l'humidité de l'air, et le mordant vent du nord faisait de temps à autre tourbillonner les gouttes de pluie.

Ce jour-là, vers minuit, la pluie cessa. Elle fut remplacée par un brouillard si dense que l'on ne voyait pas le bout de son nez. Il s'était rapproché discrètement en rampant et dissimulait maintenant la surface de la terre.

Dans l'enceinte d'un temple se dressait un groupe d'arbres sacrés, des cryptomères plusieurs fois centenaires, et l'épais brouillard stagnait entre les troncs.

Parmi les nombreux sanctuaires et temples de la Capitale, celui-là inquiétait les habitants car ils savaient que s'y pratiquaient la sorcellerie et la divination. Les arbres sacrés trempés par la pluie brillaient, menaçants, et les gouttes qui tombaient une à une de leurs branches dans les flaques d'eau retentissaient dans ce lieu désert enveloppé par le brouillard et accentuaient l'impression inquiétante de l'atmosphère.

A l'heure de la Vache, deux lueurs vacillantes éclairèrent les ténèbres et apparut une vieille femme au visage parcheminé, le front ceint d'un cercle de fer, une bougie entre deux doigts. Autour de son cou pendait un miroir qui scintillait sur son vêtement blanc. Elle tenait un peigne entre les dents, était chaussée de socques en bois munis d'un seul support et tout son visage était d'un rouge écarlate. Sa main droite agrippait un long clou et un marteau ; sa main gauche serrait une poupée de paille.

C'était le moment de la « prière au temple à l'heure de la Vache », comme l'on disait habituellement. L'heure à laquelle l'énergie des esprits, des démons, des êtres surnaturels devient la plus forte. Sept nuits durant et à l'abri des regards, on frappe avec un long clou une poupée de paille sur laquelle est inscrit le nom de la personne maudite, dans l'intention de la faire mourir.

L'époque regorgeait de meurtres par incantations. C'était un moyen largement utilisé en raison de ses avantages : le meurtrier ne frappait pas directement le corps de l'autre et ne risquait donc pas de se souiller au contact de la mort.

La capitale précédente, Heijô-kyô[1], ensuite transférée à Heian-kyô[2], avait connu une série de meurtres tragiques à répétition, qui « lavaient le sang par le sang », entraînant une escalade d'actes vengeurs sanglants. On disait qu'un nombre incalculable de criminels avaient été tués par des fantômes animés par la vengeance. Lors de la période Heian, la population avisée jugea qu'il valait mieux éviter de concevoir des meurtres « en direct », par crainte de la punition des esprits.

---

1. Nara : 710-784 ; Nagaoka : 784-794.
2. Kyôto : 794-1868.

Mais la haine et le ressentiment sont le propre de l'homme. Ils ne disparaissent pas, quelle que soit la société. Les gens employèrent donc une autre méthode, celle des sortilèges, qui permettent des meurtres « à distance ». Ils faisaient appel à des sorciers, comme cette vieille femme toute ridée, qui se chargeaient de tuer par incantations et magie noire contre de l'argent et manœuvraient dans l'ombre.

La silhouette courbée avançait lentement. Autour du corps de la vieille femme en marche, le brouillard dessinait une étrange spirale. Comme si elle diffusait l'esprit maléfique dans l'atmosphère. Elle semblait chercher un arbre sacré approprié. Des poupées en paille sèche étaient clouées sur certains troncs, mais elle les évita car leur pouvoir magique était affaibli. Surtout en cette nuit qui correspondait au septième jour, celui où son vœu devait être exaucé. Elle allait porter les derniers coups et en finir avec ce sortilège malfaisant aux conséquences mortelles.

La vieille bougeait ses yeux de rapace. Tout à coup, se fit devant elle une éclaircie. Un cryptomère immense surgit, le tronc entouré par une corde de paille marquant un lieu sacré. Son regard se fixa sur l'arbre et elle sentit son immense force. Elle se dirigea vers le large tronc, caressa doucement l'écorce et regarda tout autour d'elle... il n'y avait personne.

Une fois certaine de n'être vue de quiconque, la vieille femme cala la poupée dans sa main gauche. Chose étrange, le ventre était gonflé et elle portait une inscription : « Princesse Glycine ».

« On-ori-kiri-tei, mei-ri-tei-mei, wa-ya-shi-marei, sowa-ka... »

De mystérieuses formules jaillissaient de la bouche de la sorcière qui se mit à enfoncer le clou. D'abord sur la tête, puis dans le cœur, le ventre... et ainsi de suite. Elle recommençait indéfiniment.

« Prin-ces-se-Gly-ci-ne... Prin-ces-se-Gly-ci-ne... » répétait-elle d'une voix rauque en fichant la pointe du clou dans la tête de l'effigie, puis dans le cœur, puis dans le ventre proéminent.

Eclairé par la flamme tremblotante de la bougie du cercle en fer, le visage de la vieille femme qui piquait le ventre avec sa pointe avait l'air démoniaque. Le clou perçait de plus en plus fort le ventre. La poupée en paille tremblait, prise de frémissements convulsifs.

« Prin-ces-se-Gly-ci-ne... Prin-ces-se-Gly-ci-ne... » murmurait la vieille femme comme possédée du démon.

Le bruit sec du métal qui frappait le clou retentissait dans l'enceinte du temple désert.

Dans le Pavillon Kokiden, l'Epouse Impériale ne pouvait fermer l'œil. Elle ouvrait grand les oreilles avec l'impression que lui parvenait de là-bas le bruit d'un clou que l'on frappe. Il ne fallait pas que l'Impératrice, la Princesse du Clos aux Glycines, donnât naissance à son enfant... Cette idéc fixc l'avait conduite à demander à une sorcière hérétique de commettre un meurtre par incantations et envoûtement.

Elle n'avait pas voulu recommencer à lancer elle-même le sortilège malfaisant. Car le sentiment de culpabilité qu'elle gardait en elle depuis son meurtre de la Favorite laissait une tache de sang indélébile dans son esprit. Elle en arrivait à penser que ce malheur qui la frappait, la folie du Prince Aîné, était une conséquence directe de son crime, une punition des dieux. Celui qui commettait un meurtre par incantations et pratiquait la sorcellerie était éclaboussé par ces incantations. Elle avait fini par comprendre cela.

Le bruit du métal au loin ne lui parvenait plus. A l'idée que ce devait être fini, Dame Kokiden laissa échapper un soupir de soulagement et ferma les yeux dans l'intention de dormir. Mais son esprit restait éveillé et la silhouette de l'Impératrice émergea derrière ses paupières. Elle vit se tordre de douleur l'objet de sa haine, victime du maléfice comme la Favorite, et à cette vision, son visage s'éclaira spontanément. Le peu de bon sens qui lui restait lui reprocha son esprit malfaisant, mais l'hostilité et le désir du pouvoir finirent par dominer. Puis la raison disparut totalement et l'image de sa rivale souffrant mille morts provoqua en elle une joie extraordinaire. Kokiden n'éprouvait aucun regret et ne se sentait aucunement infâme d'être pourvue d'un esprit maléfique.

4

Une nouvelle année avait commencé. Le printemps était de retour, les rayons du soleil lumineux annonçaient le début de l'été et l'arrivée d'une saison éclatante. Mais la panique régnait dans la résidence de la Princesse du Clos aux Glycines.

Au dernier mois de sa grossesse, elle avait perdu la tête. Tout au long du jour, elle riait d'un rire provocant, devenue incapable de prononcer un seul mot. Elle se contentait de rire stupidement. Puis elle avait soudain des mouvements brusques et agités, tapait ou cassait tout sur son passage dans ses appartements et sortait pieds nus pour courir à travers le jardin. Personne ne pouvait la contrôler.

Les premiers symptômes de son dérèglement mental s'étaient manifestés une nuit d'automne de l'année précédente. A la fin de la saison des longues pluies continuelles, elle s'était soudain mise à rire sans raison. Depuis, pour un oui pour un non, elle riait aux éclats. Dotée brusquement d'un gros appétit, elle s'était d'abord rétablie à vue d'œil. Au début, tous s'étaient réjouis, en attribuant son amélioration aux conjurations formulées par le religieux exorciste. Mais l'on s'aperçut vite que chaque fois qu'elle riait aux éclats, il se produisait des événements étranges qui n'annonçaient rien de bon.

Complètement rétablie physiquement, elle déambulait fièrement dans ses appartements, cassait les branches des arbres dans le jardin et riait bruyamment en fauchant les rideaux-écrans et les lampes à pied. Son ventre s'arrondissait de plus en plus. Quand elle commença à marcher avec difficulté, elle se mit à longueur de temps à taper son ventre contre la balustrade, au risque de perdre l'enfant.

Les suivantes n'avaient pas un instant de répit. En pleine nuit, souvent, elles entendaient un bruit bizarre. Elles se précipitaient et la découvraient heurtant son ventre proéminent contre l'accoudoir, ou le frottant brutalement contre un pilier.

En de tels moments, elle avait vraiment l'aspect d'une folle. Sa longue chevelure en désordre qui touchait terre s'agitait dans son dos, ses yeux regardaient dans le vide, sa bouche ouverte avec vulgarité bavait comme celle d'un chien. Ceux qui avaient connu la raffinée, fraîche et innocente Princesse du Clos aux Glycines se lamentaient et se demandaient quel horrible crime elle avait pu commettre dans sa vie antérieure.

Même le moine de haute vertu et l'exorciste ne parvenaient pas à maîtriser sa folie. Cet état était habituellement dû à des esprits malfaisants d'hommes ou d'animaux morts, mais dans son cas, ils ne pouvaient en trouver aucun. Le maître en divination, de l'Office du Yin et du Yang, donna son diagnostic : elle était victime de sortilèges. Au début, tous furent incrédules, connaissant le doux caractère de la Princesse. Il leur semblait impensable qu'elle pût attirer la haine. Cependant, à la découverte d'une poupée en paille portant le nom de « Princesse Glycine » dans le temple connu pour être un lieu de pratiques secrètes, la démence pour cause d'envoûtement fut acceptée par les derniers sceptiques.

A cette nouvelle, l'Empereur révolté ordonna aux fonctionnaires du Département de la Justice et du Bureau de Police de rechercher le responsable de l'ensorcellement de sa bien-aimée, mais ils revinrent bredouilles, sans le moindre petit début d'indice.

Dame Kokiden et son père, le Ministre de Droite, furent évidemment soupçonnés. A tort. Il n'y avait pas trace de leur passage au temple à l'heure de la Vache.

Cela restait un mystère incompréhensible.

Bien que l'on procédât aux formules secrètes pour enrayer les imprécations maléfiques, celles-ci restaient sans effet et l'état de démence de l'Impératrice empira. Incapable d'attendre sereinement au Palais Impérial, l'Empereur se rendait fréquemment dans la demeure de la Troisième Avenue. Mais sa détresse redoublait à la vue de l'Impératrice hurlant comme une furie et ne comprenant plus le langage des humains.

Au milieu du neuvième mois, on fit venir un médecin réputé et des accoucheuses qui s'installèrent à demeure dans la résidence de la Troisième Avenue, prêts à parer à tout événement imprévu.

Le ventre de l'Impératrice ressemblait à une énorme bosse. Les exorcistes continuaient leurs prières mais rien n'y faisait, elle devenait folle à lier. Lorsqu'elle était de mauvaise humeur, elle faisait un tapage effroyable, accompagné de son habituel rire provocant. A chaque crise, ses suivantes accouraient et la plaquaient de force sur son lit pour tenter de la calmer.

Shikibu elle-même n'en pouvait plus. Quand sa maîtresse lui avait confié le miroir, en la priant de lui donner à boire la poudre d'argent, elle avait décidé de jeter le remède que prenait la malade. Hors de question pour elle de le lui donner alors qu'elle connaissait son effet abortif. Elle remplaçait en douce la carthame et la pivoine par d'autres plantes médicinales. Elle remplaçait la poudre d'argent par une autre, connue pour ses propriétés sédatives et inoffensive.

La Princesse lui demandait parfois son miroir. Avant de le lui apporter, Shikibu prenait soin de le gratter afin de faire disparaître un peu de métal.

Temporairement, l'état physique de la malade s'était donc amélioré. Mais Shikibu frémissait d'horreur à l'idée que cette femme, même folle, voulait perdre son enfant. « Pourquoi une telle obsession ? » Shikibu n'en avait aucune idée mais elle y pensait sans cesse, et elle ressentait vivement l'effroyable pouvoir du karma de l'homme.

L'Impératrice était enceinte depuis dix mois selon le calendrier lunaire.

La résidence de la Troisième Avenue ressemblait à un repaire de fous et d'invalides. De jour comme de nuit, les moines vertueux psalmodiaient les sûtras au milieu des volutes de fumée d'encens offert aux dieux. Les yeux rougis par la fatigue, le personnel courait en tout sens et tombait littéralement de sommeil, s'endormant sur place n'importe où. Partout traînaient des corps affalés.

Une nuit d'averse, à minuit, on entendit des halètements dans la chambre de l'Impératrice... Les douleurs de l'accouchement avaient commencé.

Il régnait un état de tension indescriptible. A la nouvelle, Genji, Chûjô, le Ministre de Gauche étaient accourus. Torturé par l'angoisse, l'Empereur fit son entrée, sous grande escorte, avec ses hommes armés comme toujours d'une épée et d'un grand arc. C'était une visite peu appropriée au milieu de cette ambiance hystérique. Mais tous s'unirent aux sûtras des moines vertueux et prièrent pour un accouchement facile et sans problème.

Genji, en particulier, puisqu'il savait que l'enfant à naître était de lui. Il comprenait combien l'Impératrice avait souffert pendant l'année écoulée. Quand il avait appris par Shikibu qu'elle avait tout fait, malgré sa démence, pour perdre le bébé, il en avait eu froid dans le dos. Les tourments de cette femme dépassaient, et de loin, ce qu'il pouvait en imaginer. Il devina qu'elle n'était pas ensorcelée, mais folle, de par sa faute. Il avait envie de s'excuser auprès d'elle pour ses souffrances.

A nouveau lui parvinrent ses gémissements. Genji ferma les yeux, le cœur déchiré par les remords. A présent, il ne pouvait que prier pour que tout se passât bien et qu'elle recouvrît la raison après son accouchement, comme cela était déjà arrivé à certaines femmes.

L'accouchement se passait dans la chambre à coucher de l'Impératrice, tendue de blanc, selon la tradition. Le bois du lit surélevé, les motifs des paravents, les rideaux, la lisière des nattes, tout était blanc. Vêtue d'un vêtement blanc, la parturiente avait le buste relevé et les jambes grandes ouvertes, dans la position assise. Shikibu et la nourrice lui tenaient fermement les deux mains et les autres femmes lui maintenaient les jambes, le dos, le ventre, afin d'éviter qu'elle ne changeât de position lors de violentes contractions.

Ses contractions étaient rapprochées. Chaque fois, la chamane lançait des assiettes au sol et dans l'antichambre, le moine récitait les formules de conjuration.

« Poussez... poussez ! » criait la vieille accoucheuse expérimentée, les manches de son kimono relevées par un cordon de coton.

L'Impératrice raidissait son corps, le front trempé de sueur, un morceau de tissu enfoncé dans la bouche et la respiration haletante.

Elle eut de nouveau une violente contraction et son corps voulut se cambrer. Les femmes s'arc-boutèrent sur ses jambes et la maintinrent de toutes leurs forces. Elles la suppliaient de pousser.

« Allez... poussez ! Poussez ! » tempêtait l'accoucheuse.

Le visage déformé par la douleur et en sueur de la Princesse était recouvert de mèches de cheveux collés. En transe, la chamane brisait des assiettes.

L'Impératrice unissait ses forces pour se libérer de l'emprise de Shikibu qui lui maintenait les mains. Les suivantes qui appuyaient sur ses jambes lui écartèrent davantage encore les cuisses et l'encouragèrent à pousser.

Mais l'enfant ne voulait pas descendre. Les contractions s'intensifièrent. Elle agita violemment la tête de gauche à droite en se débattant et son corps fut pris de spasmes épouvantables. Les yeux révulsés, elle était au bord de l'évanouissement.

« Tenez bon ! Du courage ! » criaient Shikibu et les autres sur le point de fondre en larmes.

La pauvre femme n'en pouvait plus. L'accoucheuse lui donna alors une gifle. Mais elle n'obtint aucune réponse. De la bave coulait de sa bouche d'où s'échappait une respiration agitée. L'accoucheuse jeta un plein baquet d'eau sur le visage de l'Impératrice qui reprit conscience.

A cet instant, une contraction terrible lui déchira les entrailles. Elle hurla à pleins poumons, écarta les bras et son corps se cambra comme un arc. Les femmes qui la maintenaient furent repoussées par sa force décuplée. Elle perdit connaissance, la tête renversée en arrière. Malgré les cris, elle ne revenait pas à elle, mais sa poitrine palpitante indiquait qu'elle respirait encore.

« Elle a seulement perdu connaissance », déclara l'accoucheuse en s'essuyant le front, le souffle court.

Tout à coup, elle aperçut quelque chose entre les cuisses de l'Impératrice inconsciente.

« Pas possible ! s'exclama-t-elle, l'enfant se présente par le siège ! »

On apercevait les pieds de l'enfant couverts de mucus et entre les jambes, un liquide transparent comme de l'eau pure se mit à couler. Elle perdait les eaux.

« Ça ne va pas ! Non, pas ça ! »

L'accoucheuse essayait de tirer rapidement le bébé. Mais quoi qu'elle fît, une seule jambe sortait et, pendant ce temps, l'eau continuait de couler.

« Ça ne va pas ! Si ça continue, le bébé va s'étouffer et mourir ! »

Pour la première fois, on sentit un mouvement de panique chez cette accoucheuse pourtant expérimentée qui en avait vu d'autres.

Le médecin de l'Office des Remèdes se présenta au poste du Corps de Garde où se tenaient l'Empereur, Genji, Chûjo et le Ministre de Gauche. Après avoir expliqué en détail les problèmes survenus pendant l'accouchement, l'homme de l'art conclut :

« Madame l'Impératrice se meurt... »

A ces paroles, il se sentirent happés par un gouffre de désespoir.

« Il ne reste qu'une solution, déclara le médecin.

— Dites, fit le Souverain prêt à saisir la planche de salut.

— Ouvrir le ventre de Madame l'Impératrice et sortir l'enfant.

— Comment ? »

Ils blêmirent tous à cette annonce terrible.

« Mais que deviendra l'Impératrice ? répliqua le Souverain.

— A mon grand regret... mais on peut sauver l'enfant dans son ventre. J'ai déjà procédé ainsi plusieurs fois et j'ai sorti le bébé. »

Un profond silence régnait. Ils restaient pétrifiés de stupeur à l'idée qu'un acte aussi diabolique que celui de découper le ventre d'une femme enceinte et de retirer l'enfant eût été déjà pratiqué. Genji avait le sang glacé.

« Mais si l'on n'intervient pas, le bébé va suffoquer et il mourra. Cela met en danger la vie de la mère et de l'enfant. Votre Majesté, je suis venu vous demander de prendre une décision. »

D'après son ton, le médecin semblait déterminé.

« Si nous ne faisons rien, l'enfant sera bientôt mort. Je ne sais pas ce qu'il adviendra de Madame l'Impératrice. Si nous lui sauvons la vie par la grâce du Ciel, elle restera folle jusqu'à la fin de ses jours. Mais si l'on ouvre son ventre, l'enfant naîtra sans dommage, je peux vous l'assurer. Si c'est un prince, il pourra devenir le Prince Héritier et monter un jour sur le trône. »

L'Empereur comprit qu'il se trouvait dans l'obligation de prendre une terrible décision. Les autres l'observaient avec anxiété. Le Souverain, mal à l'aise, sentait naître en lui un conflit qu'il ne pouvait dominer.

« Votre Majesté, choisissez-vous Madame l'Impératrice, qui a perdu la raison, ou l'enfant qui est dans son ventre ? Je vous supplie de prendre rapidement une décision. »

Ce ton énergique ne laissait pas le choix et laissait deviner sa détermination.

Le visage de l'Empereur se crispa, son corps se mit à trembler. Les poings serrés, il transpirait à grosses gouttes et ses yeux passaient lentement d'un visage à l'autre comme s'il appelait à l'aide. Il n'arrivait pas à prendre la décision seul.

« Le temps presse. Votre Majesté, je vous supplie de me faire connaître au plus vite votre décision », dit le médecin sur un ton encore plus rude.

Le Souverain avait l'air pitoyable et il rencontra le regard de Genji qui avait déjà pris une décision au fond de lui-même... Il fixa les yeux suppliants de l'Empereur et ferma les yeux, en silence.

Sa volonté se transmit à l'Empereur et, après avoir poussé un profond soupir, celui-ci déclara en tremblant au médecin :

« Faites pour le mieux.

— Je sortirai l'enfant, Votre Majesté, je vous l'assure, et je vous le montrerai. »

L'homme se prosterna avec respect, puis tourna brusquement les talons. Tous savaient ce qui allait se passer. Personne ne dit mot. Le temps s'était arrêté, comme hébété.

Genji se sentait tomber dans l'abîme de l'enfer. A la place de son père, l'Empereur, doté d'une nature faible, il venait de donner l'ordre de tuer l'Impératrice. Lui qui l'avait chérie comme sa mère, adorée comme une femme divine... Quel karma, quel destin cruel... Par sa faute, elle avait conçu un enfant adultérin qui l'avait plongée dans le tourment... et maintenant, il avait pris la décision de sa mort. Que d'atrocités... quel péché avait-il commis ! Sa douleur lui donnait envie de hurler et de pleurer devant tout le monde. Mais il se retint de toutes ses forces et sortit.

Un pesant silence avait envahi les lieux. Seul retentissait le bruit de la pluie, inutile. De la pièce de l'accouchement ne parvenait aucun son. Tout ce qui s'était passé précédemment semblait n'avoir jamais existé.

« Mon ami... »

Genji se retourna et vit Chûjô debout derrière lui, le regard plein de compassion, qui lui saisit les mains avec chaleur, comme pour l'encourager et lui signifier qu'il n'était pas responsable. Mais Genji ne put répondre à son geste bienveillant. Il regardait la pluie qui tombait soudain à verse. Des larmes coulèrent sur ses joues.

La pluie tombait toujours lorsque Shikibu et la nourrice sortirent de la pièce d'accouchement, le visage livide, et se précipitèrent pour vomir par-dessus la balustrade. Les traits décomposés par la peur, leur visage semblait hanté par la Mort.

Genji comprit ce qui arrivait mais il voulut repousser cette image. Tout à coup s'éleva un cri de nourrisson en bonne santé. Il était né sans problèmes. Une joie imperceptible se lut sur le visage de Chûjô alors que Genji gardait la même expression dure, ne sachant comment ordonner ses sentiments.

« Il est né... en bonne santé... c'est son cri... mon enfant... bredouilla l'Empereur en se levant lentement.

— Père, n'y allez pas ! s'écria Genji malgré lui.

— Mon enfant... mon enfant est né, répétait le Souverain qui sortit du poste de Garde et se dirigea vers la salle d'accouchement.

— Il ne faut pas y aller ! Père... Père... ! » hurlait Genji. Mais il ne pouvait plus l'arrêter. Le courage lui manquait pour se rendre lui-même dans la chambre de l'Impératrice. Pétrifiés, les autres regardèrent partir l'Empereur sans réagir.

Les pleurs du bébé emplissaient la résidence.

« C'est mon enfant... mon enfant... » murmurait abasourdi le Souverain, l'esprit anéanti par des heures d'une intense tension. Il n'avait plus qu'une idée en tête : voir le nouveau-né que l'on entendait crier avec vitalité.

L'Empereur entra dans la salle d'accouchement où les femmes s'empressèrent de relever les stores et, faisant fi de leurs objections, il poussa le paravent...

Il reçut en pleine figure l'horrible spectacle. La pièce tendue de blanc était rouge du sang qui avait giclé partout. Ses yeux ne pouvaient se détacher de la vision macabre au centre. Les pupilles dilatées, il fut parcouru d'un tel choc que son cerveau fut atteint : le cadavre de sa bien-aimée baignait dans une mer de sang.

Le ventre avait été ouvert de la poitrine au nombril. Le ventre proéminent n'était plus qu'une grande cavité où apparaissaient les intestins luisants. Le cœur palpitait encore et le sang coulait abondamment sur les viscères.

Son esprit s'arrêta de penser... Les sanglots du nouveau-né, le cadavre, il ne comprenait plus rien. L'Empereur était emporté dans le tournoiement rapide d'un monde écarlate. Quand le médecin présenta fièrement l'enfant plein de vitalité qui pleurait, le regard du Souverain était déjà absent. A son cri, il s'effondra, comme surpris.

5

Ainsi mourut l'Impératrice en donnant naissance à un enfant adultérin en parfaite santé. C'était un Prince Impérial.

La vue de l'horrible cadavre avait plongé l'Empereur dans un état comateux dont il ne sortit pas. Le choc émotionnel avait eu raison de son esprit. Il ne pouvait rien avaler et dépérissait de jour en jour.

L'enfant resta dans la demeure de son aïeul. D'une sublime beauté, il ressemblait à s'y méprendre à Genji et tous souhaitaient ardemment qu'il devînt le prochain Héritier. Ce fils d'Empereur méritait bien son titre de Prince Impérial.

Bien entendu, personne ne se doutait des relations du Prince Radieux avec feu l'Impératrice. Genji s'arrangeait pour ne jamais approcher du palais de la Troisième Avenue mais il savait que l'enfant grandissait sans problèmes.

A l'approche de la fin de l'année, quand les gros flocons de neige tourbillonnent au dehors, l'Empereur mourut de faiblesse. Dans un état si pitoyable qu'à sa mort, il n'avait plus que la peau sur les os. Il était âgé de cinquante-neuf ans...

Un règne prenait fin.

La Princesse Mauve

1

Après le décès de l'Empereur, le Prince Héritier, fils de l'Epouse Impériale Kokiden, monta sur le trône, sous le nom d'empereur Suzaku.

Mais son comportement n'était pas tout à fait normal. En dépit de ses vingt ans bien sonnés, il ne cherchait pas à se joindre aux dames de la Cour et aux courtisans, et restait cloîtré dans sa chambre du Pavillon Shihôsha. Là, il chantait soudain à tue-tête ou bien taillait une flûte ou encore ouvrait la boîte du joyau impérial.

Chaque fois, le Ministre de Droite et Dame Kokiden se précipitaient pour l'en empêcher. Ses agissements excentriques n'étaient pas connus du public et il va sans dire que les suivantes et les valets avaient ordre de se taire.

Si sa famille tenait tant à cacher la véritable personnalité du Prince Aîné, c'était à cause de l'enfant de feu l'Impératrice, le Prince Impérial nommé officiellement Prince Héritier par l'ex-Empereur sur son lit de mort. Si l'on découvrait que l'Empereur Suzaku était un déséquilibré, celui-ci serait inévitablement forcé d'abdiquer en faveur du Prince Héritier. Ce qui expliquait les efforts de son aïeul et de sa mère pour dissimuler son état, car il en allait de l'avenir et même plus, de la vie ou de la mort de leur famille.

La cérémonie d'intronisation de l'Empereur Suzaku eut lieu trente jours après le décès de l'Empereur, le dernier jour du premier mois. En temps normal, les gens de la Cour auraient pris place dans la grande salle d'audience des huit Départements du Pavillon Suprême situé au centre du Palais Impérial, où se déroulaient dans la magnificence les rites importants.

Mais cette fois, sur ordre du Ministre de Droite, elle se déroula dans le Palais Réservé au Pavillon Violet, dans la salle d'audience privée de l'Empereur. C'était une mesure inhabituelle. Mais ils avaient jugé qu'une cérémonie organisée dans le pavillon officiel éloigné du Pavillon de la Fraîcheur et de la Pureté, qui abritait les Appartements du Fils du Ciel, les empêcherait de mettre bon ordre, si jamais l'Empereur Suzaku se conduisait mal.

Parmi ceux qui participèrent à la cérémonie d'intronisation, personne n'y trouvât à redire : le Palais Suprême était en travaux de réfection après avoir brûlé dans un grand incendie. D'autre part, le nouvel Empereur se tint droit comme un I, comme on le lui avait ordonné, tout au long de la fête solennelle qui se termina sans encombre.

Cette nuit-là, les officiers de la Garde portèrent avec respect le joyau, l'épée et le miroir (les symboles impériaux transmis de règne en règne lors de l'avènement au trône) dans le Pavillon Shihôsha, où demeurait généralement l'Empereur Suzaku, situé à deux bâtiments au nord du Pavillon de la Fraîcheur et de la Pureté.

L'accession au trône de l'Empereur Suzaku signifiait le pouvoir absolu pour Dame Kokiden et le Ministre de Droite. Car le nouveau Souverain, aux compétences politiques nulles, n'était qu'une marionnette entre leurs mains. Les commandements, les proclamations impériales et autres prononcés officiellement par l'Empereur dérivaient de la volonté de ces deux importants personnages.

L'aïeul maternel du Fils du Ciel fut nommé Ministre des Affaires Suprêmes. Le Ministre de Droite occupait donc maintenant la position la plus haute et le rang le plus élevé dans la hiérarchie. Puis il eut la charge de Grand Chancelier Ministre des Affaires Suprêmes. Les affaires politiques de la Cour étaient maintenant dirigées par le père et la fille, arrivés au faîte du pouvoir comme ils l'avaient si longtemps espéré.

En comparaison, la déchéance du Ministre de Gauche se révélait catastrophique. De nature craintive et faible, incapable de réagir, il se laissait porter par le cours des événements. Il n'avait heureusement pas été privé de son rang officiel mais on sentait que le Ministre de Droite en avait l'intention dans un avenir proche.

Sans doute les fonctionnaires chargés de l'administration et les serviteurs employés aux travaux domestiques de sa maison prévoyaient-ils ce dénouement car ils étaient très vite partis les uns après les autres. Même les suivantes et les hommes d'escorte avaient quitté la résidence en invoquant quelque raison, et la demeure du Ministre de Gauche s'était rapidement délabrée.

La seule et unique bonne nouvelle fut la promotion de Genji, Général en Second de la Garde du Corps, nommé Général de la Garde du Corps. Celui-ci était le chef des gardes impériaux. Il accédait au troisième rang inférieur et devenait un haut dignitaire, qui pouvait participer directement à la politique et assister au Conseil. Cette nomination, il la devait à la volonté de l'Empereur défunt qui, sur son lit de mort, avait mandé à son chevet le Prince Héritier et l'avait supplié de se préoccuper de l'avenir de Genji, le Prince Radieux.

A la vue du visage « surnaturel » du Souverain à l'agonie, le Prince Héritier avait été saisi d'effroi et, devenu l'Empereur Suzaku, indolent et dépourvu de toutes ses facultés mentales, il accéda à la demande instante de son père, l'Empereur. De plus, il n'éprouvait aucun ressentiment contre Genji, son demi-frère. Sur ce point, il se trouvait en contradiction avec le Ministre et sa fille, Dame Kokiden. Mais ce fut sa seule incartade et il suivait à la lettre leurs directives.

Depuis son accession au trône, ses parents l'observaient sans lui laisser un moment de répit et ils lui avaient intimé l'ordre de dire en permanence : « Faites ce que vous voulez. »

L'Empereur Suzaku lui-même semblait maintenant comblé de passer ses journées assis cérémonieusement devant ses sujets qui lui montraient obéissance, et ses nuits à se pâmer dans les bras des belles filles du harem. Ses crises de comportement avaient comme par miracle disparu. Qui sait si ses excentricités n'étaient pas provoquées par un complexe d'infériorité ? Lui, le Prince Aîné, était toujours comparé dans son enfance à Genji. Mais puisque sa mère et son aïeul se chargeaient sans lui de mener les affaires complexes de la politique et qu'il pouvait s'adonner aux plaisirs de la chair avec les épouses et concubines, l'Empereur Suzaku était au comble du bonheur.

La crainte que le ciel ne s'écroulât après son accession au trône était passée. Le système politique avait permis à sa famille maternelle d'arriver au sommet et elle tenait maintenant les rênes du pouvoir.

Soufflés par le vent du nord glacial, les flocons de neige s'envolaient comme des nuages de poussière. La neige poudrait d'une légère couche de maquillage le jardin à l'abandon de la résidence du Ministre de Gauche et lui donnait un meilleur aspect. Mais, sur la glace qui recouvrait la surface de l'étang, s'entassaient les feuilles mortes noircies et les herbes fanées apparaissaient sur les toits de bardeaux.

Bien que ce fût le jour, les panneaux de treillis étaient tous baissés et il n'y avait âme qui vive dans les galeries et sur les promenoirs. La maison silencieuse et désolée semblait à l'abandon.

La neige ne cessait de tomber. Dans la galerie reliant le Pavillon Central à l'aile orientale, Chûjô brûlait son livret. Les cendres tombaient dans le cours d'eau qui coulait jusqu'à l'étang. Il jetait les notes que Shikibu et lui-même avaient prises sur les différentes illégalités commises par le Ministre de Droite.

« Quel dommage de jeter ces preuves qui auraient pu nous aider », murmura avec regret le Ministre de Gauche appuyé contre la balustrade. Affublé d'une barbe de trois jours, il semblait souffrir d'une légère grippe. Vêtu d'une tenue ordinaire de tous les jours, il avait enfilé par-dessus son pantalon bouffant deux vestes superposées et jeté sur ses épaules une espèce de couverture en papier. Néanmoins, il semblait frigorifié, son nez coulait et il éternuait.

« Le Département de la Justice n'est pas assez puissant pour exercer son contrôle sur le Ministre des Affaires Suprêmes. D'ailleurs, les huit Départements sont sous l'autorité de ce Ministre. Ce livret n'a pas plus de valeur qu'un chiffon de papier, déplora Chûjô qui brûlait l'une après l'autre les feuilles.

— Le seul moyen que nous ayons pour nous en sortir serait que tu t'entendes mieux avec la fille de Dame Kokiden.

— Père ! Jusqu'à quand allez-vous me répéter la même chose ?

— D'après toi, tout ce qui vient de se passer est de ma faute, alors ! Tu oses insinuer que tu n'as fait aucune erreur ?... Sais-tu pourquoi je t'ai donné pour épouse la fille de la maison du Ministre de Droite ? Y as-tu déjà songé, ne serait-ce qu'un peu ? » s'écria le Ministre de Gauche en partant dans un grand éternuement.

Chûjô entendait pour la énième fois les mêmes jérémiades.

« Père, arrêtons, je vous prie. Il est certain que j'ai moi aussi commis des erreurs. Mais quoi que l'on dise à présent, c'est trop tard, notre famille est en mauvaise posture. »

Le livret au papier noirci était feuilleté par les flammes.

« Père, il est vain de vous inquiéter. Ce monde n'a pas de règles établies. La puissance du Ministre de Droite ne pourra durer éternellement.

— Le Prince Héritier, fils de feu l'Impératrice, n'a qu'un an. Et si pendant ce temps naissait un enfant de l'Empereur Suzaku, que deviendrions-nous ?

— Père, avez-vous lu le *Nihongi* sur l'histoire de l'Empire, ou bien l'histoire de la Chine ?

— Que cherches-tu à me dire ?

— *Le pouvoir et la gloire obtenus avec des mains sales ne se gardent pas très longtemps.* C'est une vérité que l'on apprend dans les livres d'histoire. »

Le Ministre de Gauche éternua de nouveau et renifla.

« Vous êtes toujours ainsi, toi et tes camarades ? »

Par « toi et tes camarades », il incluait Genji. Bien que celui-ci fût devenu un haut dignitaire promu au troisième rang inférieur, il n'assistait pas aux Conseils, car tous les autres dignitaires étant affiliés au Ministre de Droite, ils ne prenaient pas en compte ses avis aux réunions de délibérations. Par conséquent, il se désintéressait de la politique, à l'instar de Chûjô, et sa promotion ne servait pratiquement en rien la maison du Ministre qui lança, excédé :

« Ça ne marche pas du tout comme je veux ! »

En entendant son sempiternel refrain, Chûjô laissa échapper un soupir discret.

Une rafale de vent froid les surprit et le Ministre grelotta, piétinant d'un pied sur l'autre. Mais à ce moment-là apparut Shikibu qui approchait d'un pas rapide. Depuis le décès de la Princesse du Clos aux Glycines et grâce aux bons offices de Chûjô, elle servait dans la résidence du Ministre de Gauche en qualité de dame d'honneur.

« Monseigneur, fit Shikibu en s'agenouillant avec respect devant le Ministre, mais sans prendre le temps de s'asseoir sur les talons, il se passe une affaire de première importance.

— Qu'y a-t-il ?

— Monseigneur le Ministre de Droite vient de se présenter à votre porte, prétextant qu'il vient s'enquérir de votre état.

– Que dites-vous ? » s'exclama le Ministre de Gauche.

Chûjô lui-même trouvait cette visite incongrue. Qu'avait-il besoin de venir ici ? Il enfouit en vitesse dans la neige ce qui restait du livret brûlé et disparut on ne sait où.

L'empressement du Ministre de Gauche se montra excessif.

« Bien. Dans ce cas, demandez immédiatement de soulever les treillis du Pavillon Central... faites préparer le brasero en bois rond et les lampes... et puis installez les tabourets laqués. Je vais recevoir mes invités dans la véranda du sud.

— Bien, Monseigneur.

— Ah, et puis... que l'on retire cette neige en vitesse. Vous avez compris ?

— Oui, j'y vais de ce pas », acquiesça Shikibu qui tourna précipitamment les talons. Dans les ailes occidentale et orientale, les suivantes s'agitèrent et la résidence se trouva tout à coup en pleine effervescence.

« Ah oui, il ne faut pas que je reste habillé ainsi », dit le Ministre et, en hâte, il se dirigea vers ses appartements.

La Porte Principale de l'Ouest s'ouvrit pour laisser entrer un char à la chinoise entouré d'une nombreuse escorte armée. C'était la voiture du Ministre de Droite. Le char à la chinoise était une luxueuse voiture utilisée par l'Empereur Retiré ou le Prince Impérial, et quand il pénétra par la porte jusqu'à l'intérieur de la résidence, il évoquait des manières hautaines.

Lors de la visite d'un haut dignitaire, on devait respecter les règles d'usage correspondant au degré hiérarchique de chacun. Si le visiteur avait un grade inférieur à celui de son hôte, son véhicule était laissé dans le « garage » de l'entrée principale et il entrait dans la résidence à pied. D'un grade équivalent, il descendait à la Porte Principale. C'est uniquement lorsqu'il était d'un grade supérieur à celui de son hôte qu'il pouvait passer la Porte Principale et entrer en voiture jusque devant le palais.

Désormais Ministre des Affaires Suprêmes, le rang le plus élevé, le Ministre de Droite ne se gênait pas pour le montrer.

Le Ministre de Gauche attendait sur le promenoir en affichant ostensiblement un air de répugnance, mais dès que le rideau du char laissa apparaître le visage du visiteur, il modifia immédiatement son expression et se fit tout miel, un sourire de bienvenue aux lèvres.

Le Ministre de Droite portait une tenue de chasse vert pâle ordinaire et informelle, et une haute coiffe raide. Il avait dédaigné de revêtir le vêtement de cérémonie, un manteau de damas sur une veste de brocart et un kimono à très longue traîne agrémenté d'un bonnet plat de gaze noire, le costume approprié pour se rendre chez le Ministre de Gauche qui occupait pourtant la deuxième position dans la hiérarchie, juste après lui. Sûr de son pouvoir, le Ministre de Droite s'était accordé cette arrogance.

Son hôte, quant à lui, avait un sceptre à la main et était vêtu du costume d'apparat qu'il mettait pour se présenter devant l'Empereur, par respect pour le visiteur qui s'était donné la peine de se déranger dans la neige. Ce mauvais assortiment rendit encore plus désagréable au Ministre de Gauche la présence de son visiteur dans ses murs, car il lui faisait prendre conscience du peu d'estime dans lequel celui-ci le tenait. Mais il refoula ses sentiments et fit entrer le haut dignitaire.

« Vraiment, Monseigneur, vous avez la bonté de venir par un temps pareil. Je vous prie de bien vouloir m'excuser.

— Ce n'est rien, ce n'est rien, j'ai entendu dire que votre grippe s'était aggravée. »

Aidé de ses valets de pied, le Ministre de Droite descendit du véhicule et se laissa conduire vers le palais, escorté de ses dix hommes armés, aux aguets. Par les stores et les panneaux de treillis de la véranda tous levés, il pouvait voir un brasero en bois près des tabourets en laque, un paravent à paysage de six panneaux à feuilles d'or et de magnifiques rideaux-écrans en tissu d'armure sergé qui scintillaient de tous leurs feux à la lumière des lampes.

« Alors, comment allez-vous ? » demanda-t-il en prenant place sur un siège. Son escorte resta postée derrière lui.

« Oh, je me suis demandé un moment ce que j'allais devenir, mais je m'en sors plutôt bien.

— Tant mieux ! Je viens donc trop tard !

— Que voulez-vous dire ? »

Au lieu de répondre, le Ministre de Droite fit un signe du regard à un de ses hommes, qui lui passa une petite enveloppe rouge contenant une poudre médicinale.

« Un pharmacien coréen réputé est actuellement en visite au Japon. Dans ses présents, il a apporté un remède chinois efficace pour toutes sortes de maladies. On m'a dit que vous étiez souffrant, je suis donc venu vous en proposer, en pensant que c'était ce qu'il vous fallait. Mais cela ne paraît plus nécessaire.

— Oh, j'en prendrais volontiers, Monseigneur le Ministre ! Je ne sais comment vous remercier de votre infinie bonté.

— Je suis heureux que vous acceptiez, je n'ai donc pas entrepris cette longue route en vain, dit le visiteur, puis il montra l'enveloppe en papier rouge : Cette poudre aux paillettes d'or est un excellent remède. Leurs Majestés Ninmyô et Junna avaient l'habitude d'en prendre et ce remède leur a préservé une longue vie.

— C'est un grand honneur pour moi. Je puis vous assurer que je vais le prendre, fit le Ministre de Gauche en s'inclinant avant de passer la pochette rouge à une servante. Mais... je ne puis rien vous offrir en retour. Vous m'en voyez vraiment confus...

— Bah ! je n'attends rien de vous. »

Il y avait quelque chose de blessant dans les paroles du Ministre de Droite qui promenait son regard altier autour de lui. Par les stores relevés, il voyait l'ensemble de la résidence. Les domestiques avaient beau avoir enlevé la neige sale et tenté de cacher la vue avec un magnifique paravent doré, l'aspect délabré des lieux sautait aux yeux.

Le Ministre esquissa un léger sourire.

« Dans quel état de délabrement se trouve cet endroit ! Quel spectacle désolant !

— C'est que... en cette saison, les feuilles et les herbes sont fanées, alors... s'excusa le Ministre de Gauche qui cherchait à déguiser la réalité.

— Il n'y a pas que cela. Je me demande bien pourquoi j'ai dit à ma fille de donner ma précieuse petite-fille à votre fils. Cela ne sert à rien ! »

Le Ministre de Gauche fut bouleversé par ces propos. Ils révélaient combien l'homme leur gardait encore rancune, à lui et à Chûjô. Ainsi s'expliquait le combat acharné que le Ministre de Droite lui avait livré dans sa quête du pouvoir. Chûjô se refusait à avoir des relations avec la fille de Dame Kokiden et lui-même avait dénigré le Prince Aîné pour lui préférer Genji, à qui il avait marié sa fille, la Princesse Mauve. Bien que tardivement, il comprenait enfin pourquoi Dame Kokiden et le Ministre son père s'étaient obstinés à l'abattre. Mais, comme disait Chûjô, on ne pouvait plus rien faire et il se trouva sans réponse.

Le Ministre de Droite semblait avoir lu dans ses pensées et, d'un air franchement ironique, il posa son regard sur le jardin. La neige tombait toujours. Devant le Pavillon Central, il y avait deux pruniers, l'un à fleurs rouges et l'autre à fleurs blanches. Le second était mort, le tronc craquelé.

« Que lui est-il arrivé, à ce prunier ? demanda le Ministre en changeant de sujet.

— Il a dû périr à cause du froid, répondit l'autre avec soulagement. L'hiver a été rigoureux.

— Evidemment... évidemment... » fit l'imposant ministre qui venait de comparer le prunier mort au Ministre de Gauche. Alors, tout sourire, il fit remarquer :

« Oh, oh... il ressemble à quelque chose...

— Ah oui ! à quoi donc ?

— Cet arbre vous ressemble ! »

Et le Ministre de Droite de s'esclaffer.

Sa réflexion fit bouillir intérieurement le Ministre de Gauche, pourtant amorphe de nature. Du regard, son invité incita l'escorte à se moquer de lui et les éclats de rire se propagèrent parmi les hommes hilares, submergeant d'une rage indescriptible le Ministre de Gauche forcé de se taire.

La Porte de l'Ouest s'ouvrit pour laisser partir la voiture chinoise du Ministre de Droite. Les gardes des portes comprirent ce qui venait de se passer dans le palais et, quand le cortège fut sorti de la résidence, ils fermèrent la porte avec violence en faisant retentir intentionnellement la barre de fermeture. Ce geste n'allait évidemment pas perturber le Ministre de Droite qui était venu apporter un remède, soi-disant pour aider le maître des lieux à se rétablir, mais en réalité pour ajouter à la nervosité et aux souffrances morales de son rival convalescent. Dans son char, le Ministre riait à gorge déployée.

Soudain lui parvint le bruit de sabots d'un cheval qui arrivait à vive allure et se rapprochait très rapidement. Les hommes d'escorte, interloqués, s'exclamèrent :

« Halte ! Arrêtez-vous !

— Effronté ! Vous ne savez donc pas qui est dans la voiture ?

— Ah mais... halte ! » lancèrent les gardes en courant au-devant du cavalier.

Par le rideau entrouvert, le Ministre de Droite vit Chûjô qui arrivait au galop, droit sur le véhicule.

« Espèce de crétin ! Qu'est-ce que tu fais ?

— Arrête-toi immédiatement, sinon on te coupe en deux ! » hurlèrent les hommes en position, leur épée dégainée.

Mais le cheval fendit le groupe. Il allait entrer en collision avec le char. Les hommes rangèrent précipitamment la voiture sur le bas-côté. Horriblement secoué, le Ministre se retint aux parois pour ne pas tomber. Le cheval de Chûjô s'arrêta net et se dressa sur ses pattes arrière en hennissant.

Les regards des deux hommes se croisèrent.

« Je vous prie de bien vouloir me pardonner si je vous ai manqué de respect, Monseigneur mon Beau-père. C'est à cause de mon cheval. Je n'y suis pas encore habitué, expliqua sur un ton joyeux Chûjô, qui fit faire sans plus tarder demi-tour à son cheval et repartit en sens inverse à bride abattue.

— Que faisons-nous, Monseigneur ? s'enquirent les hommes d'escorte rouges de colère en se précipitant vers leur maître.

— Nous le rattrapons et nous l'arrêtons pour irrespect ? demanda l'un d'eux très énervé. C'est un crime !

— Laissez-le, fit posément le Ministre. "Ce sont les mouches bruyantes qui s'épuisent le plus vite" », déclara-t-il, fier de sa citation. Puis il referma le rideau. C'était le signe du départ.

L'excitation des hommes retomba sur-le-champ et la voiture se remit en route en faisant crisser la neige.

2

Comme pour chaque début de règne, l'accession au trône de l'Empereur Suzaku avait entraîné le remplacement des Princesses Consacrées, ces Prêtresses au service des sanctuaires shintô d'Ise, lieu de culte d'Amaterasu, l'ancêtre solaire de la famille impériale, et de Kamo. Elles étaient choisies par divination parmi les jeunes Princesses vierges, filles d'Empereur ou de Prince Impérial.

Les deux Prêtresses étaient chargées de rendre un culte aux dieux protecteurs de la dynastie. Après une période de purifications, d'abstinences, d'exorcismes destinés à les débarrasser de toute souillure, et de processions lors des jours de purification, elles allaient remplir leur fonction dans leurs sanctuaires respectifs. Assimilées à un dieu vivant, elles recevaient de la part des fidèles un respect mêlé de crainte et de vénération.

Comme Prêtresse du temple d'Ise, l'on désigna une belle Princesse, la fille de la Dame de la Chambre. Dans la résidence de la Sixième Avenue étaient organisés les préparatifs pour un départ prochain de la Capitale en direction d'Ise.

A cette époque, la Dame de la Chambre souffrait de la poitrine et était de nouveau alitée. Mais elle commençait à connaître l'origine de sa maladie. Elle vivait désormais dans cette résidence loin du faste du Palais Impérial, mais si son époux, feu le Prince Héritier, n'était pas décédé, elle aurait régné sur le pays en tant qu'Impératrice.

En dépit de sa position élevée, elle n'avait pu gagner l'amour de Genji qui se moquait bien de son rang et de son sentiment. La dame se lamentait que le Prince Radieux ne la voulût point pour épouse. Il la considérait comme une « partenaire de jeu ». Et même ce statut de maîtresse, elle allait le perdre puisqu'il la fréquentait de moins en moins.

Cette femme humiliée avait envoyé plusieurs billets à Genji qui lui écrivait en réponse des banalités. Le Prince Radieux ne venait plus jamais lui rendre visite. Il était néanmoins impensable qu'elle songeât à se rendre en personne dans sa résidence. C'eût été une attitude on ne peut plus humiliante et indigne d'elle, contraire aux usages de l'aristocratie.

Elle mourait d'envie de le voir et de s'unir à lui dans l'intimité de sa chambre, le visage enfoui dans sa poitrine comme autrefois. Elle avait beau tenter d'en rejeter le souvenir, ses ébats amoureux et ardents avec Genji lui venaient à l'esprit et lui procuraient une exquise douceur. Elle se sentit soudain tiraillée entre son humiliation de femme qui, de par sa naissance, n'avait connu qu'obéissance et respect, sa jalousie et sa nature sensuelle avide de plaisirs charnels. Consciente que tous ces sentiments étaient impurs, elle tentait de les refouler mais ses efforts provoquaient chez elle des conflits qui devenaient de violents élancements et lui transperçaient la poitrine.

Sa maladie n'était rien d'autre que la manifestation des douloureux tourments de son esprit.

Par une de ces tristes journées, Somemaru rendit visite à sa maîtresse couchée dans son lit.

« Madame, je vous ai apporté une chose qui vous fera du bien.

— Qu'est-ce donc ? demanda une voix faible derrière les stores.

— J'ai demandé au Maître sculpteur de masques Tankaikô de me fabriquer un masque », expliqua-t-il en lui passant discrètement sous le store une boîte en bois de cyprès.

La dame se redressa légèrement et ouvrit la boîte. A l'intérieur, il y avait de la bourre de soie. Elle la retira et découvrit le masque d'un visage de femme vide de toute expression, ne traduisant aucune émotion, qui rappelait la technique picturale « un trait pour les yeux, un crochet pour le nez » utilisée par les artistes pour dessiner les visages des peintures sur rouleau.

« Quel est ce visage ?

— C'est un visage qui sourit gentiment. Prenez ce masque et penchez-le légèrement en arrière, je vous prie. »

Elle fit comme on le lui disait. Et en effet, le visage de femme dépourvu d'expression sembla sourire faiblement. Un sourire imperceptible parut sur les lèvres de la malade.

« Si vous le penchez en avant, il a au contraire l'air de pleurer. Il faut donc vous efforcer de le mettre un peu en arrière. »

Effectivement, quand elle le penchait en avant, il avait l'air éploré. Le visage de la Dame de la Chambre s'épanouit davantage. L'objet semblait lui plaire.

« Que dois-je en faire ?

— Depuis les temps anciens, on dit que dans les masques réside l'esprit des hommes. Mais ce peut être aussi l'inverse. Essayez de porter ce masque en récitant le sûtra *Hannya shingyô*.

— Le *Hannya shingyô*, dis-tu ?

— Ce sûtra délivre de toutes les souffrances et de tous les liens, des attachements ici-bas. Tout est évacué et l'on atteint la sagesse qui mène à l'Eveil absolu, à la Vérité. Si vous mettez ce masque “gentil” et si vous récitez le *Hannya*, votre douleur, Madame, disparaîtra. J'en suis certain. »

La dame éprouva de la reconnaissance pour son fidèle valet qu'elle apercevait prosterné derrière le rideau-écran.

« Tu en fais tant pour moi, Somemaru...

— Si vous ne m'aviez recueilli, Madame, je serais mort de faim. Ma seule raison d'être est de vous consacrer ma vie... »

Profondément touchée par son dévouement, la dame entreprit de mettre sur son visage le masque, le cordon passé sur ses oreilles.

« Si je puis me permettre, Madame, vous devriez placer la ouate entre votre peau et le bois du masque. Il est sculpté grossièrement à l'intérieur et risque de vous blesser le visage. »

Mais elle avait déjà mis le masque. Son visage souriait doucement.

« C'est étrange... Même sans cette ouate, il adhère parfaitement à mon visage. Et je sens mon esprit s'apaiser mystérieusement. »

A ces paroles, Somemaru se sentit heureux. Il n'avait pas voulu en informer sa maîtresse mais, pour obtenir ce masque, il lui avait fallu courir à travers toute la Capitale, recru de fatigue et les jambes raidies pendant les derniers jours de sa recherche acharnée. Il avait demandé à des maîtres sculpteurs renommés comme Miroku et Nikko, mais ceux-ci ne fabriquaient que des masques expressifs de vieil homme. Après beaucoup de difficultés, Somemaru avait fini par trouver Maître Tankaiko et il avait dépensé jusqu'à son dernier sou pour lui faire faire ce masque. Et même Somemaru, dépourvu d'éducation et de connaissances sur l'art, le trouvait extrêmement bien fait et irréprochable.

« Tenchi shôjô, naichi shôjô, rokkon shôjô, kiyome mairasô. »

La voix de la Dame de la Chambre, le visage recouvert du masque de femme, retentit dans le pavillon. Elle récitait les prières de purification pour être lavée de toutes les souillures provoquées par les événements de la vie quotidienne, au même titre que la mort, l'accouchement et la nourriture. Les suivantes, et même les domestiques, arrivèrent au pas de course en apprenant qu'elle s'était levée de son lit et dansait une danse de *bugaku*[1].

Somemaru frappait le tambour en s'accordant au rythme de sa maîtresse, qui dansait en imitant les mouvements de la danse du jour de célébration des remerciements à Sa Majesté pour sa bienveillance.

---

1. Danse cérémonielle de la noblesse, accompagnée par des instruments de musique et souvent exécutée avec des masques.

« Purifiez mon corps, Purifiez mon âme... »

Elle s'adressait aux Cinq Grands Rois de la Sagesse, émanations du Bouddha Suprême et représentés sur le *mandara*[1], Fudô-myôô au centre, Gozanze-myôô à l'est, Gundari-myôô au sud, Daiitoku-myôô à l'ouest et Kongôyasha-myôô au nord. Puis elle récitait le *Hannya Shingyô* :

« Kan-ji-zai-bô-satsu-yô-jin-hannya-ha-ra-mitsu-ta-ji-shô-ken-go-un-kai-kû-do-itsu-zai... »

Et elle recommençait, indéfiniment.

La dame récitait sur un ton gai le sûtra religieux habituellement psalmodié et le transformait en un air de musique de danse cérémonielle. Chose curieuse, le masque semblait aussi sourire, même lorsqu'elle baissait la tête. Elle se sentait également apaisée comme si les nuages qui assombrissaient son cœur s'éclaircissaient.

En frappant le tambour qui suivait les mouvements doux et souples de la Dame de la Chambre, Somemaru pouvait lire ses pensées. Il la sentait heureuse et éprouva une intense satisfaction à l'idée d'avoir rempli son rôle. Bien évidemment, la vue de leur maîtresse avait redonné un visage souriant et gai aux dames d'honneur.

3

Vint le printemps.

L'eau de la rivière scintillait, comme incrustée de cristaux de quartz, et une douce brise caressait les jeunes pousses. Le cœur de tous ceux qui sortaient de ce long hiver était envahi par une impression de calme.

---

1. Diagramme de la secte bouddhique Shingon fondée par le moine Kûkai en 806.

Genji vivait maintenant dans la résidence de son beau-père, le Ministre de Gauche. La Princesse Mauve était enceinte.

Son père arborait un air ravi qui allait au-delà de tout ce que l'on pouvait imaginer. Plusieurs fois par jour, il se rendait dans les appartements de sa fille pour s'enquérir de sa santé. Genji attendait lui aussi près de la chambre, et Chûjô lui-même s'informait de sa sœur et s'absentait rarement de la résidence.

Fonctionnaires, serviteurs et suivantes étaient revenus en apprenant la nouvelle, et la maison du Ministre de Gauche, qui n'avait cessé de poursuivre sa chute vertigineuse depuis le couronnement de l'Empereur Suzaku, débordait maintenant de joyeuse animation à l'arrivée du printemps.

Le père reportait en dernier recours son ambition sur la naissance de l'enfant de la Princesse Mauve. Il savait que l'Empereur défunt avait fait promettre à l'Empereur Suzaku, juste avant sa mort, de s'occuper de l'avenir du Prince Radieux. Le Ministre de Gauche avait deviné, depuis la précédente promotion de Genji, que le nouveau Souverain ne paraissait pas si hostile à Genji. Dans ce cas, et tant qu'il n'y aurait pas d'interventions de la part du camp de son rival de Droite, Genji continuerait d'obtenir des promotions.

D'autre part, il s'était aperçu que Genji éprouvait maintenant des sentiments amoureux pour la Princesse Mauve, son épouse enceinte. Si elle menait à bien sa grossesse, Genji serait assimilé, grâce à la naissance de l'enfant, à un membre de sa maison. L'aube de la gloire allait se lever dans la famille du Ministre de Gauche, dont le pouvoir grandirait au même rythme que les promotions successives du Prince Radieux.

Si une fille venait au monde, il n'y aurait rien de plus heureux puisqu'elle serait envoyée à la Cour pour faire partie du harem. Elle pourrait donner un jour naissance à un Prince Impérial, fils de l'Empereur Suzaku ou du prochain Souverain, qui serait sans doute l'enfant de la Princesse du Clos aux Glycines. Alors le Ministre de Gauche étendrait son influence et deviendrait tout-puissant en tant qu'aïeul maternel du Fils du Ciel. Comme cela se passait pour l'actuel Ministre de Droite.

Pour l'instant, celui-ci et sa fille, Dame Kokiden, étaient grisés par leur propre gloire et ils ne faisaient pas mine de vouloir expulser celui qu'ils considéraient comme leur ennemi juré, le Ministre de Gauche, qu'ils craignaient pourtant autrefois. Il songea qu'en ces temps où ils se désintéressaient de lui, le moment était bien choisi. C'était l'époque idéale. Il eut le sentiment que le destin était en train de tourner en sa faveur.

Comme l'avaient dit Chûjô et Genji, le pouvoir et la gloire obtenus avec des mains sales ne se gardent pas très longtemps. Le Ministre de Gauche ressentit pour la première fois un désir inconnu, *l'ambition*. Lui que le Ministre de Droite avait tant fait souffrir d'humiliation.

« Une lettre vient d'arriver pour vous, de la part de la Dame de la Chambre. »

C'était la tombée de la nuit. Genji se détendait dans le Pavillon de la Pêche après en avoir terminé avec les affaires d'Etat et Shikibu venait de lui apporter un billet rédigé par sa maîtresse. Au soin que la dame avait apporté à la présentation, une feuille d'un papier rouge de belle qualité enroulée autour d'un rameau de prunier, on reconnaissait là son raffinement et sa haute éducation.

« Merci », fit sèchement Genji qui détacha le papier du rameau.

Shikibu restait respectueusement près de lui comme si elle attendait quelque chose. Mais le Prince Radieux se mit à lire le billet, sans lui prêter attention. Faute de réaction, elle salua puis se retira.

« Hé... Genji, dis-lui quelque chose ! s'écria Chûjô à ses côtés qui avait assisté à la scène. Shikibu attendait au moins un mot de toi !

— Mmm... répliqua son compagnon en faisant la moue.

— En fait, Genji, tu donnes la priorité à la beauté. Mais Shikibu est d'une intelligence supérieure, et de loin, à celle de toutes ces dames réunies.

— Excuse-moi, je n'y avais pas pensé. Mais quand j'ai su qu'il s'agissait d'une lettre de la Dame de la Chambre...

— Genji, tu ne fais que du mal ! »

Il lui prit la lettre des mains et la lut.

Semblable au temps qui passe, la couleur de la fleur passe également et, comme elle, je perds de ma beauté. Souffrant d'une douleur que je n'ai jamais connue, je pense sans cesse à vous qui ne venez pas me rendre visite. Ne pourrais-je vous revoir, ne serait-ce qu'une fois ?

Et ainsi de suite... Elle racontait, ligne après ligne, ses tourments et son désir de voir le Prince Radieux, sans utiliser les métaphores employées dans les poèmes. Ces derniers mois, elle s'exprimait de manière directe.

« D'ordinaire, ce sont les hommes qui se permettent d'écrire de telles phrases... Qu'elles soient écrites par une Princesse Impériale, épouse d'un Prince Héritier, est pathétique, non ?

— Je sais bien. Mais à présent, j'ai l'esprit occupé par la Princesse Mauve.

— Comme je suis son frère, cela me rend heureux. Mais la Dame de la Chambre doit être victime d'une obsession maladive. Elle est de celles que tourmente une idée fixe. »

Genji resta silencieux un moment. Puis il se mit à parler par bribes.

« J'ai beaucoup réfléchi depuis la mort de la Princesse du Clos aux Glycines, celle que j'aimais le plus au monde... Dans mes relations avec toutes ces femmes, je voulais combler mon amour sans espoir pour la femme que j'adorais. Mais... voilà le résultat... »

Genji se tut, le visage marqué par le chagrin. Chûjô, lui non plus, ne disait mot. Il avait compris que par « résultat », son ami voulait parler de la mort de Belle-du-Soir. Mais Genji lui dissimula son terrible secret : ses rapports adultères – incestueux serait le mot exact – avec sa mère par alliance, que Chûjô était loin de soupçonner.

A présent encore, Genji pensait que la folie de la Princesse du Clos aux Glycines n'était pas due à un envoûtement, mais à son sentiment de culpabilité pour la gravité de sa faute. Il ne cessait d'être tourmenté par les remords et la mauvaise conscience, persuadé que c'était lui qui l'avait tuée.

Ce mot « résultat » incluait donc deux personnes, Belle-du-Soir et la Princesse du Clos aux Glycines.

Après un silence, Genji reprit :

« J'ai donc décidé... que je consacrerais mon amour à une seule femme... »

Sur ces mots, il fit tomber dans l'étang proche du Pavillon de la Pêche la lettre de la Dame de la Chambre et conclut :

« Je suis désolé pour cette noble dame. Mais heureusement, j'ai entendu dire qu'elle n'était pas aussi attachée qu'avant. »

Les mots d'amour douloureux disparurent de la surface de l'eau.

« Alors tant mieux », fit Chûjô, incapable d'en dire plus.

Genji avait donc l'intention d'aimer sa sœur avec ardeur. Et effectivement, il avait arrêté du jour au lendemain de fréquenter les autres femmes. L'homme volage paraissait s'être évanoui. De plus, il semblait protégé par l'Empereur Suzaku. Pour la maison du Ministre de Gauche, il n'y avait rien de plus avantageux. Mais quelque chose restait « accroché » dans l'esprit de Chûjô. Peut-être cela concernait-il la Dame de la Chambre, ou quelqu'un d'autre, ou un sujet tout à fait différent. Etait-ce la crainte instinctive que tout marchât trop bien ? Il n'arrivait pas à se débarrasser de ce quelque chose « accroché » qu'il ne pouvait définir.

Une suivante se présenta et dit après s'être agenouillée :

« Monseigneur, Madame la Princesse Mauve vous appelle. »

Genji hocha la tête et regarda Chûjô qui lui sourit. Genji le salua du regard et suivit la femme. Les yeux fixés sur le dos de Genji qui s'éloignait, il se souvint...

C'était il y avait deux ans. Sa sœur, la Princesse Mauve, pleurait en jouant de la cithare dans le Pavillon de la Pêche. Considérée comme le plus précieux des trésors, elle avait été élevée dans le palais de son père à l'abri des vilenies du monde et elle se lamentait que Genji ne lui rendît pas son amour, désespérée de ne pouvoir lui transmettre son sentiment.

A présent, Genji l'aimait à la folie : elle attendait un enfant de lui. Chûjô songea qu'elle connaissait le plus grand des bonheurs pour une femme et il en fut profondément ému. Mais dans le même temps, le cadavre atroce de Belle-du-Soir lui traversa l'esprit en un éclair et la répugnance lui souleva le cœur.

Chûjô allait très souvent du côté de la maison de l'herboriste Kôan. Mais jusqu'à maintenant, il n'avait pas vu trace du passage d'un visiteur et l'assassin de Belle-du-Soir ne s'était pas manifesté. Pourtant, il ne pouvait croire qu'avec le meurtre de Belle-du-Soir, le criminel avait atteint son but. Il était convaincu qu'il se manifesterait de nouveau, d'une façon ou d'une autre. Peut-être était-ce cela, le « quelque chose » qui restait accroché dans son esprit sans qu'il pût s'en débarrasser.

La chambre à coucher de la Princesse Mauve était installée dans le Pavillon Central, au centre du palais. Elle reposait dans le lit de sa pièce cloisonnée par des portes et des panneaux coulissants tendus de papier, des stores en bambou et des écrans en étoffe. Vêtue d'une longue et ample jupe rouge et d'un kimono de dessous blanc, elle était merveilleusement charmante et sa longue chevelure noire était joliment étalée sur la couverture blanche. Son visage un peu pâle, probablement en raison des malaises matinaux inhérents à son état, évoquait un délicat bouton de fleur.

Le bruit des pas de Genji se rapprocha.

« Madame, Monseigneur arrive. »

Shikibu redressa la Princesse Mauve. Une suivante peignit soigneusement la longue et abondante chevelure et une autre recouvrit son visage d'un maquillage très blanc, à base de poudre de plomb de qualité supérieure importée de Chine. La Princesse ordonna elle-même ses cheveux épars en se mirant dans un miroir. C'était un maquillage rapide mais aussi soigné que possible.

Genji s'était approché et se tenait dans une attitude respectueuse devant le store. De l'autre côté, se trouvait son épouse.

« Veuillez faire ouvrir le store, dit la Princesse à Shikibu qui en donna l'ordre à une servante.

— Qu'avez-vous, Madame ? demanda doucement Genji en regardant la Princesse avec tendresse.

— Je vous suis reconnaissante de venir prendre de mes nouvelles. Mes maux de tête ont complètement disparu et je voulais vous le faire savoir... »

Ayant perdu toute timidité envers son époux, elle lui avait répondu avec un sourire.

« Vous m'en voyez fort heureux, Madame. Le remède que vous a apporté Monseigneur votre Père se révèle donc efficace. »

Près de l'oreiller de la Princesse se trouvait l'enveloppe rouge contenant la poudre médicinale offerte par le Ministre de Droite.

« Je vous suis très reconnaissante de vous préoccuper autant de ma personne.

— Vous savez, pour cet enfant dans votre ventre, il faut désormais prendre soin de votre corps. Il est devenu précieux. »

En voyant son époux si attentionné, elle acquiesça d'un oui ébloui, le visage rayonnant, tout à la joie d'avoir réussi à monopoliser l'amour du Prince Radieux. Genji, lui, avait aux lèvres le sourire du Bouddha chargé de miséricorde. La vue de ce magnifique amour enivra les femmes rassemblées autour du couple.

Après le départ de Genji vers ses appartements, les dames se mirent à papoter et à faire l'éloge de la beauté du Prince Radieux et de la splendeur des mots d'amour échangés entre la Princesse et son époux, les joues empourprées comme s'il s'agissait de leur histoire. Les autres femmes arrivèrent des ailes orientale et occidentale, et le Pavillon Central évoqua l'image de commères bavardant autour d'un puits.

Shikibu écoutait leur bavardage, seule dans son coin. Elle savait bien que son amour était sans espoir et elle avait le cœur oppressé par un sentiment de solitude indescriptible.

Quelques jours plus tard, Shikibu se rendit à la résidence de la Deuxième Avenue où demeuraient des parents du Ministre de Gauche afin de se procurer une ceinture Iwata en étoffe blanche, pour « le port de la ceinture du cinquième mois » de la Princesse Mauve. Conformément à l'usage, on se la procurait dans la famille de la femme enceinte, qui appelait le moine pour faire les conjurations, puis on la roulait.

Shikibu fut chaleureusement accueillie par la famille du Ministre et quand elle s'apprêta à partir, l'heure du Chien[1] était largement dépassée. Accompagnée d'une demoiselle-page, elle s'inquiétait du chemin de retour. Par bonheur, ce soir-là, la lune du seizième jour brillait et éclairait la route. Le maître de maison lui proposa une escorte d'hommes armés et de domestiques, mais Shikibu déclina l'offre avec courtoisie. Elle décida de rentrer avec la jeune fille en longeant la rivière Kamo.

Sur la berge se dressait une rangée de vieux pins et il n'y avait pas de passants. Mais la clarté de la lune était si vive que les arbres projetaient leur ombre sur le chemin. Shikibu portait précieusement la ceinture et marchait à pas pressés avec la demoiselle qui paraissait anxieuse, sans doute à cause de son manque d'habitude de sortir le soir.

Pour tenter de tromper son inquiétude, Shikibu la distrayait avec un jeu d'esprit consistant à trouver de mémoire le plus grand nombre de mots chinois commençant par le même radical.

---

1. De sept à neuf heures du soir.

« Bon... trouve-moi les mots qui s'écrivent avec le radical de "homme" », demanda Shikibu. La jeune fille à l'air éveillé répondit immédiatement :

« *Hotoke*, bouddha ; *fusu*, se pencher ; *naka*, camarade ; *ka*, addition... et, euh... euh... »

Elle était déjà bloquée.

« Il y en a encore plein d'autres ! s'exclama son aînée. *Jin*, bienveillance ; *kurai*, rang ; *karada*, corps ; *tomo*, escorte ; *tsukai*, message. »

L'index de Shikibu traçait dans l'air chaque idéogramme comme sur une feuille de papier imaginaire.

« Oh, Madame, vous méritez vraiment votre réputation ! Il paraît qu'à huit ans, vous pouviez déjà lire la *Chronique du Japon*. C'est vrai ? »

Le visage de Shikibu s'assombrit. Cette histoire la concernant était célèbre, mais certains critiquaient son savoir, en avançant qu'il était inconvenant, pratiquement scandaleux, qu'une femme apprît l'écriture et les classiques chinois.

« Une femme ne doit pas faire étalage de sa connaissance des classiques chinois. Il vaut mieux que les études chinoises restent du domaine des hommes et que les femmes apprennent la cithare et composent des poèmes *waka*.

— Vous croyez ?

— Tu connais l'écriture des femmes, le syllabaire cursif ?

— Vous voulez parler des *hiragana* ?

— C'est cela... Les femmes qui emploient ces *hiragana* pour composer d'élégants poèmes raffinés de trente et une syllabes sont celles qui attirent le plus les hommes. »

Au murmure dubitatif que fit la jeune fille, Shikibu comprit avec amertume qu'elle ne semblait pas tout à fait convaincue. Cette enfant était avide de connaissances, tout comme elle dans son enfance.

« Oh ! laissa soudain échapper Shikibu.

— Qu'y a-t-il ? »

En face arrivait un char et, qui plus est, escorté entre autres de Koremitsu. A l'intérieur se tenait Genji, elle en était sûre. Shikibu saisit la jeune fille par la manche et se dissimula à l'ombre d'un grand pin.

« Hé, qu'y a-t-il ?

— Chut ! » fit Shikibu, un doigt sur la bouche de la demoiselle d'honneur qui ne comprenait vraiment pas ce qui se passait. Retenant son souffle, elle attendit le passage du char.

« C'est la voiture de qui ? chuchota sa compagne.

— Monseigneur le Prince Radieux.

— Ce n'est pas possible ! »

La mine réjouie, la jeune fille avait failli s'exprimer à haute voix, mais Shikibu lui mit aussitôt la main sur la bouche.

« Le Prince Radieux se trouve vraiment à l'intérieur ? » murmura-t-elle.

Rougissante, Shikibu fit oui de la tête.

La voiture de Genji passa devant la cachette des deux femmes.

« Il va s'en aller ! » dit la jeune fille qui exhortait Shikibu à bouger.

Le véhicule s'éloignait...

« Madame Shikibu... »

La jeune fille voulait apercevoir le Prince Radieux. Shikibu elle-même était poussée par l'envie de lui transmettre quelque chose.

« Mon Prince bien-aimé est juste là, à côté de moi. » Elle réfléchit rapidement et regarda alors le ciel. Elle vit que la lune du seizième jour allait être dissimulée par les nuages. « Cette lune éclatante ressemble tout à fait au Prince Radieux. Mais dans un instant, elle va être cachée par les nuages sans m'avoir laissé le temps de l'admirer. Cela ressemble à la situation présente. »

L'esprit de Shikibu fut illuminé par un éclair. Ses yeux firent un mouvement latéral de gauche à droite, ses idées semblèrent s'ordonner immédiatement et elle se mit à chuchoter lentement dans le creux de l'oreille de sa compagne. Le visage de celle-ci s'épanouissait à vue d'œil.

« Tu veux bien ?

— D'accord ! »

La jeune fille se précipita hors de sa cachette. Le véhicule de Genji s'était un peu éloigné. Elle courut en direction du char, s'arrêtant à une faible distance, et chanta un poème d'une voix perçante.

A peine aperçue
et sans me laisser le temps
de la reconnaître
dans les nuages se cache
la lune de la minuit[1]

« A peine ai-je compris vous avoir vu que vous êtes déjà loin de moi. Je voudrais ressentir cet instant éphémère, comme la lune de minuit qui disparaît aussitôt apparue, dissimulée par les nuages. »

Le poème disait de manière implicite son immense désir de rencontrer Genji, ne fût-ce qu'un instant fugitif.

Quand elle eut fini de dire son poème, la jeune demoiselle resta sur place, sans bouger. Shikibu sortit de l'ombre et regarda le char. Le véhicule s'arrêta soudain.

Shikibu retint son souffle... Koremitsu l'avait reconnue et il parlait avec le passager de la voiture, le Prince Radieux... Son cœur se mit à battre la chamade... Le char se rangea sur le côté et une paroi latérale s'offrit à

1. Traduction de René Sieffert, *Le Dit du Genji*, éditions POF.

sa vue... Son cœur mugit comme un vent déchaîné. Le rideau s'ouvrit silencieusement et elle distingua le profil de Genji. Soudain, la lune apparut dans une éclaircie entre les nuages et son beau visage se détacha dans la lumière.

« Le Prince Radieux... » murmura-t-elle. Le voir lui fit chaud au cœur mais, simultanément, un sentiment de frustration la fit souffrir.

Genji tourna lentement la tête vers elle et rencontra ses yeux. Son charme et sa beauté d'un autre monde provoquèrent en elle une vive émotion. Prête à pleurer, elle s'inclina avec respect. Genji la salua légèrement du regard et referma doucement le rideau...

Quand Shikibu releva la tête, Koremitsu lui dit au revoir de la main. Son attention émut Shikibu aux larmes. Le char s'éloigna, la laissant figée de bonheur.

« Madame Shikibu... »

La jeune fille était revenue près d'elle en courant.

« Finalement, une femme versée dans la poésie est la plus attirante, n'est-ce pas ? »

Shikibu ne put répondre.

« Madame Shikibu.... »

La jeune demoiselle dévisagea d'un air inquiet Shikibu qui essuya furtivement avec sa manche les larmes qui coulaient sur ses joues.

4

Somemaru continuait de jouer du tambour avec ardeur. Sa main droite qui frappait sur la peau avait perdu toute sa sensibilité, sa gorge lui faisait mal à force de réciter d'une voix maintenant enrouée :

« Shiki soku ze kû kû soku ze shiki yû sô gyô shiki yaku fu nyo ze shiso ri... »

La danse de la Dame de la Chambre, le visage recouvert du masque de femme à l'abri derrière les stores de l'aile occidentale, avait une allure incohérente, à l'opposé de la beauté harmonieuse. Sa tête bougeait frénétiquement dans toutes les directions et ses pieds foulaient violemment le plancher. Les longues mèches de cheveux noirs s'agitaient en tous sens et le sourire avait disparu du masque.

« Rokkon shôjô, naichi shôjô, rokkon shôjô, wagakokoro o kiyome mairasô. »

Elle psalmodiait les paroles de purification[1]. Sa voix était presque lugubre et sa respiration agitée.

Somemaru, qui devait frapper sur le tambour un intermède musical, fut pris d'une quinte de toux provoquée par l'irritation de sa gorge. Le tambour roula à terre dans un bruit assourdissant et sa maîtresse s'arrêta aussitôt de danser.

« Veuillez m'excuser, Madame, je reprends immédiatement, dit Somemaru en s'apprêtant à ramasser l'instrument.

— Ça suffit comme ça », répliqua-t-elle avec brusquerie. Puis elle dit sur un ton las : « Arrêtons. » Et elle se laissa choir.

« Madame... »

Elle restait immobile, dans la même attitude prostrée. Essoufflée, elle respirait péniblement derrière le masque penché en avant mouillé de sueur. La dame semblait pleurer à chaudes larmes.

« J'ai beau danser, la douleur de mon cœur ne s'apaise pas », se lamenta-t-elle avant d'ôter lentement le masque. Sur son visage marqué par la souffrance coulaient de grosses gouttes. Sueur ou larmes, il était difficile d'en décider.

---

1. Textes religieux de la secte bouddhique Tendai introduite au Japon par le moine Saichô au IXe siècle.

Somemaru détourna la tête, incapable de regarder de face la noble dame, car il avait compris qu'elle se torturait au sujet de la Princesse Mauve. Lui revint en mémoire l'aspect pitoyable de sa maîtresse alitée qui, quelques jours auparavant, s'était confiée à lui, du fond du cœur, oubliant toute retenue comme si elle demandait de l'aide.

« Ces derniers temps, je fais un rêve effrayant. Une femme, apparemment une Princesse, est assise devant moi, vêtue de ses plus beaux atours et fort belle. A sa vue, je deviens violente. Je la saisis à bras-le-corps et je la frappe. Cette vision hante mon sommeil presque toutes les nuits. Et j'ai en même temps l'impression que mon âme se détache de mon corps. Somemaru, peux-tu me dire de quoi il s'agit ? Je ne supporte pas de faire un tel rêve. »

Somemaru était resté à l'écouter en silence. A son avis, sa maîtresse en avait compris le sens. Mais lui-même n'osait pas dire avec des mots qu'il s'agissait de la manifestation de sa haine et de sa jalousie pour la Princesse Mauve. La nouvelle de sa grossesse était maintenant connue de tous et Genji se consacrait désormais à son épouse, et uniquement à elle. Quand la Dame de la Chambre avait appris le comportement de son amant, elle était tombée dans un état second.

Somemaru se rappela l'échange des deux femmes sur le pont Togetsukyô à Arashiyama. Bien que brièvement, il avait senti passer un mouvement de sympathie réciproque entre ces deux personnes qui éprouvaient des sentiments identiques, affligées de la même peine. Mais ce bel équilibre était rompu. Genji aimait la Princesse Mauve, il lui portait toute son attention et ne faisait plus aucun cas de son ancienne maîtresse, dont l'amour exacerbé n'avait d'égal que son humiliation et son ressentiment, des sentiments prêts à se déchaîner, qu'elle avait de plus en plus de mal à canaliser.

« Somemaru...

— Madame... s'empressa de répondre Somemaru, ramené à la réalité au son douloureux de la voix.

— Tu me suivras partout ?

— Oh oui, Madame, j'ai pris la résolution de vous consacrer ma vie. »

Elle tenait dans sa main le masque de femme et le regardait sous tous les angles. Mais, chose bizarre, qu'elle le penchât en avant ou en arrière, il avait toujours l'air de pleurer.

« Je viens de comprendre que la vie de chacun ici-bas est déterminée par ses vies antérieures. J'ai souffert parce que je voulais aller contre ma destinée, contre mon karma. »

Elle suffoquait. On sentait qu'elle repoussait de toutes ses forces les sentiments qui se déchaînaient en elle.

« Vivre ainsi dans la Capitale, l'esprit torturé par mon obsession, n'est pas ma voie. »

Somemaru comprit ce qu'elle voulait dire. Malgré lui, il serra le poing.

« La Princesse, ma fille, a été nommée Prêtresse du sanctuaire d'Ise. Mais elle est très jeune et je suis inquiète de la voir partir seule à Ise. J'ai envie de l'accompagner là-bas. Je sens que c'est ma voie. Qu'en pensestu, Somemaru ?

— Je vous suivrai n'importe où, Madame. Je suis votre humble serviteur. Je ferai toujours selon votre volonté », déclara Somemaru avec élan.

Mais il n'obtint pas de réponse. Il releva légèrement la tête et regarda à travers les stores. La silhouette de sa maîtresse se détachait dans la pièce faiblement éclairée. Son visage dissimulé derrière la longue manche de son kimono tremblait avec de petits mouvements saccadés. Sans doute n'avait-elle pas trouvé la force de retenir ses larmes.

Somemaru eut le cœur déchiré. Sa maîtresse, une femme intelligente, avait réfléchi au meilleur moyen possible pour se délivrer de son obsession, sans pour autant risquer de blesser sa fierté : elle avait décidé de se tenir à distance de Genji. « Quelle cruelle destinée ! » se dit Somemaru, poussé par l'envie de détester l'enseignement du Bouddha.

« Madame, je suis votre humble serviteur qui vous est dévoué corps et âme. Je vous servirai jusqu'à la fin de mes jours. Soyez certaine que je me conformerai toujours à vos ordres, quels qu'ils soient », dit à nouveau Somemaru en se prosternant humblement, un profond sentiment de regret néanmoins enfoui au fond de son cœur.

Seuls lui répondirent les sanglots de la dame.

La Prêtresse d'Ise, la fille de la Dame de la Chambre, avait accompli la première cérémonie de purification dans la rivière Kamo et passé ses premiers mois d'abstinence dans un bâtiment officiel de la Capitale protégé de toute souillure. Ensuite, elle avait été conduite dans un sanctuaire à la campagne où elle était restée cloîtrée pendant un an. Maintenant, après la cérémonie de la remise du peigne par l'Empereur, un cortège escorté d'un haut dignitaire allait conduire à Ise la Prêtresse qui procéderait en chemin à des bains purificatoires.

Mais le départ de la Capitale pour Ise de sa mère, épouse de feu le Prince Héritier, était pour le moins inattendu car il n'entrait pas dans les usages. Dans la résidence de la Sixième Avenue, on préparait les bagages. Comme la dame vivait retirée, menant une vie oisive de veuve, elle ne possédait pas beaucoup de meubles ni de literie.

Ses dames d'honneur et ses valets, à commencer par Somemaru, trouvèrent plus sage de déménager le luxueux ameublement en vue de sa vie retirée à Ise. Presque tous les meubles de la résidence de la Sixième Avenue furent emportés et les véhicules remplis à ras bords de bagages faisaient constamment la navette.

Les jours passaient, le soleil du printemps de plus en plus lumineux devenait aveuglant. Mais la Dame de la Chambre regardait sa résidence se vider et, devant le triste spectacle des salles désertes, elle déplorait le destin malchanceux qui lui avait été donné.

5

C'était déjà l'été, le quatrième mois du calendrier lunaire. Les fleurs d'oranger sauvage avaient commencé leur floraison et l'on attendait le premier chant du coucou.

Le deuxième jour de l'Oiseau de la quatrième lune, se déroulait la grande fête du sanctuaire shintô de Kamo, si splendide qu'elle était considérée comme la fête de la Capitale. Pour voir la procession, même de manière fugitive, tous se pressaient dans la Capitale, hommes ou femmes, riches ou pauvres, sans distinction de rang, depuis l'Empereur Retiré, l'Empereur, les nonnes de la famille impériale, jusqu'aux habitants de la campagne rustres et vulgaires.

Surtout cette fois-là. La jeune Princesse Impériale, fille du défunt Empereur, avait été nommée Prêtresse du sanctuaire de Kamo et la cérémonie de célébration serait particulièrement magnifique.

Depuis plusieurs jours, le long de la grand-route de la Première Avenue, des charpentiers construisaient nuit et jour les tribunes destinées aux membres de la noblesse venus admirer le spectacle, et des régions lointaines affluait un nombre sans cesse grandissant de spectateurs.

La nouvelle Prêtresse était célébrée le jour précédant la fête de Kamo. La grand-route de la Première Avenue était bondée. Par là passait la procession de la Princesse Consacrée, transportée dans son palanquin et escortée des dignitaires nommés par le Conseil, qui l'accompagnaient à la rivière pour la purification avant qu'elle ne se rendît au sanctuaire. Hommes et femmes, jeunes ou vieux, trépignaient d'impatience aux côtés des voitures de toutes catégories tirées par des bœufs de toutes races, suscitant l'animation digne d'une grande fête.

Dans les tribunes dressées ici et là, les dames de la noblesse, vêtues de luxueuses parures, laissaient dépasser sous les stores le bas de leurs manches ornées des motifs de la nature assortis à la saison, et rivalisaient de beauté. Les nombreux chars décorés de fleurs encombraient la Première Avenue. Chacun exhibait son plus bel équipage, et le bas des robes et des manches, aux combinaisons de couleurs harmonieuses, apportait des notes de gaieté à la célébration.

Ce jour-là, Genji escortait la procession sur ordre de l'Empereur et, pour réussir à voir le Prince Radieux de si grande renommée, les spectateurs créaient un désordre et un vacarme inimaginables. Pour s'emparer de la moindre bonne place, les hommes d'escorte des chars se querellaient et l'on pouvait voir des domestiques puant l'alcool s'insulter d'une voix perçante. Mais c'était l'un des charmes de ce spectacle, et la grande fête de Kamo du lendemain, qui allait se dérouler dans la magnificence, ferait danser les cœurs.

Cette nuit-là, veille de la fête de Kamo, deux femmes hésitaient, chacune de leur côté, absorbées dans leurs pensées respectives. Mais leurs pensées étaient tournées dans la même direction. Elles ne s'étaient pas consultées. Personne ne les poussait à prendre la même décision. Et pourtant... Ce fut le fruit du hasard. Mais ce hasard allait conduire à un résultat tragique qui déciderait du sort de deux femmes.

La résidence de la Sixième Avenue était peu animée. Des meubles, il ne restait rien. Ils avaient été offerts en signe de remerciement aux suivantes et aux valets congédiés. On n'avait gardé que les costumes, la literie et la nourriture nécessaires pour un long voyage. Un nombre réduit de personnes accompagnaient la maîtresse des lieux à Ise.

Dans le Pavillon Central, dépourvu de rideaux-écrans et de paravents, se tenait la Dame de la Chambre, seule, assise bien droite et silencieuse. Régnait partout le silence, à l'exception du bruissement des arbres dans le jardin sous la légère brise. C'était la même chose dans le cœur de la dame. Elle était envahie par une impression de grand vide.

Dans son esprit flottait l'image de sa splendeur passée. Née dans la maison d'un Ministre et épouse d'un Prince Héritier, elle avait été complimentée, flattée, vénérée même. A présent, qu'était-elle devenue ! A se voir ainsi tombée dans la déchéance, elle se sentait si misérable. Quel déchirement lorsqu'elle avait décidé de partir pour Ise, mais elle avait pu s'y résigner en se disant que tel était son destin, la voie qui lui était tracée. Humiliation, jalousie et rancœur avaient mystérieusement disparu. Dans son cœur ne subsistait que le vide.

C'était la fin de ses tourments, songeait-elle, elle avait pu rejeter sa stupide obsession. Peut-être approchait-elle de l'état du Bouddha. A cette pensée, elle esquissa un sourire moqueur à son encontre.

Devant elle était posé le masque de femme dépourvu de toute expression. Elle le prit, lui renversa un peu la tête en arrière et le regarda. Le masque semblait sourire. A son grand soulagement, car il paraissait souvent pleurer quelle que fût sa position. Puis elle l'enveloppa soigneusement dans la ouate et le rangea dans sa boîte en bois.

A ce moment-là, elle entendit la voix de Somemaru :

« Veuillez m'excuser, Madame, je peux... »

Le store était ouvert. Comme elle ne devait pas lui montrer son visage, la dame répondit, le dos tourné :

« Tu peux entrer. De quoi s'agit-il ? »

Somemaru entra et se prosterna très respectueusement à la chinoise :

« Demain va se dérouler la fête de Kamo. Il paraît que la célébration de la Prêtresse du sanctuaire a été d'une splendeur stupéfiante aujourd'hui. La fête de demain sera de la même qualité, j'imagine. Vous devriez y assister, Madame. Un spectacle aussi magnifique dissiperait quelque peu votre peine, qu'en pensez-vous ? »

Elle ne répondit pas. Reconnaissante envers son fidèle valet qui lui montrait tant de sollicitude, elle sentait cependant que, si elle assistait à cette fête, le regret la ferait souffrir. Son attachement aux choses terrestres n'avait pas complètement disparu.

« Les gens qui vous accompagnent à Ise désirent tant voir ce spectacle avant de quitter la Capitale. Et puis, poursuivit Somemaru après une légère hésitation, votre humble serviteur souhaiterait également y assister et garder en lui son souvenir sa vie entière. Cette demande paraît bien osée de la part de votre humble serviteur et je vous prie, Madame, de ne pas lui en vouloir de faire appel ainsi à votre bonté », s'excusa Somemaru, absolument sincère, en s'inclinant très respectueusement.

D'ordinaire, elle aurait refusé tout net, mais les dernières paroles de Somemaru lui allèrent droit au cœur et elle se rendit compte qu'elle n'avait jamais répondu à la dévotion de Somemaru. Elle voulut faire un geste pour le remercier...

Pendant ce temps, dans la résidence du Ministre de Gauche, s'était engagé le même genre de conversation.

La Princesse Mauve en était déjà à son huitième mois de grossesse et elle avait un ventre très arrondi. Outre la fatigue physique due à son état, elle n'aimait guère, en raison de sa nature timide et de son éducation préservée, assister aux fêtes et aux cérémonies. Mais ses suivantes l'exhortaient vivement à se rendre à la fête de Kamo.

« Si vous n'y allez pas, Noble Dame, nous nous sentirons misérables et désemparées.

— Même les habitants de lointaines régions viennent voir le spectacle, en amenant femmes et enfants. Si vous ne sortez pas, Madame, quelle pitié pour Monseigneur ! »

Les femmes mettaient toute leur énergie pour la persuader de sortir et elles faisaient preuve d'une sollicitude exagérée pour leur maîtresse, poussées par leur propre désir d'aller voir la fête. Elles avaient également envie de parader, fières d'être au service de la Princesse Mauve aimée du Prince Radieux.

Genji lui-même dit :

« Les suivantes insistent tant, vous n'avez plus le choix. Moi aussi je voudrais que vous y alliez, Madame. Si demain vous vous sentez bien, allons-y ensemble, ajouta-t-il en toute simplicité.

— Oui, oui, allons-y, firent les dames d'honneur en saisissant l'occasion.

— Allons-y », renchérit une autre.

La Princesse Mauve ne pouvait que céder à ces prières. Les paroles insistantes de ses suivantes avaient peu d'effet sur elle, mais entendre Genji prononcer : « Je voudrais que vous y alliez » la remplissait de joie et elle se sentait des responsabilités d'épouse.

6

La magnificence du festival de Kamo le lendemain fut sans précédent.

Un vacarme assourdissant retentissait dans la vaste Première Avenue, les tribunes débordaient de spectateurs et sur la chaussée étaient garés à la queue leu leu tant de véhicules qu'ils ne laissaient entre eux aucun intervalle. Les gens debout étaient serrés les uns contre les autres, en si grand nombre qu'ils pouvaient à peine respirer et, d'impatience, ils trépignaient sur place, chacun interpellant son voisin à tout bout de champ pour savoir s'il apercevait la procession des messagers impériaux en marche vers le temple.

Le cortège défilait dans la Première Avenue en longeant la rivière Kamo, du sanctuaire Kamo inférieur au sanctuaire supérieur, et sur la berge noire de monde, une fourmi n'aurait pu se faufiler.

Dans la pièce principale de la résidence du Ministre de Gauche, les suivantes, Shikibu en tête, s'empressaient d'aider la Princesse Mauve à se vêtir. La veille, la maison de ce Ministre avait été à l'honneur lors de la célébration de la Prêtresse, car le Prince Radieux faisait partie de l'escorte de la Princesse Consacrée transportée en palanquin. Naturellement, l'allure de la Princesse Mauve dans son fastueux habit de cérémonie atteignait le faîte de la beauté et de la splendeur. Son père et son frère la contemplaient avec admiration à l'extérieur des stores.

Les femmes maquillaient le visage de la Princesse avec de la poudre blanche à base de plomb qui donnait ce teint pâle tant recherché chez les dames de la noblesse. Sur les sourcils épilés, elles traçaient une ligne noire à l'aide d'une encre spéciale. Puis elles teignaient les dents d'un noir brillant obtenu en plongeant un petit pinceau, par la suite saupoudré de brou de noix, dans une solution d'alcool de riz ou de vinaigre dans laquelle on avait fait tremper des morceaux de fer et que l'on faisait chauffer dans un bocal. Elles appliquaient légèrement du rouge sur les joues et les lèvres. Et elles passaient de l'huile de camélia afin de faire briller la longue chevelure noire qui descendait jusqu'à terre, lavée avec un shampooing à base d'algues et d'huile de froment.

Son vêtement était composé, sur un kimono de dessous blanc, de plusieurs surperpositions très fines au riche dégradé de couleurs, que recouvraient une jupe aux motifs de pins sur fond blanc et un manteau à la chinoise rouge orné de grues, agrémenté d'une longue traîne et d'un éventail. Au bas des manches et de la jupe, étaient appliqués de la nacre, du jade, de l'or et de l'argent. Rien ne semblait plus luxueux. La Princesse Mauve resplendissait dans sa tenue, mais aussi de l'amour du Prince Radieux. Elle connaissait le bonheur suprême.

« Quand Monseigneur vous verra, Madame, il sera sans voix. »

D'un ton où se mêlaient l'admiration et l'envie, les femmes ne tarissaient pas d'éloges.

« Et puis, tant de gens viennent voir Monseigneur. C'est une occasion unique. Quelle chance que Madame ait gagné ses faveurs ! »

Ces réflexions la plongeaient dans l'extase.

Genji arriva. Vêtu d'une tenue violet et blanc appropriée à la saison, il portait une superposition de deux pantalons, une très longue traîne, un manteau en damas à larges manches, un bonnet plat de gaze noire pourvu d'une queue et d'une bande raide de laque noire, et un sceptre dans la main droite comme symbole de son rang élevé. La présence à ses côtés de Chûjô et du Ministre de Gauche ne faisait que souligner sa beauté.

« Monseigneur est arrivé », chuchota Shikibu à l'oreille de la Princesse Mauve.

La première dame d'honneur releva le store, puis les femmes aidèrent la Princesse intimidée à se relever lentement. En manteau chinois rouge, elle scintillait. Plus encore, elle avait un aspect céleste et semblait une incarnation du Bouddha Amida.

« Oh ! »

C'est tout ce que trouva à dire le Ministre de Gauche devant tant de beauté. Chûjô contemplait lui aussi, ébloui, l'air serein et radieux de sa sœur.

« Aucune femme, Madame, n'est aussi belle que vous sur terre, déclara Genji émerveillé.

— Je vous remercie », répondit-elle confuse et rougissante, la tête baissée, mais le cœur empli de joie.

Sa pudeur de jeune fille innocente comblait Genji.

Devant la porte du palais, attendait la voiture réservée aux grands personnages ; elle était recouverte de feuilles de palme blanchies et des valets robustes l'entouraient, dont Koremitsu faisait bien sûr partie. Les valets avaient déjà un air de fête et, sans doute déjà imbibés de saké, ils s'apostrophaient avec bruit. C'était un comportement qui ne convenait pas au lieu.

La porte s'ouvrit pour laisser le passage au Prince Radieux et à la Princesse Mauve soutenue par ses suivantes. Un homme installa le tréteau, un autre attela le bœuf, le temps que Genji aidât sa dame à monter dans le char. Puis il monta à sa suite, face à elle, et porta un regard doux et rassurant sur sa jeune épouse qui, les joues empourprées, baissa les yeux.

« J'ai entendu dire que la procession était au sanctuaire inférieur de Kamo à l'heure du Dragon[1], dit la

1. De sept à neuf heures du matin.

première dame d'honneur aux valets. Actuellement, elle doit se trouver vers le Pavillon du Champ de Course. Surtout, tirez le bœuf doucement, la route est encombrée, faites attention, pensez à l'état de Madame votre passagère.

— Ouais ! » répondirent les hommes avec énergie.

Le char se mit en route. La Princesse fut tellement secouée qu'elle faillit tomber. Genji s'empressa de la retenir en la prenant fermement dans ses bras. Elle s'excusa mais, le visage dans sa poitrine, elle ne voulut plus bouger d'où elle était.

La voiture s'éloignait de la résidence, et, sans doute en raison de l'ivresse des valets, les mouvements du char se faisaient brusques. A l'idée que leur maîtresse enceinte se trouvait à l'intérieur, les suivantes qui l'accompagnaient furent soudain assaillies par un mauvais pressentiment, alors qu'elles l'avaient incitée à assister au spectacle.

Shikibu elle-même, qui devait rester à la résidence, ne pouvait tenir en place. Elle décida de se dissimuler le visage sous un grand chapeau de paille en forme de bol, nanti d'une voilette, et de suivre le véhicule.

Le cortège impérial de la fête de Kamo était splendide ; en tête venaient les fantassins de la Garde portant leurs grands sabres, les offrandes de l'Impératrice, du Prince Héritier, de l'ex-Empereur, les chevaux et les messagers de l'Office des Chevaux, puis le palanquin de la Prêtresse porté par ses valets, les envoyés impériaux, les danseurs, les musiciens. C'était une file ininterrompue et les membres de la procession, aux tenues de cérémonie richement colorées, munis de parapluies élégants au long manche orné de motifs, portaient des coiffes de gaze noire garnies de feuilles de gainier japonais, de mauves, de roses trémières.

La procession de cette année-là était particulièrement longue. Les spectateurs et les véhicules se révélaient si nombreux sur la grand-route qu'ils gênaient la progression du cortège. C'est pourquoi il n'était pas encore arrivé quand le char du Prince Radieux atteignit le Pavillon du Champ de Course.

Sur le terrain, les passagers des voitures décorées de fleurs et alignées en rang serré, les membres de la noblesse dans les tribunes, les spectateurs debout, tous avaient des palpitations dès que l'on prétendait que la procession avait dépassé tel ou tel endroit. A tout instant, quelqu'un annonçait son arrivée.

Le char de Genji se mêla discrètement au groupe. Koremitsu et les valets quelque peu éméchés conservaient cependant un calme exemplaire pour manœuvrer le véhicule. Car si la foule apprenait qui en était le passager, elle serait prise de fièvre. Mais des voix fusèrent aussitôt.

« Monseigneur le Prince Radieux !

— La voiture du Prince Radieux est arrivé !

— C'est lui !

— Vraiment ? »

Les regards admiratifs étaient tous dirigés vers le char et, au fur et à mesure qu'il avançait, le groupe compact se divisait en deux. Le bas de robe du magnifique costume de cour qui dépassait sous les stores indiquait que la Princesse Mauve se trouvait également à l'intérieur.

« Monseigneur le Prince Radieux, montrez-vous ! S'il vous plaît ! » osaient crier les jeunes filles, le cœur en joie de le sentir près d'elles.

Les véhicules ouvraient précipitamment le passage à ce magnifique char. C'était une manifestation de respect car il transportait le Général de la Garde du Corps de Droite (Genji) et la Princesse Impériale, fille du Ministre de Gauche (Mauve).

De fierté, les valets et les suivantes bombaient le buste, les hommes surtout. L'esprit embrumé par l'alcool, ils tiraient le char avec l'impression d'être les maîtres du monde. La foule et les voitures continuaient de s'écarter en formant une haie d'honneur, à la grande satisfaction des valets.

Le char du Prince Radieux se rapprochait lentement du groupe le plus en avant. Parvenu à ce niveau, il fut arrêté dans sa progression par un véhicule qui ne s'était pas déplacé et n'en avait manifestement pas l'intention. C'était une voiture aux parois de vannerie un peu usagées, mais sous les stores dépassait, à peine visible, un bas de robe très élégant. Une femme de haute qualité semblait être venue incognito.

« Otez-vous de là ! Poussez-vous ! Savez-vous à qui vous avez affaire ? » lancèrent sur un ton brutal les hommes de Genji.

Mais le véhicule, escorté de quelques valets seulement qui jetaient des regards hostiles sur le char, ne bougea pas.

« Cette voiture est celle de Monseigneur le Prince Radieux et de sa noble épouse, la Princesse Mauve ! Otez-vous de là en vitesse, espèces d'imbéciles ! »

Mais ceux d'en face restaient immobiles, en dépit des invectives dont les accablaient les valets de Genji qui perdaient leur sang-froid.

La foule émoustillée encercla les deux véhicules pour observer ce qui allait se passer.

« Hé ! si vous ne vous poussez pas, on va vous pousser ! Vous allez voir ce que vous allez voir !

— C'est ça ! C'est ça !

— Nous sommes mille contre un ! Vous allez vous faire battre à plate couture ! »

Les visages des valets insultés rougissaient de colère à vue d'œil. La tension régnait. Les suivantes ne pouvaient rien faire d'autre que de s'affoler.

A ce moment-là, Koremitsu aperçut la silhouette de Somemaru parmi les hommes d'escorte d'en face. « Le véhicule de la Dame de la Chambre, de la Sixième Avenue ! » s'écria-t-il en son for intérieur. La conversation du pont Togetsukyô à Arashiyama lui traversa l'esprit. Il ressentit de la sympathie pour Somemaru, qui le regarda avec une expression épouvantée.

Koremitsu ne savait que faire. Ses compagnons étaient maintenant dans un tel état d'excitation qu'ils étaient prêts à attaquer le véhicule de la dame.

« Bande de crétins !

— Vous avez vu leurs têtes d'abrutis, on va pas attendre comme ça longtemps ! »

Le rideau s'ouvrit et Genji sortit la tête, la Princesse Mauve serrée contre lui.

« C'est le véhicule de la Dame de la Sixième Avenue », l'informa Koremitsu comme pour lui demander d'arranger la situation. La perplexité se lut sur le visage de Genji.

Tombée presque en disgrâce, la dame était cependant d'un rang bien supérieur aux leurs. Ses hommes ivres l'accablaient de termes grossiers et injurieux. C'était insensé !

« Arrêtez-les ! implora, tremblante, la Princesse Mauve. Leur manque de respect est criminel. »

Depuis leur rencontre au mont Arashiyama, la Princesse éprouvait de la pitié mêlée de sympathie pour celle qu'elle considérait comme son ancienne rivale.

Partageant son avis, Genji s'écria :

« Arrêtez ! Vous allez arrêter ! Cette voiture est celle de la Dame de la Chambre ! »

Mais ses valets refusaient de l'écouter.

« Monseigneur, ne soyez pas si indulgent ! Ne la dorlotez pas comme ça, faites pas comme autrefois ! »

Leur haleine sentait le saké...

« Cette dame a oublié que grâce au Prince Radieux, elle pouvait faire la fière dans le temps ! Poussez-vous ! Laissez place ! »

Ils s'échauffaient de plus en plus.

« Arrêtez, je vous dis ! »

Mais en vain. L'interdiction de Genji resta lettre morte auprès de ces ivrognes. Et les remontrances des suivantes n'avaient aucune prise sur leur excitation.

« J'ai peur ! » gémit la Princesse cramponnée à Genji, le corps pris de tremblements. Il l'enlaça tendrement.

Koremitsu était soucieux. Somemaru le regardait depuis un moment. Ce n'était pas un regard de colère, mais il semblait solliciter son aide pour qu'il mît de l'ordre dans cette tourmente.

« A...rrê...tez ! Cette dame est d'un bien plus haut rang que celui de Monseigneur ! »

Koremitsu essayait de toutes ses forces de calmer les valets fous de rage qui semblaient avoir perdu la tête.

« Depuis quand te mets-tu donc du côté de la Dame de la Sixième Avenue ? » répliquèrent indignés ses compagnons, ne connaissant plus de limites.

C'en était trop pour Koremitsu. La foule qui observait en retenant son souffle excitait d'autant plus les valets.

« Alors, vous vous décidez ? Vous vous ôtez de là ? » tonna une voix. L'homme avait la bouche écumante de colère, le visage cramoisi.

Les compagnons de Somemaru leur renvoyaient un regard hostile, les traits durcis. On pouvait deviner leur détermination de ne céder à aucun prix.

« Arrêtez ! hurlaient les dames d'honneur. Arrêtez-vous !

— A...llez ! a...llez ! »

La foule enfiévrée s'en mêlait maintenant. Insultes, vociférations, injures, remontrances, chacun y allait de son cri, rendant la situation véritablement explosive sur le Champ de Course.

Au fond de sa voiture, la Dame de la Chambre regrettait vivement d'être venue. Elle n'était pas encore suffisamment détachée des préoccupations terrestres.

« Allez, on y va ! » crièrent des voix.

Instinctivement, elle ferma les yeux et joignit les mains dans une attitude de prière.

« Arrêtez immédiatement ! » s'exclama Genji.

La Princesse enfouit son visage blême dans la poitrine de Genji.

Au comble de l'excitation, ses hommes ne tinrent pas compte de son interdiction et se ruèrent sur le véhicule d'en face.

« Yahha ! hurlèrent-ils comme s'ils partaient en guerre en fonçant pour attaquer Somemaru et ses compagnons.

— Ne faites pas ça ! »

Koremitsu les supplia, prêt à fondre en larmes. Genji releva le store et assista à la scène avec un sentiment d'impuissance.

Il vit les jambes mêlées, les nuages de poussière, il entendit le bruit sourd des coups de poing, le grincement du char, les femmes effrayées, les cris, les gémissements ! Les hommes des deux camps luttaient corps à corps mais comme prévu, le combat était inégal – un contre mille. Somemaru et ses compagnons tenaient tête avec courage et recevaient de violents coups de pieds dans le ventre, des coups de poings dans le visage. Un à un, ils tombaient et vomissaient du sang. Finalement, ils ne se relevèrent plus, vaincus.

La foule tumultueuse entourait les valets de Genji aiguillonnés par la victoire.

« Alors ! on vous l'avait bien dit !

— En avant !

— Allons-y ! »

Les valets se pressaient contre le char où se tenait la Dame de la Chambre, tremblante et les mains jointes. Après avoir détaché le bœuf et retiré le tréteau sur lequel on pose les brancards, ils le poussèrent par-derrière, de toutes leurs forces. Un char à deux roues, sans support à l'avant, ne peut garder l'équilibre. Sous la brusque poussée, il piqua du nez, les roues stoppées par une flaque d'eau. Un brancard se brisa net.

Le char se coucha sur le flanc et la dame fut violemment éjectée dans la mare, soulevant une immense gerbe d'eau qui la recouvrit entièrement de boue...

Genji ferma les yeux devant cet outrage. La Princesse Mauve s'évanouit d'effroi. Les valets de Genji éclatèrent de rire en voyant la dame à terre. Ils riaient à gorge déployée en se tenant les côtes. Leur hilarité se propagea dans la foule. Même ceux qui d'abord hésitaient, le cercle des scrupuleux, furent pris par l'ambiance. Le rire appelle le rire et ce fut une explosion tonitruante à la vue de la femme qui se débattait dans la boue.

« Hahahaha !

— Hahahaha ! »

Ces rires transpercèrent comme une aiguille empoisonnée le corps de cette dame de si haute naissance. La douleur de l'humiliation pénétra brutalement dans sa chair et mit en pièces son orgueil.

Les rires continuaient de plus belle. Elle regarda autour d'elle avec un regard haineux tous ces visages qui ricanaient de sa misère. Soudain, ses yeux tombèrent sur le véhicule. Le store était relevé. Elle vit la Princesse Mauve, le visage dissimulé, dans les bras de Genji qui prenait soin d'elle.

Elle ressentit un choc comme si on lui donnait un coup de pilon sur le crâne : son amour ne daignait même pas lui jeter un coup d'œil, il l'ignorait ! Elle sentit sa raison la quitter. Le bruit autour d'elle s'évanouit, tous les mouvements parurent se ralentir. La foule riait mais aucun son ne sortait... Genji enlaçait tendrement la Princesse... Sa main lui caressait lentement les joues... Elle lui répondait par un sourire...

Un monde dénué de bruit... Tous semblaient rire. Seuls leurs mouvements étaient encore visibles... Ces rustres sales, ces vieillards laids, ces filles de la campagne... riaient lentement sans bruit...

Les pensées de la dame devenaient peu à peu incohérentes. Elle avait l'impression que sa vue s'opacifiait. Devant ses yeux, c'était maintenant tout sombre. Ni bruit, ni mouvement, ni lumière... un monde sans rien... Mais dans cette obscurité, elle entendit nettement quelque chose brûler énergiquement. Qui montait des ténèbres de son esprit. Ça brûle ! Ça brûle ! Une chose noirâtre brûlait et consumait son corps... Elle perdit connaissance dans la boue.

Les rires de la foule s'arrêtèrent net.

Plusieurs heures plus tard, la procession arriva près du Pavillon du Champ de Course où, bizarrement, régnait une ambiance très calme. Il restait peu de spectateurs, les voitures du Prince Radieux et de la Dame de la Chambre étaient déjà parties. La foule et ses fous rires avaient disparu on ne sait où. Seul traînait, inutile dans la mare, le brancard brisé.

7

Shikibu et Chûjô galopaient dans la forêt touffue recouverte d'un épais brouillard.

Chûjô éprouvait un noir pressentiment. Shikibu avait assisté, du début à la fin, à la rixe des chars de la veille. Avec les femmes présentes sur les lieux, elle avait raconté la scène au Ministre de Gauche et à Chûjô qui avaient pris place en un autre endroit.

L'ivresse n'excusait rien, les valets qui avaient provoqué la bagarre s'étaient montrés d'une violence excessive. On les renvoya le jour même. A la dame insultée fut aussitôt adressée une lettre d'excuse, et Genji lui-même allait transmettre ses regrets rédigés avec tact.

Mais, pensaient les deux cavaliers, on avait ridiculisé une femme de si haute condition. Il était impossible d'en être quitte avec quelques mots d'excuse pour la consoler. C'était trop grave. Elle avait été outragée au mépris de la hiérarchie et de son rang.

« Un châtiment effroyable va arriver », songea Chûjô, qui poussa son cheval. Shikibu dut se cramponner pour ne pas être jetée à terre. Le cheval galopait à travers les marécages de la partie ouest de la Capitale, en soulevant de fines gouttelettes d'eau, puis il entra de nouveau dans la forêt. Il s'arrêta devant la maison de l'herboriste Kôan. Le jardin était envahi par de hautes herbes folles et, à première vue, aucun visiteur n'était passé.

Chûjô descendit de cheval et se dirigea vers l'entrée. Son pressentiment se révélait exact. Des traces indiquaient que quelqu'un avait ouvert la porte. Après la mort de Belle-du-Soir, il l'avait fermée hermétiquement. Et maintenant, elle s'ouvrait avec facilité.

Une fois entrés, Chûjô et Shikibu se mirent à inspecter rapidement l'intérieur. Le cadavre de Kôan, toujours suspendu à la poutre, n'était plus qu'un squelette et la pièce n'avait manifestement pas été cambriolée. Comme la première fois, herbes médicinales, produits de mer séchés et pots de médicaments étaient alignés, bien rangés.

Chûjô observa la pièce.

« Seigneur Chûjô, les toiles d'araignée ! » lui montra Shikibu du doigt. Au milieu de la pièce, les toiles d'araignée étaient déchirées. Preuve que quelqu'un était entré, et très récemment, car les araignées tissent leur toile en une demi-journée.

« Vérifiez immédiatement vos notes ! »

Shikibu sortit son papier et se mit à examiner les pots alignés sur les étagères. Après la mort de Belle-du-Soir, elle avait inscrit l'ordre des pots de plantes médicinales et de médicaments importants. Elle s'était empressée de jeter le poison de serpentaire qu'elle savait mortel et le mispickel qui contient de l'arsenic, afin que ne se renouvelât pas le même drame que pour Belle-du-Soir.

« L'étagère du haut à gauche, le fruit du cognassier, la poudre de pavot, la chauve-souris fumée... » énumérait Shikibu.

Chûjô, lui, devait avoir senti une odeur étrange car il n'arrêtait pas de renifler. Shikibu ne fut pas longue à s'apercevoir qu'il y avait un pot vide.

« Seigneur Chûjô, l'aconitine a disparu !

— L'aconitine ?

— Oui, tout ce qui était dans le pot a disparu. »

Au nom d'aconitine, Chûjô en eut la chair de poule. C'était un alcaloïde extrait de la racine d'aconit, employé en médecine pour calmer entre autres les maux de tête. Raison pour laquelle il ne l'avait pas jetée. Mais...

« L'aconitine ne serait pas une plante médicinale qui arrête la douleur ? demanda Shikibu.

— C'est pire ! dit Chûjô furieux contre lui, la racine d'aconit est utilisée pour la chasse comme poison très violent ! On l'applique sur la pointe des flèches... Pris en grande quantité, ce poison très violent attaque les nerfs de manière terrifiante. »

Pourquoi ne s'en était-il pas souvenu à ce moment-là ! Un remords assaillit Chûjô.

« Encore quelqu'un qui... »

Shikibu ne put finir sa phrase. Elle claquait des dents.

« L'assassin de Belle-du-Soir sort de l'ombre ! Il prépare sans doute un nouveau coup... »

Chûjô sentit renaître en lui une violente haine.

Soudain, il y eut un bruit et le cheval hennit.

« Qui est là ? » s'écrièrent en chœur Shikibu et Chûjo en se retournant.

Chûjô sortit en courant et vit son cheval attaché à un arbre qui labourait frénétiquement le sol. Il inspecta du regard les alentours. Les plantes étaient si hautes, de la taille d'un homme, qu'on n'y voyait rien. Il dressa l'oreille et entendit un bruissement. Tout à coup, il vit frémir les herbes dans une direction. Il y avait quelqu'un !

« Attendez ! »

Chûjô fendit les herbes. Son passage soulevait de la poussière de pollen dans la végétation luxuriante et odoriférante de cette saison chaude et humide. Un inconnu s'enfuyait devant lui !

« Hé, vous ! attendez ! » cria Chûjô en se lançant à sa poursuite. Les toiles d'araignée s'enroulaient autour de son corps. Il aperçut la silhouette d'une vieille femme vêtue d'une robe blanche toute sale qui courait à travers les herbes touffues.

« Attendez ! »

Chûjô rattrapa la vieille femme, la saisit par le cou et la fit tomber à terre.

« Héé... ! Qu'est-ce que tu fais, imbécile ! » cria la vieille femme en se débattant dans tous les sens pour se relever. Un cercle en fer enserrait son front et autour de son cou pendait un miroir brisé. Son visage parcheminé, marqué de stries profondes, était couvert de plaques rouges et les mèches de ses cheveux en broussaille étaient durcies, collées par la crasse.

« Comment t'appelles-tu ?

— Moi ? Je suis la sorcière Mugura ! Fais attention à la façon dont tu me parles ! »

A chaque mot qu'elle prononçait de sa voix rauque, on voyait monter et descendre sa pomme d'Adam proéminente. Peut-être était-elle véritablement une sorcière.

« Que faisais-tu dans cette baraque ?

— Je ne faisais rien !

— Alors, pourquoi t'es-tu enfuie ?

— Parce que vous m'avez poursuivie.... Et vous alors, vous faisiez quoi là-bas ? »

Chûjô fut déconcerté.

« Ce n'est pas ton affaire !

— Moi, je connaissais Kôan ! J'étais son amie. C'est terrible, ce qui lui est arrivé... Je le plains. Mais l'assassin revient toujours sur le lieu de son crime. Je l'attendais... et c'est vous qui êtes apparu. Et vous, vous faisiez quoi ? »

Voyant la situation se retourner en sa faveur, la vieille femme avait repris de la vigueur. Chûjô en resta coi.

« Hum ! ben... on dirait que vous avez eu la même pensée que moi », fit-elle en essuyant son vêtement blanc.

Puis elle poursuivit :

« Oh.. j'ai eu peur ! Quand j'ai senti qu'on me courait après, j'ai cru qu'on allait me tuer. C'est dégoûtant, un blanc-bec pareil qui brutalise une vieille ! Si tu recommences ce genre de chose, gare à toi ! Il t'arrivera malheur ! N'oublie jamais ça ! »

Après avoir mis Chûjô en garde, la vieille sorcière fit tranquillement demi-tour et disparut dans les hautes herbes.

« Qui est-ce ? demanda Shikibu qui venait d'arriver.

— Je ne sais pas... Vous pourriez la suivre discrètement, Shikibu ? Peut-être pourra-t-on apprendre quelque chose...

— J'y vais. »

Shikibu se mit à la poursuite de la vieille femme. Après s'en être assuré, Chûjô tourna les talons. Il commençait à se faire une opinion.

8

Dans sa chambre du palais familial, la Princesse Mauve était alitée. Depuis son évanouissement lors de la rixe de la veille, elle ne se levait plus. Les femmes qui avaient tant insisté pour qu'elle assistât à la fête ne faisaient que sangloter, prises de remords, confinées dans leur pièce installée dans l'annexe.

La Princesse délirait avec une forte fièvre. A côté de sa chambre attendaient, l'air soucieux, Genji et le Ministre. Les suivantes changeaient en permanence le tissu sur son front et essuyaient sa sueur.

« Madame, me reconnaissez-vous ? » fit Genji en la regardant.

Elle souleva légèrement les paupières.

« Monseigneur... » murmura-t-elle en faisant un effort pour composer un faible sourire.

Genji lui prit doucement les mains dans les siennes.

« Rétablissez-vous vite, Madame, et donnez naissance à un robuste enfant. »

Elle acquiesça d'un léger signe de tête, mais son visage était livide, sa respiration agitée donnait l'impression qu'elle allait s'éteindre d'un instant à l'autre.

Le Ministre de Gauche, lui, n'était pas rassuré.

« J'ai demandé au moine de haute vertu de réciter les prières de conjuration et de procéder aux exorcismes. Tu n'as plus rien à craindre, ma douce. Nous sommes près de toi. Garde courage !

— Je... vous... remercie... » articula-t-elle faiblement, la respiration haletante, épuisée de fatigue.

Genji et le Ministre échangèrent un regard inquiet.

« Le remède, donnons-lui le remède ! » s'exclama le Ministre affolé.

Les suivantes s'empressèrent de passer à Genji un bol d'eau chaude et l'enveloppe rouge contenant de la poudre.

« Tenez, Madame, prenez ce remède et essayez de vous endormir paisiblement.

— Merci... » répondit-elle avec reconnaissance.

Les suivantes redressèrent le buste de la Princesse et le lui firent boire, mélangé à de l'eau. C'était la poudre aux paillettes d'or fournie par le Ministre de Droite.

« Oh... j'ai l'impression de retrouver mes forces, grâce à ce remède... »

Elle se recoucha, Genji lui essuya tendrement le front et elle ferma les yeux, apaisée, un petit sourire aux lèvres.

Lorsque Chûjô arriva à la résidence de son père, la nuit était déjà tombée.

De l'intérieur montaient les voix tonitruantes des moines vertueux qui récitaient les sûtras. A l'idée que les conjurations avaient déjà commencé, Chûjô se sentit inquiet. Tout à ses pensées, il menait son cheval dans l'obscurité le long du mur en direction de la Porte de l'Est, quand il vit sortir par cette porte un homme qu'il ne reconnut pas et qui partit en courant comme s'il prenait la fuite.

« Qui était-ce ? demanda Chûjô au garde des portes.

— Oh, c'est un valet au service de la Dame de la Chambre de la Sixième Avenue. Il a dit s'appeler Somemaru.

— Le valet de cette dame ?

— C'est ce qu'il m'a dit. »

Chûjô eut des battements de cœur.

« Qu'est-ce qu'il voulait ?

— Oh, il a prétendu qu'il venait prendre des nouvelles de notre maîtresse, la Princesse Mauve.

— Tu l'as fait entrer à l'intérieur de la résidence ! explosa Chûjô.

— Nn... non. Après l'incident d'hier, je lui ai demandé de se retirer, répondit le garde en s'épongeant le front.

— Il portait un message... quelque chose ?

— Il n'avait rien.

— Qu'a-t-il demandé, alors ?

— Comment allait Madame la Princesse. Mais je ne lui ai rien dit. Je l'ai renvoyé sans lui laisser le choix de discuter ! »

Confus, le garde tentait de se justifier.

Pour quelle raison le valet de la Dame de la Chambre était-il venu ? se demandait Chûjô avec méfiance en faisant entrer son cheval dans l'enceinte du palais. En hâte, le garde mit le verrou.

« En dehors de lui, quelqu'un s'est-il présenté ?

— C'est-à-dire que...

— Qui ?

— Monseigneur le Ministre de Droite et Dame Kokiden sont venus dans l'intention de voir la malade.

— Comment ! fit Chûjô stupéfait. Tu les as laissés entrer ?

— Je vous prie de bien vouloir m'en excuser. »

Le garde se faisait tout petit devant l'indignation de Chûjô. Mais à quoi bon malmener l'homme... Ce ministre était devenu Ministre des Affaires Suprêmes, il était naturel de lui ouvrir la porte.

« Mais... ils voulaient seulement prendre des nouvelles de la malade, semble-t-il, car après avoir rencontré Monseigneur le Ministre votre Père, ils sont immédiatement repartis.

— Bon, entendu ! »

Sur ces mots, furieux, Chûjô se dirigea vers la Porte du Milieu. « Le valet de la Dame de la Chambre... le Ministre de Droite, Dame Kokiden... Pour quelle raison ? » Quelque chose clochait. Il eut l'impression que ce qui était demeuré flou jusqu'à présent prenait une forme concrète et que ce quelque chose rôdait et approchait furtivement de la Princesse Mauve sous l'aspect d'une ombre de mauvais augure.

Chûjô se pressa vers le Pavillon Central qui retentissait des sûtras, où dormait paisiblement sa sœur, veillée par son père et son époux. Il demanda plus d'informations à Shikibu au sujet de la visite du Ministre de Droite.

Mais, comme l'avait dit le garde, ce haut dignitaire était apparemment venu pour une simple visite et n'avait pas cherché à rencontrer la malade. Shikibu lui expliqua qu'il s'en était retourné aussitôt après un bref échange sur la véranda de l'auvent du sud avec le Ministre de Gauche.

La Princesse Mauve semblait se rétablir et Chûjô se sentit rassuré, provisoirement.

9

Somemaru était effrayé. Il venait de se rendre au palais du Ministre de Gauche et il avait constaté – comme il s'y attendait – que la Princesse Mauve était alitée. Sa maîtresse aussi restait couchée dans son lit.

Après son humiliation subie au Champ de Course lors de la bagarre, la dame avait crié, pleuré, poussé des gémissements plaintifs de bête à demi folle. Elle piquait des crises de nerfs et se mettait à courir en hurlant dans ses appartements de nuit. Elle ameutait tout le monde, totalement hors de contrôle. Personne ne pouvait la maîtriser.

Dans la demeure, on aurait dit que retentissaient les lamentations de l'âme d'un défunt tombée en enfer. Pris de panique, les suivantes et les valets se barricadaient dans leur pièce. Sans doute que dans l'esprit de la Dame de la Chambre tourbillonnaient comme des flots agités des pensées aussi effrayantes que la haine, les envies de meurtres, les intentions malveillantes, la vengeance, qui la privaient de sa lucidité et la faisaient délirer.

Somemaru craignait par-dessus tout que les obsessions de sa maîtresse se déchaînent et quittent son corps pour devenir un mauvais esprit de vif !

La Princesse Mauve, lui avait-on appris, gardait le lit, souffrante. Si c'était l'œuvre de l'esprit de la Dame de la Chambre, celui-ci tourmenterait bientôt la pauvre jeune femme jusqu'à la mort, et la dame se manifesterait par l'intermédiaire du corps de la Princesse. On la reconnaîtrait. Dans ce cas, sa maîtresse ne pourrait plus revenir à la Capitale. Elle risquait même d'être arrêtée pour envoûtement, car ce dernier était considéré comme un crime.

Somemaru pria de tout son cœur pour que les mauvaises pensées de sa maîtresse s'apaisent.

« Somemaru ! hurla soudain une suivante qui arrivait, le visage livide. Notre maîtresse... dans l'aile occidentale... le masque... le masque... elle ne peut plus l'enlever ! »

Somemaru se précipita dans le bâtiment. Le jour était tombé, le vent soufflait. Le bruissement des arbres attisait son inquiétude.

« Madame ! »

Il la vit de dos qui sanglotait, accroupie dans un coin. Elle portait le masque et respirait péniblement. Elle était en pleurs.

« Madame, ne vous laissez pas aller ! » cria Somemaru.

Elle se releva lentement.

« Madame ! »

A sa voix, elle se retourna. Elle ne portait pas le masque de femme ! Ce masque-ci avait une bouche toute rouge fendue jusqu'aux oreilles et deux cornes pointues sur la tête. Les paupières étaient gonflées, hideuses, comme bouffies, et le masque tout entier dégageait une animosité effroyable !

« Un démon ! c'est un démon ! Les obsessions de ma maîtresse ont transformé le masque de femme en celui d'une sorcière ! » pensa Somemaru comme frappé de paralysie.

A ce moment, un éclair traversa le ciel, aussitôt suivi du tonnerre. Le masque diabolique fut parcouru d'une ombre blafarde qui augmenta encore son aspect inquiétant et hostile.

Ce soir-là, l'état de santé de la Princesse Mauve subit une brusque aggravation. Elle paraissait avoir perdu la raison et sa poitrine haletait de douleur. Sur son visage livide, la Mort était déjà apparue, son ventre déformé semblait bizarrement gonflé.

Tous l'entouraient de leurs soins mais aucune amélioration ne se faisait sentir.

« Je vous en prie, tenez bon, Madame ! Gardez espoir ! »

Genji l'encourageait sans répit mais, en proie à ses cauchemars, elle ne répondait pas. Elle ne semblait plus avoir toute sa raison et sa famille était plongée dans la panique.

« Maître Abe no Seimei, de l'Office de la Divination, n'est pas encore arrivé ? demanda le Ministre de Gauche avec exaspération.

— Un fonctionnaire de votre maison est parti au grand galop à l'heure du Singe[1]. Je vous prie de patienter encore un peu », intercéda une suivante en faveur du messager.

Le Ministre de Gauche tremblait devant sa propre impuissance.

Abe no Semei était un Maître en divination Yin et Yang réputé. On disait de lui qu'il avait des dons presque surnaturels de guérisseur, de magicien et de devin. Il chassait le démon et les mauvais esprits par un procédé connu de lui seul et la nouvelle de ses miracles était parvenue jusqu'en Corée.

Dans la véranda de l'auvent sud du Pavillon Central, les bonzes de haute vertu récitaient les prières bouddhiques de la doctrine Shingon[2]. Pour acquérir un pouvoir surnaturel à des fins exorcistes, ils méditaient au moyen du *mandara* en récitant la formule magique *darani* et ils formaient le geste rituel du « sceau », faisant brûler des fruits de pavot qui écartaient le mal.

Mais le Ministre de Gauche et son entourage, depuis la mort de la Dame du Clos aux Glycines, ne croyaient plus en leur efficacité. Ils ne voulaient se fier qu'à cet illustre devin Abe no Seimei, docteur en astronomie, qu'ils attendaient avec impatience.

La nuit était fort avancée et la Princesse Mauve avait maintenant la respiration paisible du dormeur. Le devin n'était pas encore arrivé mais, comme l'état de santé de la malade ne s'était pas aggravé, on décida de prendre un repos provisoire. Prières et méditations furent arrêtées. Chacun s'en retourna dans sa chambre et tous s'endormirent sur-le-champ, épuisés de fatigue.

---

1. De trois à cinq heures de l'après-midi.

2. Secte du bouddhisme ésotérique fondée par le moine Kûkai au IXe siècle.

De temps à autre, retentissait au loin le roulement du tonnerre. Sinon, les heures s'écoulaient dans un silence absolu. L'heure de la Vache allait prendre fin.

Soudain, les cris perçants des suivantes déchirèrent le silence de la nuit, suivis des gémissements de la Princesse Mauve.

Genji et ses compagnons furent réveillés en sursaut et se précipitèrent vers le Pavillon Central. Dans sa chambre, la Princesse se tordait de douleur.

« Que se passe-t-il, Madame ? Qu'avez-vous ? »

Genji voulut la prendre dans ses bras mais, à la vue du visage de la jeune femme, il cria de dégoût et la repoussa violemment.

Du sang ! Yeux, bouche, nez, front, joues... sa peau était congestionnée, tachetée de rouge... des gouttes de sang ! Et les paupières étaient horriblement enflées comme de méchants furoncles. Elle avait le visage d'un monstre !

La Princesse se débattait en poussant des hurlements d'animal blessé. Les suivantes affolées voulaient s'enfuir en poussant des cris.

« Chûjô ! »

Genji appelait Chujô pétrifié sur place pour qu'il l'aidât à retenir la malade. Chûjô reprit ses esprits et saisit les deux jambes de la jeune femme. Genji maintint les deux bras. Plaquée sur le lit, elle essaya de les repousser avec violence. Elle dardait une langue de serpent et sa bouche bavait de l'écume blanche.

« Qu'est-ce qu'il y a, Madame ? Que se passe-t-il ? » supplia Genji.

Mais la Princesse Mauve, sans doute exaspérée d'être ainsi maintenue, se débattait comme une forcenée. Son torse rebondissait comme une balle.

« Madame ! » cria Genji les larmes aux yeux.

Le visage soudain empreint de colère, elle le mordit au bras.

« Elle est devenue folle ! »

Chûjô regarda le bras de Genji qu'il avait retiré instinctivement. Il était taché de sang et portait des traces de dents.

Les mains libérées, la jeune femme essayait de donner de violents coups de pied à Chûjô. Elle tira sur le rideau-écran qui tomba et fit basculer le tabouret. De toutes parts, les cris fusaient.

« Arrête ! Mais arrête donc ! »

Quand Genji voulut la saisir dans ses bras, elle lui serra le cou, avec une telle force qu'il en eut la respiration coupée. Ses yeux injectés de sang lançaient des étincelles, par son immense bouche toute rouge s'écoulait de la bave et elle crachait du sang. C'était le démon de l'enfer incarné. Un cyclone de cris et de gémissements souffla sur la résidence.

Genji lança malgré lui une gifle à toute volée à la Princesse Mauve. Elle fut soulevée en l'air, le corps cambré, la tête rejetée en arrière. Il y eut un bruit sourd et sa tête heurta le sol après avoir brisé le panneau coulissant.

Le silence... La Princesse ne bougeait plus...

Tous la regardaient bouche bée. Genji, la respiration haletante, se frottait douloureusement la main droite qui venait de frapper.

Alors, on l'entendit geindre puis elle se mit à pleurer à gros sanglots comme une petite fille. Autour d'elle, son père, son frère, son époux la contemplaient, la mort dans l'âme, ne sachant que faire.

« Maître Abe no Seimei est arrivé ! » annonça une suivante à cet instant précis.

A quatre piliers, on attacha avec des cordes en paille résistantes les jambes et les bras de la Princesse Mauve, le corps en croix. Les yeux de ce visage à l'aspect de monstre guettaient d'un air chargé de haine le devin vêtu d'une étole de moine faite de morceaux de brocart cousus sur un kimono sobre, par-dessus lequel il avait passé un vêtement noir. Il faisait face à la malade et lui renvoyait un regard d'aigle.

« C'est l'interférence d'esprits terribles, diagnostiqua le maître en divination. Elle est possédée par des mauvais esprits de toutes sortes. »

L'homme s'assit devant la malade. Il sortit son chapelet qui brillait comme du quartz et lançait des éclairs. Les grains, gros comme des billes, étincelaient de couleurs aveuglantes.

La démente écarquilla les yeux.

« Cela vous fait peur ? Regardez... »

Le devin approcha son visage du sien. Elle se détourna, saisie d'effroi. Genji et Chûjô observaient avec anxiété.

« Allez, esprits maléfiques, quittez ce corps, possédez les médiums ! » tonna la voix du devin qui fit trembler ciel et terre.

Les médiums étaient des intercesseurs que les esprits malfaisants possédaient temporairement. Une fois les esprits ainsi transférés sur d'autres que la malade, le mal était exorcisé. Autour de la Princesse se tenaient trois enfants médiums en tenue blanche.

Faisant tinter son chapelet, le devin se mit à réciter des prières de textes sanskrits.

« Chôgasetsusha, tokudaichie, chigashinsha, sokushinjô-butsu, naumaku, samanda... »

Ces formules magiques étranges et inconnues avaient un tel pouvoir surnaturel qu'elles engourdissaient l'esprit des auditeurs.

Le corps de la femme envoûtée se raidissait et se cambrait. On sentait qu'elle souffrait. Dès que les boules du chapelet se heurtaient, des étincelles jaillissaient et semblaient crépiter.

« Arrête... arrête donc ! » cria la démente.

Mais ce n'était pas la voix de la Princesse Mauve. C'était celle, voilée et lugubre, d'un démon. Les yeux grands ouverts et haineux, elle cracha de la salive mêlée d'expectorations sanguinolentes. Le visage du devin fut éclaboussé de rouge.

Imperturbable, il continuait de réciter ses incantations :

« *Naumaku, samada, basarada, sendama, sohaaunta-rata-kanman.* Allez, esprits, possédez les médiums !

— Aïe... aïe... aïe ! »

La femme possédée du démon se tordait dans de violentes convulsions. Elle semblait souffrir le martyre.

« Allez, esprits malfaisants, quittez ce corps ! Maintenant ! Otez-vous de là ! » fulmina le devin.

Il coupa l'air avec son chapelet qui lança des éclairs droit sur la démente. Le corps de celle-ci fit un bond. Elle poussa un cri d'animal sauvage. De sa bouche s'écoulait de la bave et le blanc de ses yeux révulsés était couvert de veinules.

Les spectateurs ne pouvaient plus regarder cette scène morbide.

Le devin coupait l'air, encore et encore. Les éclairs agressifs et aveuglants attaquaient la pauvre malade. Chaque fois, son corps rebondissait et elle tapait sauvagement des pieds et des mains. Les cordes qui la retenaient allaient se rompre et sa peau était creusée par le frottement des liens.

« Va-t'en ! hurlait le devin, va-t'en ! va-t'en ! »

Mais rien n'indiquait que les êtres malfaisants se retiraient. Les médiums restaient assis bien droit.

Le devin exaspéré concentra tout son pouvoir surnaturel dans ses deux mains. Son pouls battait à toute allure et ses mains se mirent à trembler comme des êtres vivants indépendants.

« *Katsu !* »

Il brisa son chapelet qui vola en éclats. Les grosses billes tournoyèrent dans l'espace, en lançant des étincelles, puis retombèrent éparpillées sur le corps de la femme ensorcelée. Elles firent un bruit de pierres brûlantes que l'on jette dans l'eau et de la fumée blanche s'éleva aux endroits atteints par les boules.

La Princesse Mauve laissa échapper un long cri et son corps se tendit. Sitôt après, elle retomba brusquement sur le sol. Sans forces, elle perdit connaissance. Ses muscles s'étaient relâchés et elle resta sans bouger, les yeux clos. Elle semblait dormir.

« C'est l'interférence des esprits. Ils sont effroyables. Je n'ai jamais eu affaire à tant d'ondes malfaisantes, reconnut le devin harassé. Reposons-nous un moment, puis nous recommencerons. »

Le Maître suait à grosses gouttes et il ne pouvait dissimuler ses douleurs. Il se releva et sortit, suivi des enfants médiums.

Les autres restèrent sur place, effondrés, à bout de forces.

« Quel malheur... quel malheur », gémissait le Ministre de Gauche, la tête entre les mains.

Les suivantes éclatèrent en sanglots. Genji, Chûjô et Shikibu ne disaient mot.

La Princesse Mauve paraissait dormir, le visage étrangement paisible.

Le tonnerre gronda et la pièce s'illumina. Genji regardait la dormeuse avec un air pitoyable. Ils la virent bouger les lèvres. Les yeux clos, elle semblait vouloir demander quelque chose. Genji se pencha pour essayer de comprendre ses paroles.

« Le médicament, donnons-lui le médicament ! Elle veut le prendre ! » cria le Ministre de Gauche.

Une femme s'apprêtait à passer la poudre dans l'enveloppe rouge quand Chûjô s'interposa :

« Attendez ! Ce médicament, comment l'avez-vous eu ?

— Monseigneur le Ministre de Droite me l'a donné, répliqua le Ministre de Gauche, d'un ton indiquant que ce n'était vraiment pas le moment de poser ce genre de question.

— Le Ministre de Droite ?...

— En effet.

— Vous êtes sûr de lui ?

— Vous savez bien qu'il m'a permis de me rétablir complètement de ma grippe. C'est un excellent remède, une poudre aux paillettes d'or qui vient de la Cour des Tang !

— Madame la Princesse en prend toujours », ajouta une suivante.

Les lèvres ne cessaient de remuer pour, semblait-il, réclamer le remède. Chûjô ne pouvait plus s'y opposer.

« Alors je m'en occupe », dit Genji. Il prit l'enveloppe et se rapprocha de la malade. Il lui souleva la tête, fit tomber la poudre au fond de sa gorge, puis lui donna à boire de l'eau chaude.

La Princesse paraissait apprécier.

« Tenez bon, Madame ! Retrouvez vite la santé ! Donnez naissance à un enfant robuste », supplia Genji en pleurs.

Elle dut l'entendre car son visage s'éclaira faiblement.

« Madame... »

Shikibu versait des larmes de soulagement. Le visage de démon s'était apaisé. Les suivantes furent très émues à la pensée que la force de leur amour était plus forte que n'importe quelle prière ou méditation.

Chûjô et le Ministre de Gauche constatèrent que le sang ne suintait plus et que son teint s'était un peu amélioré.

« Cela va déjà mieux. Elle va pouvoir se rétablir. »

Chûjô se sentit rassuré à la vue de sa sœur endormie.

« Madame ! »

Genji l'enlaça gentiment.

Soudain, les paupières de la malade se relevèrent...

« Je vous déteste, Monseigneur ! »

Stupéfait, Genji se détacha d'elle. Elle avait à nouveau un visage de démon qui bouillait de rancœur et ses yeux transperçaient Genji, pleins de haine et injectés de sang, prêts à lui jeter un mauvais sort pour le tuer.

« Je te déteste... je te déteste ! »

Genji et les autres reculèrent. La voix qui avait jailli de la bouche de la Princesse Mauve n'était rien d'autre que celle de la Dame de la Chambre, de la Sixième Avenue ! Chûjô et le Ministre de Gauche frémirent.

« Vous... vous... »

Genji ne put continuer.

« Je te hais, Prince Radieux ! »

La Dame de la Chambre parlait par l'intermédiaire de la Princesse Mauve.

« C'est un esprit de vif ! L'esprit de la Dame de la Chambre ! » s'exclama le Ministre de Gauche, paralysé par la terreur.

Bouleversées, les suivantes affolées voulaient fuir loin de cet endroit maudit. Shikibu sortit appeler le devin.

Leur maîtresse brisa les cordes qui lui liaient les mains et se redressa soudain, son regard inquiétant dirigé sur Genji. Il recula avec le sentiment du danger. L'écran et le paravent tombèrent. Elle eut un rire sardonique.

« Monseigneur... pourquoi t'es-tu moqué de moi ? Pourquoi t'es-tu montré si cruel envers moi ? Ma souffrance et ma haine ne disparaîtront jamais, de toute ma vie. »

La voix menaçante et rancunière résonna dans la résidence obscure. Interdit, Genji pencha l'oreille vers la voix de l'esprit.

Le devin et les médiums revenaient en hâte avec Shikibu.

« Holà ! vous la possédez encore ? Allez-vous-en ! Au diable ! » cria Maître Abe no Seimei. Il cassa un nouveau chapelet et en jeta les morceaux sur la malheureuse.

Mais son geste n'eut aucun effet.

« Ha ! ha ! ha ! Tes formules minables ne peuvent rien contre moi ! Monseigneur, souviens-toi bien, cette rancune, cette haine, continueront à te hanter jusqu'à la fin de tes jours ! »

Genji blêmit.

Soudain, la Princesse Mauve gémit de douleur. Son corps se raidit, puis elle retomba sur son lit.

« J'ai mal... j'ai mal... »

Elle se griffait la gorge, le visage convulsé. Elle n'avait plus rien de commun avec celle qui faisait preuve de tant de violence, à peine un instant plus tôt.

« Au secours... Monseigneur ! Aidez-moi ! »

La malade s'exprimait de nouveau avec la voix de la Princesse Mauve, elle tendait les mains vers Genji.

« Courage ! Tenez bon ! »

Genji la prit dans ses bras, mais elle fut à ce moment-là transpercée par une douleur d'une intensité folle. Pendant une durée qui sembla interminable, des spasmes épouvantables secouèrent tout son corps puis, après un dernier soubresaut, elle retomba inerte, les yeux grands ouverts remplis d'hostilité.

« Madame... Madame... »

Genji eut beau appeler, il n'obtint aucune réponse. Chûjô et le Ministre espéraient la voir bouger mais elle restait dans la même position, les pupilles dilatées.

La Princesse Mauve était morte...

Le visage marqué par la douleur, Genji lui ferma les yeux en silence et, sur son visage, on pouvait lire ses remords.

« Elle était hantée par l'esprit d'une femme effrayante, en proie à tant de sentiments négatifs et malfaisants qu'ils l'ont tuée », expliqua le devin, qui se mit à psalmodier avec recueillement les sûtras, le dos bien droit, comme s'il se reprochait sa propre incompétence.

Agrippé à la dépouille de la Princesse, Genji laissait couler ses larmes sans se soucier de les retenir.

« Pourquoi... gémissait-il, pourquoi... c'est de ma faute.. Je... j'aurais dû vous consacrer mon amour plus tôt, à vous seule... Il ne serait pas arrivé une chose pareille.... Tout, tout est de ma faute... »

Les suivantes sanglotaient près de Shikibu prosternée au chevet de la malheureuse défunte. Hébété, le Ministre de Gauche restait sans mouvement.

Seul Chûjô observait la scène, l'air furieux. Ses yeux ne pouvaient se détacher de l'enveloppe rouge contenant le remède. Il regarda Genji bercer doucement le cadavre en se lamentant. « Ce n'est pas de ta faute ! » eut-il envie de lui dire mais il saisit comme un rapace l'enveloppe, sous le regard stupéfait du Ministre, et s'élança hors de la pièce. Shikibu comprit son intention.

Il partit en courant vers le Pavillon de la Pêche, empruntant les galeries et les couloirs, suivi de Shikibu. Il traversa le passage couvert de la Porte du Milieu puis arriva dans le pavillon. Après avoir déchiré l'enveloppe, il se pencha par la balustrade au-dessus de l'eau où s'étaient attroupées des carpes. Il leur jeta la poudre.

Shikibu l'avait rejoint. Ils observèrent ensemble le comportement des carpes. Elles se mirent aussitôt à frétiller puis à donner de grands battements de queue qui les éclaboussaient presque. Puis leurs mouvements se firent plus mous et, l'une après l'autre, elles se retournèrent, le ventre à l'air. Elles flottaient maintenant sur l'eau comme des feuilles d'arbre.

Ce remède était du poison ! De rage, Chûjô empoigna la balustrade.

« Nom de nom ! »

La poitrine oppressée, accablé de remords pour n'avoir pas empêché que le médicament soit donné à sa sœur, il sentit soudain les jambes lui manquer et s'effondra sur le plancher, immobile. Les bras ballants, Shikibu restait debout près de lui, ne sachant comment réagir.

Le soleil levant rouge sang apparaissait tout juste derrière la montagne.

Sur le col où les voyageurs avaient l'habitude de regarder la Capitale, quelques véhicules recouverts de feuilles de palme étaient à l'arrêt, les valets faisaient une pause. Une voiture chargée à ras bords de meubles indiquait un départ pour un long voyage.

« Madame, êtes-vous prête ? » demanda doucement Somemaru.

La Dame de la Chambre regarda en bas. La brume recouvrait la Capitale qui demeurait invisible. Le Bouddha lui venait en aide. Si elle avait pu voir la grande ville, elle aurait eu le cœur serré à l'idée de la quitter, et l'esprit à nouveau occupé par l'attachement aux choses.

« C'est bien comme cela, déclara-t-elle, reconnaissante envers le Bouddha de lui dissimuler la ville. Ainsi, je peux lui dire adieu. Sans regret.

« Somemaru.... »

La Dame avait une voix étouffée. Elle avait mis le masque. Ce n'était plus le visage d'un démon mais celui d'une douce femme.

« Oui, Madame.

— Excuse-moi de t'avoir causé tant de soucis.

— Mais jamais de la vie, Madame !

— Je ne sais pourquoi, mais je me sens apaisée. A Ise, je m'en sortirai, j'en suis sûre. »

Puis elle retira le masque.

Somemaru fut frappé par la beauté du visage de sa maîtresse. Il scintillait sous la lumière du matin, détaché de tous les tourments de ce bas monde, serein comme un bouddha plein de compassion. Il lui inspira tant de respect que Somemaru crut que le Bouddha Suprême lui était apparu. Il comprit alors que le visage de démon aperçu la veille au soir n'avait été qu'une hallucination.

« Somemaru...

— Oui, Madame.

— Ce masque que tu m'as donné, je crois ne plus en avoir besoin. Puis-je m'en débarrasser ? »

Son valet s'empressa d'acquiescer et la dame lança, un sourire aux lèvres, le masque dans la mer de nuages. Inondé de soleil, il tourna dans tous les sens en montrant successivement les expressions de la douleur, du sourire, de la joie... et il fut aspiré vers le bas de la vallée.

« Allez, en route ! » fit-elle joyeusement quand il eut disparu de leur vue. Le ton de sa voix manifestait sa volonté de vivre dorénavant une vie détachée des préoccupations terrestres.

Le soleil avait pris une teinte jaune atténuée. Sur le col circulaient déjà dans les deux sens des voyageurs et des commerçants. Une journée bien remplie s'annonçait. Le cortège des voitures recouvertes de feuilles de palme s'était remis en route.

Dans le vent frais du début de l'été qui soufflait du lac Biwa, on avait l'impression d'entendre le bruit agréable des roues des voitures de la Dame de la Chambre et de son escorte en route pour Ise.

La sorcière Mugura

1

Le lendemain de la mort de la Princesse Mauve, la veillée funèbre eut lieu dans la résidence du Ministre de Gauche, en présence des parents proches. Dans la pièce principale était exposée la dépouille revêtue d'une belle tenue blanche, hormis le vêtement de dessous, réservée aux accouchements et aux décès.

A la nouvelle, le Ministre de Droite et l'Epouse Impériale, Dame Kokiden, s'étaient présentés au palais pour y participer. Dans la véranda sous l'auvent sud du Pavillon Central était donné, conformément à la tradition, le « banquet de la douleur » avec boulettes de riz et autres gâteaux, servis sur une tablette à pied laquée devant chaque convive. Mais personne, ou presque, n'y touchait et les heures s'écoulaient dans un silence absolu.

Le Ministre de Gauche, Genji, Chûjô et Shikibu étaient appuyés contre la balustrade dans une tenue négligée, sans souci de bienséance, et ils regardaient d'un air absent l'obscurité de la nuit. Dans le jardin, les hommes d'escorte du Ministre de Droite entretenaient un feu de torchères. C'était une nuit effroyablement calme. L'on n'entendait même pas le chant des cigales. Seul parvenait de temps à autre le crépitement des torches.

L'affliction de Genji, qui venait de perdre coup sur coup les femmes qu'il aimait, Belle-du-Soir, la Princesse du Clos aux Glycines et la Princesse Mauve, faisait peine à voir. Il veillait, le regard tourné vers les ténèbres. Son visage pâle et amaigri était plein d'une douleur inexprimable. La vie n'était plus là... Il semblait que les ténèbres allaient l'aspirer corps et âme.

Chûjô se trouvait dans le même état. Sa sœur et sa maîtresse étaient mortes. Il savait en outre qu'elles avaient été empoisonnées. Mais pour l'instant, il ne possédait pas le moindre indice, et il n'avait aucune piste lui permettant de découvrir l'assassin. Miné par le chagrin et les tourments, Chûjô aurait voulu demander de l'aide et confier la vérité à Genji et au Ministre de Gauche, mais il ne voulait pas aggraver leur douleur. Shikibu et lui restaient donc silencieux, le visage inexpressif, gardant secrète l'effroyable vérité.

Le Ministre de Droite et Dame Kokiden ne faisaient aucun effort pour adresser des paroles de consolation à Genji et à Chûjô : ils sentaient en permanence sur eux le regard hostile du Ministre de Gauche, qui semblait dire que ce drame était de leur faute. Ils montraient ouvertement leur contrariété et ne disaient mot, le visage détourné.

Chacun dissimulait ses pensées respectives et les heures passaient dans le silence de la nuit.

A ce moment-là, à la Porte de l'Ouest, une dispute éclata. Le garde et la sorcière Mugura qui s'était présentée, munie d'un gros paquet enveloppé dans un carré de tissu, échangeaient des paroles vives : « Je veux entrer dans le palais ! » « Non, tu ne peux pas ! »

Excédée, la vieille lança :

« Si tu dis à Son Excellence Tô no Chûjô, le Chef de la Chancellerie Privée et le Général en Second de la Garde du Corps de Gauche, que la femme Mugura est arrivée, il comprendra ! »

A ces mots, le garde perplexe s'empressa d'aller demander son avis à l'individu cité par la vieille femme, à savoir Chûjô, lequel se rendit en courant à la Porte de l'Ouest.

« Vous ! s'exclama-t-il, les yeux écarquillés, à la vue de la sorcière.

— Hihihi ! Tu ne veux pas que je dise des conjurations ? Cette maison est maudite. Si on ne l'exorcise pas, il va t'arriver malheur. Je ne te demanderai pas beaucoup d'argent, et comme ça... »

Puis, baissant brusquement la voix, elle lui chuchota au creux de l'oreille :

« Je pourrai t'apprendre ce que tu voulais savoir !

— Ce que je voulais savoir ? »

Profitant de l'étonnement et du moment d'hésitation de Chûjô, la sorcière Mugura se faufila à l'intérieur de la résidence sans attendre d'y être autorisée.

La vieille commença les préparatifs des prières exorcistes dans le Pavillon de la Pêche. Elle alluma des dizaines de lampes et, sur une poupée en papier blanc, elle dessina des signes mystérieux relatifs aux esprits qui hantent les humains, elle la mit ensuite dans un bocal apporté par ses soins qu'elle ferma hermétiquement avec du papier huilé. C'était une méthode secrète qui permettait d'enrayer les sortilèges en jetant un sort en retour.

Un bâton de bambou à la main, elle se mit à réciter d'étranges formules magiques.

« On-ba-ji-ra-gi-ni, ha-ra-ji-ha-ta-ya, so-wa-ka, a-bi-ra-un-ken, a-bi-ra-un-ken... »

Impossible de savoir l'origine de cette langue incompréhensible. La vieille femme ne cessait de réciter les mêmes formules en faisant des moulinets avec son bâton.

Sa voix parvenait aux oreilles de Chûjô et de Genji qui passaient une nuit blanche à veiller dans le Pavillon Central. Tous les stores et les treillis du Pavillon de la Pêche étaient soulevés et, du Pavillon Central également éclairé par des lampes, on pouvait voir la vieille sorcière procéder à ses exorcismes.

Genji et ses compagnons entendaient sans entendre, l'esprit absent et dénué de toute émotion, les formules magiques de la vieille femme.

« On-ba-ji-ra-gi-ni, ha-ra-ji-ha-ta-ya, so-wa-ka. »

La voix devenait progressivement plus forte. Personne ne lui prêtait attention ni ne regardait la vieille femme prise de frénésie.

Les feux dans le jardin étaient déjà éteints et la plupart des hommes d'escorte dormaient. Seules retentissaient les prières démentes de la vieille.

« Ban-un-ta-ra-ku-ki-ri-ku-a-ku... »

Elle semblait possédée et agitait maintenant son bâton de bambou. Le débit de ses paroles s'accélérait à un rythme vertigineux. Tout son corps en sueur ondulait.

« On-ba-ji-ra-gi-ni, ha-ra-ji-ha-ta-ya... »

Assise, avec ses hanches pour pivot, elle se mit à tourner sur elle-même comme une toupie à une allure de plus en plus rapide, et elle faisait des moulinets effrayants avec le bambou. Les formules magiques s'entrechoquaient, déréglées. La sorcière était en transe.

Dans le Pavillon Central où se tenaient Genji et les autres, on entendait les prières de la vieille qui ressemblaient maintenant à des cris. Le visage du Ministre de Droite exprimait ouvertement sa répugnance. C'étaient des sons si désagréables qu'ils provoquaient chez tous un sentiment de malaise.

Le Ministre de Droite fit du regard un signe à l'autre Ministre. Etait-ce pour lui dire de la faire cesser ? Genji et les suivantes également avaient l'air mal à l'aise. Chûjô se leva, dans l'intention d'expliquer qu'il était responsable et qu'il n'avait pas pu faire autrement que de la laisser entrer, mais à ce moment-là, la vieille sorcière poussa un cri perçant qui déchira l'obscurité de la nuit. Tous les membres présents regardèrent le Pavillon de la Pêche, comme paralysés.

Ils virent la vieille tomber, se relever, puis tomber de nouveau et se relever, encore et encore. Visiblement, elle souffrait terriblement.

« Que se passe-t-il donc ? » s'écria le Ministre de Gauche en se précipitant vers le Pavillon de la Pêche. Genji lui emboîta le pas, suivi de Chûjô.

Pour aller du Pavillon Central au Pavillon de la Pêche, il fallait traverser une galerie ouverte édifiée sur pilotis puis tourner à angle droit au niveau de l'aile orientale, où logeaient selon leurs charges les fonctionnaires, les serviteurs et les suivantes, et prendre un passage couvert. Cependant tous dormaient paisiblement.

Genji courait à toute allure dans la galerie. Il dépassa le Ministre de Gauche et se retrouva en tête, mais il glissa et chuta brutalement avant d'atteindre l'aile orientale.

« Ça va ? »

Le Ministre de Gauche voulut aider Genji à se relever. Entre-temps, Chûjô était passé devant eux.

« Ça va aller. Ne m'attendez pas, allez-y ! Je vous suis. »

De nouveau éclatèrent les cris de la sorcière et il y eut un bruit de chute. Traînant ses jambes douloureuses, Genji s'élança vers le Pavillon de la Pêche, en traversant comme les autres le passage couvert de la Porte du Milieu.

Chûjô s'était engouffré le premier dans le pavillon. Après lui, arrivèrent le Ministre de Gauche, le Ministre de Droite et Genji. Mais tous restèrent pétrifiés devant la scène tragique.

« Qu'est-ce qu'il y a ? Qu'est-ce qui s'est passé ? »

Le Ministre de Gauche s'effondra et les autres pâlirent d'effroi.

La vieille sorcière avait rendu l'âme, le cou transpercé par une flèche !

Shikibu, Kokiden et les autres suivantes étaient arrivées les unes derrière les autres. Les cris et les exclamations fusaient dans le pavillon au comble de la confusion.

2

Le lendemain, les inspecteurs du Bureau de la Police vinrent examiner minutieusement le lieu du crime, dans ses moindres recoins.

La sorcière semblait s'être débattue après avoir reçu la flèche dans le cou. Mais l'endroit d'où elle avait été lancée restait une énigme. Comme le Pavillon de la Pêche était ouvert sur les quatre côtés, elle avait pu être tirée de n'importe où.

Naturellement, les personnes éveillées au moment du crime furent interrogées. Genji, Chûjô, le Ministre de Gauche, celui de Droite, Shikibu, Dame Kokiden et plusieurs suivantes avaient veillé toute la nuit dans la véranda de l'auvent sud du Pavillon Central.

Quand les cris s'étaient élevés, ils se trouvaient donc loin du Pavillon de la Pêche. Ils furent exclus en premier. Après les cris de douleur, toutes les personnes présentes dans le Pavillon Central avaient vu la sorcière qui souffrait terriblement. Mais personne ne s'était éloigné de ce pavillon *avant*.

Dans ces conditions, les hommes d'escorte dans le jardin paraissaient les plus suspects. Mais la plupart dormaient. Ceux qui étaient restés éveillés soutenaient n'avoir vu personne parmi eux faire le geste de tirer à l'arc et de lancer une flèche, juste avant que ne s'élèvent les cris.

Un fait concret venait confirmer leurs déclarations. Les hommes d'escorte du Ministre de Droite utilisaient des flèches pourvues d'une tête à deux pointes. Celle qui avait transpercé le cou de la vieille était une flèche ordinaire à une pointe utilisée pour la chasse.

Par conséquent, les hommes d'escorte ne pouvaient faire partie des personnes suspectes. D'autre part, tous les aristocrates possédaient des flèches à une pointe. Les inspecteurs du Bureau de Police ne pouvaient donc suivre cette piste pour trouver le criminel.

Restaient les suivantes et les employés dans l'aile orientale. Mais ceux-ci affirmaient dormir à ce moment-là et, effectivement, Genji et Chûjô n'avaient vu personne lors de leur traversée du bâtiment.

Aucune personne présente dans la résidence pendant la nuit ne se trouvait donc impliquée dans ce meurtre et force était de conclure que quelqu'un de l'extérieur s'était infiltré.

Mais le garde de la porte s'y opposait obstinément. Il déclara que, préoccupé par l'entrée dans le palais de la vieille femme bizarre, il était resté éveillé et aux aguets toute la nuit. Il affirma, catégorique, que personne n'avait enjambé le mur d'enceinte pour entrer.

Déconcertés, les inspecteurs de la Police ne savaient de quel côté se tourner.

Ils récapitulèrent le peu d'éléments sûrs en leur possession : un meurtre avait eu lieu... d'un lieu visible de partout... et quand la flèche avait été lancée, tous se trouvaient mêlés à un groupe et chacun était témoin de l'autre... personne ne se tenait à l'écart à ce moment-là.

Restait l'éventualité que tous les membres d'un même groupe eussent menti. Mais c'était aller un peu loin ! D'ailleurs, on comprenait mal pourquoi le criminel avait voulu tuer la sorcière Mugura.

Les inspecteurs ne pouvaient rien faire d'autre pour le moment et ils ordonnèrent de laisser les lieux en l'état, sans toucher à rien, puis ils quittèrent temporairement la résidence.

Après cette suite de tragédies, Genji était épuisé moralement. Il retourna dans son palais de la Deuxième Avenue et se coucha, souffrant.

Le Ministre de Gauche fit de nouveau appeler le célèbre Maître en divination, afin qu'il récitât les prières pour conjurer le mauvais sort. Il était malade également et, alité, il ne pourrait même pas se rendre aux funérailles de la Princesse Mauve.

Les fonctionnaires du Bureau de Police n'étaient pas réapparus et les cadavres de la Princesse et de la vieille femme se décomposaient dans la chaleur du début de l'été. Les mouches grouillaient, une odeur nauséabonde de putréfaction qui donnait des haut-le-cœur imprégnait la demeure.

La rumeur se propagea que la résidence du Ministre de Gauche était victime de sortilèges ; les employés du palais restaient cloîtrés à longueur de journée dans leur pièce en récitant dans le recueillement le *nembutsu*, l'invocation rituelle du nom d'Amida, le Bouddha de la Compassion, comme pour faire disparaître leur frayeur.

L'ambiance était sinistre.

Pendant ce temps, Chûjô, guidé par Shikibu, se pressait vers la maison de la sorcière. Après la rencontre de Chûjô avec la vieille femme près de chez l'herboriste Kôan, Shikibu avait discrètement suivi la sorcière pour savoir où elle logeait. Sa maison était située dans la partie ouest de la Capitale où s'étendaient les marécages, dans un coin de la Cinquième Avenue envahi par de pauvres masures serrées les unes contre les autres.

« C'est là ? demanda Chûjô à Shikibu en descendant de cheval.

— Oui, j'en suis certaine. »

Un mur de la maison était effondré et sur le toit poussaient des mauvaises herbes. Sans doute n'était-elle jamais entretenue ; elle semblait inhabitée.

Chûjô porta son regard sur la maison voisine, encore plus triste et solitaire. La porte et les panneaux coulissants en treillis tendus de papier étaient complètement cassés et déchirés. Visiblement, ils n'étaient pas utilisés depuis longtemps. La maison paraissait à l'abandon et la présence, sur la palissade en cyprès pourrie, de délicates et blanches belles-du-soir écloses produisait un effet surprenant.

Chûjô eut le regard attiré par ces fleurs et, soudain, il sursauta.

« Mais... ce serait la maison de Belle-du-Soir !

— Hein ? »

Shikibu n'en croyait pas ses yeux : les maisons de Belle-du-Soir et de la sorcière Mugura étaient voisines.

« Eh oui, c'est bien ce que je pensais...

— Que voulez-vous dire, Seigneur Chûjô ? »

Sans répondre à la question de sa compagne, il ouvrit la porte de la maison de la vieille. Elle s'ouvrit facilement et ils entrèrent tous deux. A la vue du spectacle à l'intérieur, Shikibu laissa échapper un cri.

La pièce était encombrée de meubles et d'articles splendides qui contrastaient avec l'aspect délabré de l'extérieur ! Une décoration aussi somptueuse que s'il s'était agi de la salle du trône de Sa Majesté l'Empereur entouré des membres de la noblesse !

« Eh oui, c'est bien ce que je pensais. »

Chûjô semblait convaincu de quelque chose.

« Que voulez-vous dire ?

— J'ai fini par comprendre... qui était l'assassin de Belle-du-Soir, de Kôan, de la Princesse Mauve et de la vieille.

— Vraiment !

— Je vais vous montrer *la* preuve. Vous venez, Shikibu ? »

Sans lui laisser le choix de répondre par oui ou par non, Chûjô sortit en tirant par la manche Shikibu qui ne put placer un mot.

Il l'aida à monter puis lança son cheval au galop en direction de sa résidence.

« Seigneur Chujô, ces crimes, qui donc... ?

— Oh, attendez ! » cria Chujô en filant comme le vent.

Parvenu au palais de son père, il se précipita vers le grand étang du jardin et monta sur le pont en forme d'arche qui menait à l'île du milieu. Il regardait partout l'eau d'un air affairé.

« Shikibu, apportez-moi la perche en bambou ! » ordonna-t-il sur un ton brusque. Il semblait avoir vu quelque chose.

Face à un ordre aussi péremptoire, Shikibu obéit sans demander son reste et, en hâte, elle lui apporta la perche. Chûjô la lui arracha des mains et ratissa l'eau autour du pont. Bientôt, il fit remonter du fond de l'étang un objet couvert de boue.

C'était un arc cassé attaché à une pierre...

« C'est...

— C'est avec cet arc qu'a été lancée la flèche sur la vieille, fit Chûjô d'un ton catégorique.

— Alors, l'assassin aurait visé d'ici le Pavillon de la Pêche.

— Ce serait possible.

— Mais au moment du crime, les hommes de l'escorte du Ministre de Droite se tenaient près du pont.

— Exact. La flèche n'a pas donc été lancée d'ici. »

Depuis le Pavillon de la Pêche, les yeux de Chûjô remontèrent le passage couvert de la Porte du Milieu jusqu'à l'aile orientale, puis tournèrent à angle droit vers la galerie qui donnait sur le Pavillon Central.

« L'assassin, celui qui a lancé la flèche, a tiré de là-bas ! » dit-il en pointant le doigt.

« Là-bas », c'était la galerie sur pilotis qui reliait le Pavillon Central à l'aile orientale et sous laquelle passait le cours d'eau qui traversait le jardin.

« Alors, pourquoi cet arc, ici ? »

Le cours d'eau sous la galerie se jetait dans l'étang, mais à une distance assez éloignée.

« Un arc, ça flotte. »

Sur l'île, Chûjô lava l'arc couvert de boue dans l'eau de l'étang.

« Aussitôt après avoir tiré la flèche depuis la galerie, le criminel a brisé son arc puis il l'a fait tomber dans le ruisseau. L'arc a suivi le courant et est arrivé jusqu'à l'étang. Mais il flottait encore. L'assassin est donc venu ici ultérieurement, il l'a attaché à une pierre et l'a jeté par-dessus le pont. C'était un moyen très astucieux pour dissimuler l'endroit d'où était parti le projectile mortel.

— Mais quand se sont élevés les cris dans le Pavillon de la Pêche, il n'y avait personne dans cette galerie.

— Exact, à ce moment-là, il n'y avait personne.

— Alors ?

— Le premier cri poussé par la vieille n'a pas été provoqué par la flèche. Elle a en effet hurlé, plusieurs fois de suite, mais seul son *dernier* cri a été causé par la douleur que lui a faite la flèche en lui transperçant la nuque. »

Chûjô montra à Shikibu l'arc nettoyé. Shikibu faillit crier. Elle le connaissait !

Chûjô et Shikibu passèrent plusieurs jours à recueillir des témoignages pour conforter leur conviction.

Ils se rendirent partout. Au Rokujô-Kawara-in où était morte Belle-du-Soir, dans la maison de l'herboriste Kôan, dans le voisinage de la maison de Belle-du-Soir. Ils réfléchirent aux éventualités possibles. Ils coururent partout, recrus de fatigue, et ils firent fonctionner leurs méninges à en devenir fous.

Mais leurs réflexions les ramenaient toujours à la même conclusion : « cette personne » était l'assassin !

Chûjô et Shikibu tournaient leurs pensées dans leur tête pour tenter de savoir ce qu'ils devaient faire de leurs découvertes. Ils s'efforçaient de réfléchir et de se montrer encore plus intelligents que le criminel, qui s'était avéré si ingénieux.

Insensiblement, l'été brûlant était passé et le vent frais du début de l'automne caressait la peau, quand les deux enquêteurs improvisés, Chûjô et Shikibu, conclurent qu'ils devaient révéler, mais devant un public restreint, cette série de crimes au lieu de continuer à les dissimuler.

Révélations

« Mais que nous veut donc ce Chûjô ? demanda le Ministre de Droite d'un air exaspéré.

— En effet ! Qu'est-ce que cela signifie, inviter Sa Majesté l'Empereur dans un endroit pareil ? » renchérit Dame Kokiden.

Par une requête adressée au Ministre de Gauche, à l'épouse Kokiden, au Ministre de Droite et même à Sa Majesté l'Empereur Suzaku, Tô no Chûjô avait sollicité leur présence en la résidence de son père, le Ministre de Gauche, dans la pièce principale du Pavillon Central.

L'Empereur Suzaku trônait sous un dais aux couleurs discrètes, entouré de ses hommes d'escorte armés de leurs arcs et de leurs épées, et l'ambiance était grave comme s'ils partaient à la guerre.

« Oh, je suis vraiment gêné de vous avoir causé ce dérangement, mais... »

Le Ministre de Gauche se faisait tout petit. Lui aussi ignorait les intentions de Chûjô. Les suivantes et les employés avaient tous été éloignés dans les deux ailes, occidentale et orientale.

Dans le vaste Pavillon Central, il n'y avait que les personnes susdites. Chûjô était parti on ne savait où et restait invisible. Il était donc naturel que le Ministre de Gauche fût embarrassé.

Au dernier jour de la septième lune, la saison des luttes à la Cour venait de s'achever et tous se retrouvaient soudain désœuvrés.

Il restait plus de dix jours avant l'importante cérémonie de la fête du sanctuaire d'Iwashimizu. Les affaires de l'Etat, dirigées par le Ministre de Droite, ne posaient pas de problèmes particuliers. Il pensait tout simplement que le Souverain avait été invité dans la résidence du Ministre de Gauche pour assister à un divertissement musical.

Des mets de qualité, accompagnés d'un alcool de riz supérieur, et des gâteaux présentés dans de jolis coffrets étaient disposés avec recherche et un luxe extraordinaire sur des plats de laque, devant chacun des convives. Mais l'attitude du Ministre de Gauche révélait que cette réunion ne pouvait avoir pour objet un simple divertissement.

« Comment se fait-il que vous, son père, ne sachiez pas ce qui se passe ? »

Le Ministre ainsi interpellé ne savait plus où se mettre.

« Demander à Sa Majesté de se déplacer sans raison majeure est un manque de respect envers sa personne, qui correspond à un crime de lèse-majesté, fit Dame Kokiden avec hauteur.

— Oh vraiment... je vous prie de bien vouloir m'excuser. »

Le Ministre en voulait beaucoup à ce fils qui n'en faisait qu'à sa tête. L'heure du Chien était passée et il hésitait sur ce qu'il convenait de faire.

Jusqu'à présent silencieux, Genji vint à son aide :

« Monseigneur le Ministre de Droite, je vous supplie de ne pas vous mettre en colère. Si notre hôte est allé jusqu'à convier Sa Majesté, c'est certainement parce qu'il a quelque chose de très important à nous annoncer. Ecoutons d'abord ce qu'il a à nous dire.

— Mais tout de même... nous faire attendre à ce point... »

Le Ministre de Droite but du saké à grands traits, d'un air contrarié.

« Eh bien, Monseigneur le Prince Radieux, vous qui êtes un si beau parleur, jouez-nous donc un air de luth pour distraire l'assistance. »

Le ton de Dame Kokiden était franchement sarcastique.

Genji dédaigna de répondre et prit une coupe de saké, le visage ostensiblement tourné dans une autre direction. Son comportement mit la dame, à l'abri derrière ses stores, dans une humeur détestable.

Dans la pièce régnait une vive tension. La haine de Kokiden et du Ministre de Droite pour Genji ne s'était pas éteinte et couvait comme un feu de charbon de bois, alors qu'ils détenaient à présent le pouvoir.

L'Empereur Suzaku contemplait avec agitation leur antagonisme. En dépit de son accession au trône, le Souverain se contentait de ressasser devant ses sujets ces simples et seuls mots : « Faites comme vous voulez. » Il était donc bien normal qu'il n'eût pas le réflexe d'essayer d'arranger immédiatement les choses et il restait là à ne savoir que faire.

Les rapports entre Genji et Dame Kokiden se tendaient de plus en plus, sous le regard intéressé du Ministre de Droite qui buvait son saké à grandes lampées. Le Ministre de Gauche, quant à lui, était au comble de l'irritation.

Enfin, apparurent Chûjô et Shikibu, qui portait une jolie petite boîte à peignes chinoise, décorée d'un cygne blanc comme neige.

« Qu'est-ce que tu faisais, Chûjô ? » demanda son père d'un ton rude, à bout de patience.

Mais sans se soucier de lui, Chûjô se prosterna avec respect devant l'Empereur Suzaku.

« La présence de Votre Majesté dans notre humble demeure nous fait grand honneur. »

Chûjô avait revêtu une tenue de cérémonie d'une magnificence inouïe, avec des fleurs de prunier rouges sur fond bleu, et il portait une coiffe en gaze noire. Après son entrée dans la pièce flotta une odeur de musc indescriptible. Pour son audience avec le Souverain, il devait avoir imprégné ses vêtements d'un parfum de très grande qualité, exprimant ainsi son respect pour l'Empereur.

Il s'inclina encore une fois respectueusement devant le Souverain :

« Votre Majesté, vous me voyez vraiment confus de vous avoir fait attendre, je suis impardonnable.

— Quel est donc le motif de votre invitation ? »

En raison peut-être de l'humilité de Chûjô, le Ministre de Droite ne s'était pas adressé à lui sur un ton trop agressif.

Chûjô salua de nouveau l'Empereur pendant que Shikibu se mettait dans un coin avec sa petite boîte, puis il se tourna vers le Ministre de Droite et toutes les personnes présentes.

« J'ai une affaire très importante à vous communiquer. Je voulais absolument vous mettre au courant, c'est pourquoi j'ai osé vous demander de prendre la peine de venir.

— Quelle est donc cette affaire si importante ? »

La voix de Dame Kokiden s'était un tant soit peu adoucie.

Chûjô considéra l'escorte de l'Empereur Suzaku.

« Je ne peux pas parler en leur présence.

— Chûjô, que dis-tu à présent ? Tu as fait attendre tout le monde, et maintenant... ! Assez plaisanté ! »

Mais celui-ci ne se soucia pas de son père.

« Monseigneur le Ministre de Droite, je vous prie de bien vouloir m'excuser, mais ne pourriez-vous ordonner à ces hommes de se retirer ?

— Dire à l'escorte de sortir ?

— Oui, je vous prie.

— Chûjô ! »

Le Ministre de Gauche entrait dans une violente colère.

Dame Kokiden changea aussi de physionomie.

« Comment osez-vous ? Quelle est votre intention ? Demander aux personnes qui protègent Sa Majesté, le Fils du Ciel, de sortir !

— Cette histoire est si importante que je ne peux absolument pas la divulguer à l'extérieur. C'est pourquoi j'ose formuler cette demande... Messieurs les hommes de l'escorte, je vous prie de vous retirer. »

Les paroles de Chûjô renfermaient une forte détermination. Ne sachant quelle attitude prendre, les gardes de l'escorte échangeaient des regards embarrassés.

Dame Kokiden était exaspérée. Elle trouvait cette situation insupportable.

« Il n'y a que nous ici ! Il est impossible que nous attentions à la vie de Sa Majesté ! »

Alors, Chûjô lança un regard perçant au Ministre de Droite.

« Bon, entendu, dit celui-ci à contrecœur, en leur faisant signe de partir avec la main. Postez-vous dans le jardin. »

Après avoir salué, les hommes s'en allèrent. L'inquiétude se lut sur le visage de l'Empereur Suzaku assis sous le dais, qui ne pouvait rester serein s'il ne se sentait pas protégé par ses hommes nuit et jour.

Genji lui jeta un regard méprisant. Le Ministre de Gauche tremblait intérieurement devant l'attitude arrogante de son fils.

Après le départ de l'escorte, Chûjô et Shikibu baissèrent en hâte tous les treillis du Pavillon Central. La salle principale était devenue un espace clos, hermétiquement fermé. Tous attendaient en retenant leur souffle la suite des événements. Chûjô éclaira l'intérieur de la pièce avec de nombreuses lampes.

Le silence régnait. Shikibu se tenait sans se faire remarquer au bout de la pièce, assise dans une attitude respectueuse. Les préliminaires terminés, Chûjô commença son discours :

« Ce dont je vous vais parler à présent, je vous prie encore instamment de ne pas le divulguer à l'extérieur.

— Assez, Chûjô ! Tu ne vas pas encore nous faire attendre ! lui reprocha son père.

— Ne faites donc pas tant de manières, fit Dame Kokiden, parlez, vite ! »

Chûjô inclina la tête.

« Alors, je vais vous raconter... »

Dans un calme absolu, toute l'assistance était suspendue à ses lèvres pour ne pas perdre un seul mot de ce qu'il allait dire. C'était ce qu'il avait prévu.

« Cela concerne une série de meurtres liés à la Cour. »

La stupéfaction se lut sur les visages.

« Une série de... ? s'exclama le Ministre de Droite. Cette horrible sorcière je ne sais quoi a en effet été assassinée, mais il y aurait eu d'autres victimes ?

— Oui », déclara tout net Chûjô.

Son affirmation fit trembler l'assistance.

« Il s'agit de Belle-du-Soir, prétendument tuée il y a deux ans par un fantôme dans le Rokujô-Kawara-in. Et de ma sœur, la Princesse Mauve. Toutes deux ont été empoisonnées.

— Que dis-tu ? »

Cette fois, c'était au tour du Ministre de Gauche d'élever la voix. Les yeux de Genji s'écarquillèrent.

« Comment... comment peux-tu affirmer une chose pareille ? » demanda le Ministre de Gauche.

Genji et les autres attendaient la suite avec un vif intérêt.

« J'ai vérifié ce que Belle-du-Soir et la Princesse Mauve avaient bu avant leur mort. »

Chûjô raconta avec force détails les faits concernant la grenouille morte à cause de l'eau du pot resté près du lit de Belle-du-Soir... les carpes de l'étang empoisonnées par le médicament que prenait la Princesse Mauve...

« Vous êtes sûr de ce que vous avancez ? demanda le Prince Radieux.

— Tout à fait, sans l'ombre d'un doute. J'ai fait vérifier au Bureau de la Pharmacie le médicament de la Princesse et l'eau bue par Belle-du-Soir... Dans cette eau, il y avait du poison de serpentaire, et le médicament contenait une grande quantité d'aconitine. Prise à haute dose, c'est un poison mortel virulent qui attaque les nerfs. »

Chûjô sortit l'enveloppe rouge de son encolure et la posa sur le sol.

« Si vous êtes sceptiques, buvez-en, je vous prie. Il s'agit du remède que la Princesse Mauve a pris avant sa mort. »

Mais personne ne réagit à cette proposition insensée.

« Vous dites que ces deux femmes ont été empoisonnées ? gronda Genji.

— Exactement ! » lança Chûjô d'un ton rageur. Il les aimait toutes les deux.

« Alors, j'ai failli être assassiné moi aussi... » murmura d'une voix tremblante Genji.

Le Ministre de Gauche s'écria soudain :

« Que fais-tu de l'esprit de la Dame de la Chambre lors du décès de la Princesse Mauve, ma fille ?

— Je vous expliquerai par la suite. En tout état de cause, ma sœur a été empoisonnée par le médicament qu'elle a pris en dernier.

— Seigneur Chûjô... celui qui lui a fait prendre ce médicament en dernier, c'est moi. Vous voulez dire que j'ai tué mon épouse, elle que j'aimais par-dessus tout ?

— Rien ne prouve que celui qui lui a donné à boire ce médicament possédait le poison. Qui vous l'a passé, Genji ?

— Monseigneur le Ministre de Gauche.

— Que dites-vous ? (Cette fois, le Ministre de Gauche était sorti de ses gonds.) Ce médicament m'a été offert par Monseigneur le Ministre de Droite. Il m'avait déclaré qu'il était très efficace pour soigner toutes sortes de maladies. Pourquoi aurais-je tué ma propre fille, c'est absurde ! »

Face à cette indignation, le Ministre de Droite, jusqu'alors impassible, répliqua :

« Avez-vous déjà oublié qu'après avoir pris ce médicament, vous vous êtes complètement rétabli de votre grippe ?

— A ce propos... c'est vrai.

— Auriez-vous l'intention de nous attribuer la responsabilité de l'assassinat de la Princesse Mauve ? »

Derrière les stores avait retenti avec violence la voix de Dame Kokiden qui s'adressait au Ministre de Gauche.

« Je... je vous prie de m'excuser, vraiment. »

Il ne savait plus où se mettre.

Après avoir jeté un regard circulaire, Chûjô donna ses explications, point par point.

« Il n'y a aucun doute, ce médicament offert par le Ministre de Droite, la poudre aux paillettes d'or, est un remède efficace. Et bien sûr, il ne contient pas de poison. »

A ces paroles, Dame Kokiden et le Ministre de Droite hochèrent la tête d'un air approbateur.

« Cette poudre aux paillettes d'or est passée dans les mains du Ministre de Gauche, qui l'a donnée au Prince Radieux, qui l'a fait boire à la Princesse Mauve. Entretemps, l'assassin a remplacé cette poudre par un poison.

« La querelle des chars avait rendu malade la Princesse et elle restait alitée. A cette époque, Genji lui faisait boire ce remède et il n'y avait pas grand changement dans son état de santé. Ce qui signifie que ce qu'il lui donnait était bien la poudre aux paillettes d'or procurée par le Ministre de Droite. Cependant, le soir où s'est manifesté avec autant de vigueur l'esprit de vif, c'était de l'aconitine qui se trouvait dans l'enveloppe rouge. Ma sœur a eu les nerfs attaqués et elle est morte.

— Quelle horreur ! »

Genji frappa violemment le sol, le corps tremblant d'une indignation et d'une colère qui ne trouvaient pas leur cible.

« Qui donc a substitué à la poudre d'or ce prétendu poison ? demanda posément le Ministre de Droite.

— A un moment, l'état de santé de la Princesse Mauve s'est détérioré rapidement et tout le monde s'est affolé. Personne ne prêtait attention à l'enveloppe rouge, et n'importe qui pouvait changer le médicament. Dans la chambre de la malade, il y avait un va-et-vient incessant de suivantes. Peut-être que l'une d'elles a changé la poudre d'origine, sur l'ordre de quelqu'un.

« Mais une question autrement plus importante se pose : où s'était-on procuré les poisons de serpentaire et d'aconitine ?

« Comme l'aconitine avalée par la Princesse peut s'avérer un poison très virulent, on ne peut en acquérir dans les pharmacies de la Capitale. Il n'est disponible qu'à l'Office des Remèdes qui est sévèrement contrôlé. Les employés n'en ont pas utilisé récemment et ils affirment ne pas s'en être fait dérober. Le poison de serpentaire, quant à lui, est un poison mortel très dangereux et il est interdit de le préparer, même à l'Office des Remèdes.

— Alors, d'où vient-il ? »

Chûjo prit une profonde inspiration avant de répondre au Ministre de Droite.

« Pour préparer un poison aussi terrifiant, un homme entre en scène : un herboriste renvoyé de l'Office des Remèdes parce qu'il fabriquait de terribles poisons. Son nom est Kôan. Il est parti vivre à la périphérie de la partie ouest de la Capitale, dans une maison isolée. Là, il s'est mis à préparer et à vendre clandestinement des poisons. Actuellement, seul cet homme est compétent pour préparer le poison de serpentaire. Mais ce Kôan a été assassiné à la même époque que Belle-du-Soir. Sans doute pour supprimer un témoin gênant. »

Les auditeurs laissèrent échapper un gémissement.

« Kôan a eu le crâne fendu par une hache avant d'être pendu à une poutre du plafond. »

Shikibu se couvrit le visage instinctivement. Cette vision atroce avait dû lui traverser l'esprit.

« Si l'on décide que les meurtres de ce Kôan, de Belle-du-Soir et de la Princesse Mauve ont été commis par la même personne, il est impossible que le meurtrier de Kôan soit une femme. Elle n'avait pas la force suffisante pour le soulever et le pendre. En un mot, le coupable est un homme. »

Chûjô menaça du regard les hommes présents.

L'Empereur Suzaku, les deux Ministres, le Prince Radieux... L'auteur des crimes se trouvait-il parmi eux ?

Le Ministre de Droite avait recouvré son sang-froid, l'Empereur Suzaku et le Ministre de Gauche étaient pris de frissons, le visage blême. Genji restait imperturbable, tourné sur le côté. Shikibu et Kokiden observaient la scène avec anxiété.

La lueur des flammes des lampes à pied, qui faisait trembler chacun des visages, projetait des ombres d'angoisse.

Le regard de Chûjô passait lentement de l'un à l'autre... Il s'arrêta devant un homme.

« Allons ! »

Tous regardaient Chûjô fou de rage.

« Monseigneur le Ministre de Droite ! Si vous le disiez ? »

Le ton sévère ne permettait pas de se dérober.

« Que... »

Le Ministre de Droite ne put continuer.

« Dame Kokiden... vous aussi, n'est-ce pas ? »

La dame se dissimula le visage avec sa manche.

L'Empereur Suzaku et le Ministre de Gauche restaient bouche bée, puis le Souverain éclata en sanglots. L'air froid, Genji regardait l'assistance.

Si c'étaient le Ministre de Droite et Dame Kokiden les auteurs des crimes, ils avaient effectivement suffisamment de motifs. La dame n'avait cessé d'envoyer des lettres de malédictions à Belle-du-Soir et le meurtre de la Princesse Mauve pouvait avoir pour visée le déclin de la maison du Ministre de Gauche.

Mais Chûjô poursuivit :

« Monseigneur le Ministre de Droite... vous connaissez le vrai meurtrier, n'est-ce pas ? »

De ses yeux perçants, il dévisageait le Ministre qui lui rendit un regard menaçant. Le Ministre de Droite n'était pas l'auteur des crimes...

« Chûjô, que veux-tu dire ? » lui demanda son père.

Mais Chûjô et le Ministre de Droite échangeaient des regards pleins de colère. Ils semblaient se jeter mutuellement à la face leurs violentes émotions.

« Alors, Monseigneur, que dites-vous ? »

Dame Kokiden fixa le Ministre son père, qui recouvra son calme, comme s'ils s'étaient transmis une pensée.

« En effet, Chûjô, nous connaissons l'assassin de Belle-du-Soir », reconnut l'imposant personnage avec un sourire insolent.

Kokiden également sourit derrière ses stores. Le visage de Chûjô se détendit soudain.

« C'est bien, c'est bien comme ça. »

Son regard croisa celui de Shikibu. Il avait gagné son pari. Les paroles du Ministre de Droite prouvaient que leur raisonnement à tous deux était correct. Ils avaient touché juste. A force de réfléchir, ils avaient découvert le véritable criminel.

Chûjô eut un sourire triomphant.

« L'assassin de Belle-du-Soir, de la Princesse Mauve, de l'herboriste Kôan et celui qui a donné l'ordre de tuer la sorcière Mugura... cet assassin est parmi nous ! »

Dans la pièce hermétiquement close, la tension était suffocante. Si l'on excluait le Ministre et sa fille, il ne restait en lice que l'Empereur Suzaku, le Prince Radieux et le Ministre de Gauche. Non... il y avait également Shikibu, mais le criminel ne pouvait être qu'un homme.

Le regard de Chûjô navigua lentement entre les trois suspects. L'Empereur Suzaku tremblait de tous ses membres. Genji regardait Chûjô de biais et le Ministre de Gauche semblait terrorisé comme s'il voulait dire que ce n'était pas lui.

La main droite de Chûjô se leva, l'index se déplia... Puis il mit toute sa force dans l'extrémité de son doigt et il montra résolument *une* personne.

« C'est toi, Genji, le Prince Radieux ! »

Genji ouvrit grand les yeux de stupéfaction. Le visage de Shikibu était déformé par la douleur. Le Ministre de Gauche restait interdit. Le Ministre de Droite et Dame Kokiden souriaient faiblement.

La flamme de la lampe trembla violemment.

« Tout Seigneur Chûjô que vous soyez, vous ne trouvez pas que vous dépassez la mesure ? objecta Genji après avoir retrouvé son sang-froid. Quel besoin avais-je de tuer la Princesse Mauve, mon épouse, et Belle-du-Soir ? »

Il feignait le calme mais ses yeux brillaient d'hostilité envers Chûjô, qui l'humiliait.

Celui-ci répliqua :

« Qu'est-ce que tu racontes, Genji ? J'ai pensé à toutes les possibilités. Il n'y a que toi qui puisses être le criminel ! »

Genji dardait son regard sur Chûjô qui poursuivit :

« Ma maîtresse Belle-du-Soir que je chérissais tant a été assassinée, ma sœur que j'aimais plus que tout au monde a été tuée également. Comprends-tu maintenant quelles peuvent être ma douleur, ma haine et ma colère ? » hurla-t-il.

Personne ne disait mot.

« J'ai fait le serment de mettre la main sur le criminel. Quoi qu'il arrive. Et là a commencé ma douleur. J'ai réfléchi à en devenir fou. Et j'ai fini par comprendre pourquoi tu avais dû assassiner toutes ces victimes. »

La tête toujours tournée de côté, Genji but avec des gestes brusques sa coupe de saké.

« *A priori*, tous ces crimes semblent dispersés et sans relation les uns avec les autres. Mais si l'on suit ma thèse, tout devient cohérent. »

A ce moment-là, plusieurs lampes consumées s'éteignirent. La pièce fut plongée dans le clair-obscur et seule resta visible une ombre dressée, celle de Chûjô. Les autres avaient disparu dans le noir.

Dans l'obscurité, on n'entendait que la voix de Chûjô.

« C'est arrivé il y a deux ans. Kôan, l'herboriste, vivait à l'ouest de la Capitale et préparait des poisons qu'il vendait dans la clandestinité. Genji lui a donné de l'argent pour qu'il lui prépare des poisons mortels efficaces.

« Kôan était aveugle, certes, mais lui était le Prince Radieux, le jeune aristocrate élégant le plus en vue de la Cour. Comme il redoutait d'être reconnu à son parfum et à sa voix, il a décidé de tuer l'herboriste pour le réduire au silence.

« Kôan a eu la tête fendue en deux par une hache, en un coup bien net porté en pleine face. Si Genji a pu viser correctement, c'est parce que l'autre n'a pas vu arriver l'arme mortelle en raison de sa cécité. »

Incapables de parler, tous avaient à l'esprit cette effroyable vision.

« Après avoir pendu le cadavre, il est passé de nouveau à l'action, pour commettre le meurtre de Belle-du-Soir.

« Pour tuer sans être le moins du monde suspecté, Genji a employé une ruse si habile que même un démon n'y aurait pas pensé. Il a emmené Belle-du-Soir au Rokujô-Kawara-in et il lui a fait boire le liquide empoisonné. On dit que ce lieu est hanté par les fantômes, et effectivement, plusieurs personnes ont connu là-bas une mort étrange... Genji en a tiré parti.

« Il a utilisé le poison mortel de serpentaire, réputé pour être le plus virulent. Ceux qui en prennent ont les entrailles qui se désagrègent littéralement et ils meurent, le sang jaillissant de tous leurs orifices. Idéal pour faire croire que c'était la faute des esprits malfaisants.

« Après avoir eu des relations sexuelles avec Belle-du-Soir, Genji lui a donné à boire de l'eau contenant ce poison. Elle a enduré les pires souffrances et elle est morte en vomissant tout son sang. »

Chujô s'arrêta brusquement. Sa voix devint plaintive.

« Les inspecteurs du Bureau de la Police sont venus enquêter, mais ils ont vite expédié l'affaire et décidé que la victime avait été tuée par les fantômes. Vu le lieu, personne n'a mis en doute leurs conclusions. Le plan de Genji avait admirablement réussi.

— Mais j'ai moi-même bu l'eau empoisonnée et j'ai failli perdre la vie. Vous le savez, Chûjô. »

Celui-ci répondit calmement :

« Tu as simplement joué celui qui souffrait. Tu as berné tout le monde. Ce poison est si virulent que l'on meurt aussitôt, même en le prenant en quantité insignifiante. Si Genji avait bu de ce liquide, il ne serait pas parmi nous aujourd'hui. Il serait mort ! »

Le trouble assombrit de manière fugitive le visage de Genji. Dans la pénombre, tous les regards étaient tournés vers lui.

« Pourquoi, demanda calmement Genji avec un sourire forcé, aurais-je eu besoin de tuer Belle-du-Soir ? En outre, je savais qu'elle était la maîtresse de Chûjô, qui est presque mon frère. Quel était mon intérêt ?

— Belle-du-Soir était ma maîtresse, en effet. Et c'est justement pourquoi tu avais besoin de la tuer. N'est-ce pas, Monseigneur le Ministre de Droite et Dame Kokiden ? dit Chûjô en se tournant vers eux.

— Mmm... fit la voix hésitante du Ministre qui retentit dans l'obscurité.

— Après avoir assassiné Belle-du-Soir, Genji, tu as avoué ton meurtre à ces deux personnes.

— Pourquoi aurait-il... ? s'exclama le Ministre de Gauche.

— Je porte une part de responsabilité. Marié à la Princesse Impériale, fille de Kokiden, j'aimais Belle-du-Soir et je négligeais complètement mon épouse. Dame Kokiden, vous étiez très en colère à ce sujet et vous avez envoyé de nombreuses lettres de menaces à ma maîtresse, en lui intimant l'ordre de rompre ses relations avec moi. Dans certaines, vous lui disiez même implicitement que vous alliez lui jeter un mauvais sort. Les valets de Belle-du-Soir me l'ont confirmé.

« Le camp du Ministre de Droite ne tolérait plus la présence de cette femme. Acculée, Belle-du-Soir a dû se résoudre à quitter la Cour et elle s'est installée dans un logement solitaire de la Cinquième Avenue. Genji en a tiré parti...

« En tuant cette femme haïe par Monseigneur le Ministre de Droite et Dame Kokiden, Genji avait l'occasion de gagner leur bienveillance. Son but était d'amadouer cette famille qui détenait les rênes du pouvoir. »

Un silence absolu régnait.

« La lutte pour le pouvoir des maisons des Ministres de Gauche et de Droite est la cause de ce crime ! »

Les deux Ministres se regardèrent inconsciemment.

« Au Ministère des Affaires Suprêmes, le Code donne la supériorité au Ministre de Gauche. Mais en vérité, toute la politique est actuellement régentée par le Ministre de Droite, qui a donc le pouvoir effectif. Comme l'enfant de Dame Kokiden avait été nommé Prince Héritier par investiture impériale, il était certain que la maison du Ministre de Droite deviendrait toute-puissante à son accession au trône.

« Cependant, le Prince Radieux, ayant pour épouse principale la Princesse Mauve, était affilié au camp du Ministre de Gauche. C'était un handicap sérieux, considérable même, pour sa promotion et sa réussite sociale.

« Ce crime lui permettait d'en finir avec son appartenance au camp de l'insignifiant Ministre de Gauche. En se liant dans l'ombre à la maison du Ministre rival, il œuvrait en douce pour son propre pouvoir. »

Genji gardait un calme effrayant.

« Genji ! tu jouais à l'amateur des beautés de la nature, tu excellais dans la musique et la poésie, dans la littérature et les arts martiaux, et tu feignais de détester la bagarre. Mais en réalité, ton cœur était plein d'un désir de puissance. »

Une expression apparut pour la première fois sur le visage de Genji. La lueur vive de ses yeux qui défiaient Chûjô brilla dans l'obscurité. Le Ministre de Gauche frémit. Il n'avait jamais vu Genji avec ce visage sévère.

« Ensuite, tout se déroula selon les intentions de Genji. Tout en montrant extérieurement son opposition au Ministre de Droite et à Dame Kokiden, depuis le meurtre de Belle-du-Soir, il était affilié au camp du Ministre de Droite comme son fidèle vassal.

« Mais l'Impératrice, la Princesse du Clos aux Glycines, mourut, suivie par l'Empereur accablé de chagrin. Le Prince Aîné accéda au trône sous le nom d'Empereur Suzaku et Monseigneur le Ministre de Droite arriva au faîte de la gloire comme aïeul maternel de Sa Majesté le Fils du Ciel.

« Evidemment, Genji avait prévu cette nouvelle situation. Il fut promu Général de la Garde du Corps, du troisième rang inférieur. C'étaient les dernières volontés de feu l'Empereur mais si Monseigneur le Ministre de Droite et Dame Kokiden n'avaient pas accepté, il n'aurait pu obtenir cette nomination. »

Genji continuait de lancer des regards perçants. Le Ministre de Droite et Dame Kokiden se montraient maintenant indifférents, cela ne les concernait plus. L'Empereur Suzaku était blême et il s'agitait de plus en plus.

Chûjô poursuivit :

« Cependant, surgit un obstacle, et de taille, qui contrariait les projets de Genji. C'était la grossesse de ma sœur, la Princesse Mauve. Si un enfant naissait de leur union, il ne pourrait rompre de toute sa vie ses liens avec la maison de son beau-père déchu. En résumé, le meurtre de Belle-du-Soir n'aurait plus aucun sens.

« Pour Genji, il ne fallait absolument pas que l'enfant de son épouse vînt au monde. Il imagina un nouveau plan machiavélique.

« Tout d'abord, il se consacra uniquement, et à outrance, à ma sœur enceinte. L'entourage tomba dans le piège et le crut sincère. Je pense qu'il n'a jamais ressenti, pas une seule fois, de l'amour pour elle. En simulant l'amour, il touchait ses cordes sensibles et l'avait ainsi à sa merci. Il devina qu'il pourrait obtenir n'importe quoi de cette femme qui l'avait traité jusqu'alors avec tant de froideur, tout simplement parce qu'elle avait réussi à se faire aimer du Prince Radieux. Cette supposition se révéla exacte, et il atteignit admirablement son but.

« Lors de la fête de Kamo, les valets ivres humilièrent d'horrible manière la Dame de la Chambre. Il était facile d'imaginer le degré d'humiliation ressentie par la dame devant un tel affront. Le Prince Radieux en tira profit.

« Il commença par se confier soi-disant à la Princesse Mauve, en lui déclarant que la Dame de la Chambre s'attachait trop à ses pas et qu'il voulait l'obliger à quitter la Capitale en faisant croire à l'apparition de son esprit déchaîné.

« Evidemment, ma sœur était au courant pour cette dame. D'un rang bien supérieur au sien, celle-ci était digne d'être l'épouse du Prince Radieux. La Princesse Mauve ne voulait pas que d'autres la privent de l'amour de son époux. Sur-le-champ, et sans la moindre hésitation, elle consentit à la requête de Genji. Ainsi commença la plus grande comédie de sa vie. »

Chûjô s'interrompit et alluma une lampe. Les visages émergèrent de la pénombre. De profil, Genji avait les lèvres serrées. Son attitude semblait confirmer la véracité des déclarations de Chûjô.

« Alors, cet esprit de vif, qu'est-ce que c'était ? demanda le Ministre de Gauche.

— Il n'y en a jamais eu. Vous vous souvenez, n'est-ce pas, que même les prières d'exorcisme de l'illustre Maître en divination Abe no Seimei ne réussirent pas à faire sortir l'esprit malin et à le transférer sur les médiums. C'est la meilleure preuve qui soit. Tenez, regardez ! »

Il appela Shikibu et lui demanda de s'étendre sur le dos devant tous. Chûjô colla sa bouche sur le front de Shikibu et l'aspira fortement. Il retira ses lèvres : l'endroit était rouge. Chûjô suça encore plus fort la peau. Il retira à nouveau la bouche. La partie aspirée était tachetée de rouge et des gouttes de sang perlaient !

« Oh ! c'est... ! cria le Ministre de Gauche.

— Vous vous en souvenez, n'est-ce pas ?

— C'est comme la Princesse Mauve ! Elle a le même visage qu'elle à ce moment-là !

— En effet. Genji a sucé ainsi jusqu'au sang le visage de ma sœur. Pendant que tous dormaient paisiblement, il lui a fait un maquillage effrayant à base de cendre et de poudre blanche. Tous ceux qui virent la Princesse Mauve crurent que c'était l'œuvre d'un fantôme.

— Quoi ! »

Le Ministre de Gauche se remémora la Princesse sa fille, qui se débattait, devenue à moitié folle. Il ne parvenait pas à croire qu'elle jouait alors la comédie.

« Ma sœur qui avait ce visage de fantôme joua la femme possédée par un esprit, comme le lui avait ordonné Genji. Elle imita même la voix de la Dame de la Chambre. Elle jouait de tout son cœur cette incroyable comédie pour gagner l'amour du Prince Radieux.

« A sa vue, tout le monde crut évidemment que l'esprit de la Dame de la Chambre venait la tourmenter. Impossible pour Genji de laisser passer une si belle occasion... »

Chûjô s'arrêta. Les larmes coulaient sur ses joues, intarissables, et, submergé par la douleur, il fut incapable de poursuivre son récit. Mais les événements de cette époque remontaient à sa mémoire.

Tandis que Genji maquillait la Princesse pour lui faire un masque de mort, il avait remplacé le médicament par de l'aconitine. Quand elle se déchaîna comme une furie et remua les lèvres pour demander avec insistance le médicament, elle ne fit, là aussi, que suivre les indications de Genji. Les suivantes passèrent l'enveloppe au Prince Radieux qui lui fit boire la poudre.

La Princesse, ignorant qu'il s'agissait d'un poison, but d'un trait. Quelques instants plus tard, elle se mit à souffrir en criant : « J'ai mal... J'ai mal ! » Mais cette réaction-là n'était pas de la comédie. Elle souffrait violemment, d'une douleur authentique causée par le poison. Personne ne s'en rendit compte.

La pauvre Princesse jouait la comédie pour les beaux yeux du Prince Radieux, sans savoir qu'elle avait été trahie et qu'il lui avait fait boire un remède empoisonné. A peine eut-elle bu le remède qu'elle comprit que c'était du poison.

Pourquoi ! mais pourquoi ne me l'a-t-elle pas dit à ce moment-là ! se lamenta intérieurement Chûjô. Quand elle a crié « Monseigneur ! Aidez-moi ! », elle devait encore croire en lui. Il l'a enlacée. Elle voulait, c'est certain, lui faire comprendre qu'elle venait d'être empoisonnée. Genji n'a pas pu ne pas le deviner. Mais si l'entourage l'avait découvert, son merveilleux plan serait parti en fumée. Sans doute a-t-il gardé un visage glacial en restant sans réagir.

« A ce moment-là, ma sœur... reprit Chûjô avec un sanglot dans la voix, se rendit compte pour la première fois qu'elle avait été trahie, que l'on s'était servi d'elle... et que ce devait être Genji lui-même qui l'avait empoisonnée... Elle qui croyait tant à son amour et qui était prête à lui donner sa vie... Trahie ? non, bien pis ! elle était assassinée par celui à qui elle avait tout donné ! »

L'image de sa sœur découvrant la vérité au moment de mourir déchirait le cœur de Chûjô, ivre de souffrance. Le Ministre de Gauche et Shikibu pleuraient. Même le Ministre de Droite et Kokiden poussèrent un gros soupir, les épaules basses.

Seul Genji se tenait paisible, le visage inexpressif.

« Mais le Prince Radieux avait commis une erreur, poursuivit Chûjô après avoir essuyé ses larmes. Après avoir assassiné Kôan, il avait abandonné dans un marais son vêtement taché de sang. Quelqu'un l'avait vu, la sorcière Mugura. Reconnue pour ses dons d'exorciste hérétique, elle acceptait n'importe quelle besogne contre de l'argent, y compris de tuer en pratiquant la magie noire. Cupide, elle était prête à tout, du moment qu'elle recevait en échange beaucoup de cadeaux et d'argent. Quand elle comprit que le Prince Radieux avait tué Kôan, elle le suivit pas à pas en cachette et assista même au meurtre de Belle-du-Soir au Rokujô-Kawara-in.

« La nuit de la mort de ma maîtresse, le valet Koremitsu a déclaré qu'il avait vu une personne suspecte : c'était elle. La vieille se mit à faire chanter Genji. Comme il ne tenait pas à ce que son secret fût révélé, il acheta son silence et lui fit à contrecœur de somptueux cadeaux, mais elle avait des exigences de plus en plus insensées car elle connaissait son immense fortune.

« Shikibu et moi avons visité la maison de la vieille femme. L'intérieur était surchargé de meubles et d'objets si splendides qu'ils paraissaient totalement incongrus dans un pareil endroit.

« Devenue arrogante, insolente, la sorcière se présenta tranquillement le jour de la veillée funèbre de la Princesse Mauve. Elle insinua même qu'elle pouvait m'apprendre le nom de l'assassin de Belle-du-Soir. Peut-être songeait-elle à effrayer le Prince Radieux et ainsi, à continuer son chantage pour obtenir davantage de lui. Mais il l'avait entendue, il ne pouvait la laisser faire... Il décida de la tuer !

« Lors de la veillée funèbre de ma sœur, il y avait dans le Pavillon Central Genji, les deux Ministres, Dame Kokiden, Shikibu, plusieurs autres suivantes et moi-même. De là, nous voyions la sorcière dans le Pavillon de la Pêche éclairé.

« La vieille commença à réciter ses étranges formules. Puis on entendit un cri perçant. Nous vîmes la femme se tordre de douleur tout en continuant de crier. Nous pensâmes alors qu'elle avait été blessée et nous nous précipitâmes vers le pavillon. Mais nous nous trompions...

« Je me suis renseigné auprès des voisins de la vieille et j'ai compris. Quand elle entrait en transe, elle se déchaînait et se mettait à pousser des cris. Genji le savait depuis le début, car la maison de la vieille était par hasard voisine de celle de Belle-du-Soir. Il a dû le remarquer quand il se présentait chez Belle-du-Soir. Et il en a tiré habilement profit.

« Souvenez-vous encore une fois de ce qui s'est passé à ce moment-là : quand nous entendîmes le cri,

Père se précipita en premier, suivi de Genji, puis de moi. Genji dépassa aussitôt Père, mais il glissa et tomba avant d'atteindre l'aile orientale. Cela faisait partie de son plan.

« En voyant sa chute, Père voulut l'aider mais il déclina son aide et l'exhorta à continuer, tandis que je les avais dépassés, suivi du Ministre de Droite. Père se dirigea donc vers le Pavillon de la Pêche en le laissant derrière lui, comme il le lui demandait. Ainsi, tous trois, nous avions dépassé Genji et nous continuions notre course. A ce moment-là, ne resta plus pendant un instant dans la galerie que le Prince Radieux. D'autre part, personne n'était encore arrivé au Pavillon de la Pêche.

« C'était ce que désirait Genji.

« Le Pavillon de la Pêche était ouvert, stores et treillis relevés, et il pouvait voir la sorcière en plein délire depuis la galerie. Il prit rapidement l'arc qu'il avait dissimulé, tendit la corde, visa et tira une flèche sur la vieille.

« Le projectile fila en ligne droite et transperça le cou de la femme. Dans le jardin se tenaient les hommes d'escorte mais ils dormaient presque tous. Et même si certains étaient éveillés, il ne pouvaient absolument pas deviner, dans l'obscurité, le passage d'un trait aussi rapide. Vous devez savoir que le Prince Radieux est un brillant archer parmi les gens de la Cour.

« Nous arrivâmes au Pavillon de la Pêche juste après. De son côté, il brisa son arc et le jeta dans le ruisseau, puis il se pressa vers le pavillon et joua les stupéfaits. Arrivées de l'aile orientale, les suivantes étaient dans tous leurs états et personne ne remarqua son léger retard. »

Chûjô fit un signe à Shikibu, qui sortit de sa boîte l'arc cassé.

« Voici l'arc en question. C'est celui, bien reconnaissable avec ses motifs bleu pâle, du Prince Radieux. »

Shikibu le déposa au milieu de la pièce. Seul un oisillon émit un petit cri. Personne ne disait mot.

« Ainsi s'achève cette série de meurtres. »

Dans un silence de mort, chacun restait plongé dans ses pensées.

« Mais... mais... commença le Ministre de Gauche abasourdi, comment as-tu pu deviner une chose pareille ?

— Grâce à l'odeur, lui répondit tout net son fils.

— L'odeur ?

— Exactement. Je suis allé à deux reprises chez Kôan. Et les deux fois, j'ai senti son parfum. Cela m'a fourni la clé pour résoudre l'énigme de ces crimes à répétition : cet arôme particulier et persistant du parfum que Genji prépare avec des encens à base de musc, de girofle, de fleurs de daphné et dont la fumée imprègne ses vêtements.

— Son parfum... murmura avec effroi le Ministre de Gauche.

— Exactement. Il n'y a que toi, fit Chûjô en regardant Genji, qui imprègne tes vêtements de ce parfum ! »

Celui-ci lui renvoya un regard tranquille, accompagné d'un sourire insolent.

« Ce que vous racontez est en effet extrêmement intéressant. Mais je n'aurais jamais le courage de commettre de pareils actes et je n'en ai aucune intention. Ne serait-ce pas une histoire inventée de toutes pièces à partir de vos suppositions fantaisistes, Chûjô ?

— Tu as l'intention de nier, maintenant encore ! s'exclama Chûjô sur le point d'exploser d'indignation.

— Dans ce cas, Chûjô, allez plus loin ! Vous m'insultez, vous me tournez en ridicule devant tout le monde. Quelle honte ! Mais si vous persistez à prétendre que votre histoire est vraie, que je suis l'assassin, alors apportez-nous les preuves ! Cet arc m'appartient, il n'y a aucun doute là-dessus. Mais il a pu m'être dérobé par n'importe qui. On a pu le voler pour me faire endosser le crime. Chûjô, en dehors de cet objet, existe-t-il une chose permettant d'affirmer que c'est moi le coupable ? Alors ! demanda Genji avec un aplomb imperturbable.

— Il y en a ! » répliqua l'autre avec fougue.

Face à une telle assurance, Genji eut l'air troublé. Chûjô le remarqua sans doute. Il fit un clin d'œil à Shikibu qui sortit le pot à eau rouge de sa boîte.

Sans un mot, elle versa dans un bol en laque l'eau du pot, et le posa devant Genji, dont les yeux s'agrandirent de stupeur. Il s'agissait du récipient utilisé lors du meurtre de Belle-du-Soir. Si c'était lui l'auteur du crime, il comprendrait.

« Tu boirais de cette eau, Genji ? Si oui, c'est que tu n'es pas l'assassin. Mais si tu choisis de ne pas la boire, ce sera la meilleure preuve que tu es bien l'auteur du crime ! »

Genji contemplait l'eau et ne faisait pas mine de bouger.

« Chûjô, que diable... ? demanda le Ministre de Droite.

— Je vous prie de patienter quelques instants. Quand Genji aura pris sa décision, je vous expliquerai. Allez, Genji, bois-la ! »

Tous attendaient la réaction du Prince Radieux, qui ne faisait pas le moindre petit mouvement et gardait les yeux fixés sur l'eau, quelques gouttes de sueur perlant sur son front.

« Allez ! » le somma Chûjô.

Genji se mordit violemment les lèvres.

« Allez ! que décides-tu ? »

Le visage de Chûjô, moitié dans l'ombre, moitié éclairé par la flamme de la lampe, avait l'air menaçant.

« Alors, ça vient ? »

On sentait Genji tendu mais il ne faisait toujours pas mine de bouger. Peu à peu, il retrouva son calme.

« Finalement, tu ne la bois pas, cette eau, hein ? »

Genji prit soudain le bol. Il le porta à la bouche...

Le temps s'était arrêté. L'assistance l'observait avec anxiété.

Il le mit contre ses lèvres... Mais il le repoussa aussitôt, le retourna et renversa lentement l'eau sur le sol. La flamme se refléta dans l'eau qui rampait sur le sol comme un être vivant vers le Ministre de Gauche, lequel l'évita en faisant un saut en arrière.

Avec un sourire sinistre, Genji lança en l'air le bol qui retomba avec fracas dans la pièce. A ce bruit, il éclata d'un rire provocant, presque sauvage.

« Je n'arrive pas à faire semblant de boire le poison de serpentaire qui a tué Belle-du-Soir. Mes félicitations, Chûjô, pour avoir si bien mené votre enquête. »

Et sans crier gare, il se leva.

« Genji... » cria avec douleur le Ministre de Gauche.

Shikibu fondit en larmes en se cachant le visage derrière sa manche. Chûjô sentit ses muscles raidis par la tension se dénouer et il se retrouva sans forces, comme vidé de toute énergie.

A l'inverse, Genji semblait défier Chûjô.

« Vous avez dit vrai, Chûjô, c'est moi qui ai tué toutes ces victimes. Tout s'est passé comme vous l'avez dit.

« Maintenant que je suis reconnu coupable, qu'avez-vous l'intention de faire de moi ? Allez-vous porter plainte au Département de la Justice ? » fit-il en parcourant des yeux l'assistance d'un air hautain.

Interloqué, Chûjô ne répondit pas. Le Ministre de Droite éclata de rire sous les yeux stupéfaits des autres. Mais il ne pouvait plus s'arrêter.

« Ha ha ha ! Je n'ai jamais rien entendu d'aussi amusant ! »

Le Ministre de Droite étouffa son rire et regarda Genji.

« Moi, le Ministre des Affaires Suprêmes, il n'est pas question que je pardonne à un homme qui a commis des crimes aussi terribles. Mais il n'est pas question non plus de l'emmener au Département de la Justice ni chez les inspecteurs de la Police et d'humilier ainsi en public un haut dignitaire. Cette démarche jetterait le discrédit sur la Cour impériale et le peuple la regarderait avec méfiance. Ce serait néfaste pour la stabilité du pays et les affaires de l'Etat. Je vous demande donc, Prince Radieux, de quitter la Cour de votre plein gré. C'est la meilleure mesure. Et surtout, jusqu'à la fin de vos jours ! A perpétuité ! »

Il éclata à nouveau de rire. Kokiden comprit les intentions du Ministre.

« C'est une idée excellente ! Au point où nous en sommes, il n'y a en effet pas d'autre solution. Mais quel dommage, nous ne pourrons plus avoir continuellement sous nos yeux la belle et élégante silhouette du Prince Radieux ! Monseigneur le Ministre de Gauche, vous voilà affublé d'un terrible gendre ! »

Elle se joignit aux rires du Ministre son père. L'Empereur Suzaku s'empressa de les imiter.

Abattu, Chûjô buvait à grands traits du saké. L'alcool lui brûlait la gorge et la fatigue l'envahit sans prévenir. Il entendit tout à coup le bruit des panneaux de treillis que l'on ouvre brutalement et un courant d'air frais pénétra dans la pièce. Chûjô vit Genji de dos, debout sur le seuil de la véranda sud. Les mèches de ses cheveux flottaient dans le vent.

Il regardait fixement le jardin et les nombreux hommes d'escorte près des feux. Son visage reflétait une telle fermeté qu'elle empêchait quiconque de s'approcher de lui.

Tous observaient les gestes du Prince Radieux. Il sortit sur le promenoir. Le Ministre de Droite aurait pu donner l'ordre aux gardes de l'arrêter, mais il n'en fit rien. Genji restait debout au même endroit et regardait les hommes dans le jardin.

« Genji ! » cria malgré lui Chûjô.

Genji se retourna vers lui, le regard hostile. Il vit Chûjô prendre le pot à eau les yeux fixés sur lui, verser le liquide dans un bol en laque puis le porter à sa bouche.

« Que fais-tu ? Chûjô ! »

Le Ministre de Gauche se précipita pour tenter d'arrêter son fils, mais il avait déjà vidé son bol d'un trait. L'assistance braquait sur lui des yeux éberlués. Et pourtant, il n'arriva rien à Chûjô.

Genji esquissa un sourire.

« L'eau dans laquelle on met du poison de serpentaire n'est pas aussi claire. En la voyant si limpide, j'ai su immédiatement que c'était simplement de l'eau pure. Chûjô, je vous rends hommage pour avoir poussé votre enquête aussi loin et découvert cela. »

Genji descendit les marches et posa le pied dans le jardin. Au fur et à mesure qu'il avançait, le groupe des hommes d'escorte se divisait pour le laisser passer. Genji marcha entre la haie improvisée et partit sans se retourner.

Poussée par une impulsion, Shikibu se précipita sur le promenoir.

« Monseigneur ! » cria-t-elle à pleins poumons. Elle ne savait pas quelle était sa destination et elle pensait le voir peut-être pour la dernière fois. Mais il ne se retourna pas. Shikibu était en larmes. Chûjô posa gentiment la main sur ses épaules.

« Laissez-le partir ! » fit d'un ton sec le Ministre de Droite.

Ils virent la silhouette de Genji disparaître dans les ténèbres.

En exil à Suma

1

La tempête balayait le sable de la plage déserte et les violentes rafales soulevaient d'immenses vagues sur la mer du golfe de Kii[1] donnant dans l'océan Pacifique. Les pins du rivage ployaient sous le vent qui sifflait, chargé des grains de sable blanc.

A Suma, un village situé à l'extrémité sud de la province de Settsu[2], étaient relégués les criminels après leur jugement. Autrefois, il y avait là de belles résidences, mais à présent l'endroit était déserté et il avait perdu son animation. Il ne restait que quelques pauvres habitants qui vivaient de la pêche.

Pour commencer sa nouvelle vie retirée et solitaire, Genji arriva en plein automne, lorsque le vent transperce la peau. Une fois ses crimes révélés par Chûjô, il avait pris la décision de se retirer là, à Suma. Ainsi, il se trouvait à une distance raisonnable de la Capitale et il espérait apprendre, même de manière imprécise, ce qui se passait à la Cour. Cela au moins le divertirait de son éloignement.

---

1. Actuel port de Kôbe.
2. Département de Hyôgo.

Seuls Koremitsu et quelques valets l'avaient accompagné. Ses compagnons ne connaissaient évidemment pas la véritable raison de son départ de la Capitale, et ils avaient de la compassion pour leur maître, conscients des inconvénients que devait représenter pour lui le fait de se retrouver sous l'autorité du Ministre de Droite. Genji éprouvait de la reconnaissance pour ses loyaux serviteurs.

Il avait élu domicile dans une demeure délabrée, la Résidence d'Oe, « la grande résidence sur la baie ». Près des pins, légèrement en retrait du bord de mer, se trouvait cette maison au toit de jonc, prolongée par une construction qui faisait office de galerie. L'ancienne palissade de clôture était presque pourrie et cette habitation n'inspirait que désolation. Mais après réparations, l'on pouvait, semble-t-il, obtenir un minimum de confort pour quelques personnes.

Une vaste salle du premier avait été aménagée en appartement pour Genji et pourvue de sobres paravents, table d'écriture et lampes. Les valets s'étaient installés dans le bâtiment dépourvu d'étage qui faisait suite au passage.

Genji souleva un panneau treillissé de la pièce et regarda au-dehors la vue qui s'offrait à ses yeux. Devant lui se dressait un pin immense, si vieux qu'il paraissait millénaire. Comme le tronc, au pied duquel se trouvait un petit oratoire, était entouré d'une corde marquant un lieu sacré, il devait s'agir d'un arbre sacré révéré par les pêcheurs du coin, et il dégageait une puissante force surnaturelle. Un peu plus loin, son regard fut arrêté par le bois de pins tourmentés par le vent. L'air marin et le bruit des vagues qui se brisaient sur le rivage attisaient son sentiment d'exil dans une campagne perdue.

Après leur arrivée à Suma, Koremitsu et ses compagnons avaient prié le responsable du domaine de demander à ses gens la remise en état de la demeure. Après avoir débarrassé le jardin des feuilles mortes, ils avaient planté de nouveaux arbres et remonté les murs en ruine ou écroulés. La résidence de Genji devint habitable et prit un aspect convenable permettant d'abriter quelques personnes.

A la Cour, on taisait la vérité sur le départ de Genji à Suma. Le Ministre de Gauche, Chûjô et Shikibu gardaient bien évidemment le secret, mais le Ministre de Droite et Dame Kokiden ne révélèrent pas non plus la culpabilité de Genji, afin de dissimuler la série de meurtres perpétrés par un membre du Palais Impérial et également parce qu'eux-mêmes portaient une part de responsabilité dans ces crimes. C'est pourquoi son exil ne suscitait pas de commentaires, tous supposant que le Prince Radieux était victime d'une manigance du Ministre de Droite et de sa fille. En secret, chacun le plaignait.

La résidence de Genji abandonnée par son maître était déserte, tous les panneaux de treillis baissés. Il n'y avait âme qui vive.

Et de même, la déchéance de la maison du Ministre de Gauche, désormais soumise au despotisme du Ministre de Droite et de Kokiden, était terrible à voir. Mais les dures épreuves que rencontraient le Ministre de Gauche, Chûjô et Genji n'étaient en fait qu'une affaire de temps.

2

Genji passait ses journées à recopier le sûtra *Hannya*. Face à sa table d'écriture, à l'étage, il traçait avec ferveur au pinceau le texte sanskrit : *Kan ji zai bô satsu yô jin hannya...*

Par ce geste, il espérait calmer les esprits de ses victimes. Une boîte plate, posée sur une étagère à deux rayonnages installée dans un coin, contenait plusieurs feuilles de papier de belle qualité couvertes de ses transcriptions.

Des cris affaiblis « oh hisse ! oh hisse ! » arrivèrent jusqu'à lui, portés par le vent de la mer. Genji suspendit son geste et dressa l'oreille. De quelles voix s'agissait-il ? Il posa délicatement son pinceau sur l'écritoire, se redressa lentement et regarda à l'extérieur. Il vit le grand arbre sacré, la rangée de pins et un attroupement de pêcheurs.

Saisi de curiosité, il descendit au rez-de-chaussée et sortit dans le jardin où Koremitsu et ses compagnons creusaient un cours d'eau.

« Eh ! où allez-vous ? demanda joyeusement son fidèle valet, qui semblait aimer sa nouvelle vie.

— J'ai envie d'aller sur le rivage.

— Bon, je viens avec vous !

— Non, je préfère y aller seul », fit Genji.

Sur la plage, des familles de pêcheurs essayaient de pousser vers la mer des barques qu'ils faisaient glisser sur des troncs d'arbre. Hommes et femmes, jeunes et vieux, sans distinction d'âge ni de sexe, s'arc-boutaient contre les barques et à chaque « oh hisse ! », ils poussaient un peu les embarcations. Les jambes bien écartées pour éviter la chute, leurs pieds s'enfonçaient dans le sable et rendaient la progression lente et difficile. Leurs visages trempés de sueur étaient marqués par l'effort.

A l'ombre d'un pin, Genji contemplait la scène avec intérêt. C'était la première fois qu'il voyait exercer ce métier de petites gens. Il observa l'un des groupes.

« Oh hisse !... Oh hisse ! » Les pêcheurs criaient de plus en plus fort et appuyaient de toutes leurs forces sur leurs jambes raidies. Soudain, on entendit un craquement et le bateau glissa sur les troncs. Il suffisait de le laisser aller. Les femmes et les enfants s'éloignèrent de l'embarcation qui prit de la vitesse et se précipita vers l'eau.

Quand la proue pénétra dans les vagues, les hommes sautèrent dans la barque. Quelques-uns poussaient encore par l'arrière et elle avança plus avant dans la mer. Ceux de l'arrière embarquèrent à leur tour, le rameur actionna ses rames et l'embarcation s'éloigna du rivage. Sur la plage se répétait la même scène en divers endroits.

Bientôt, flottèrent sur la mer plusieurs dizaines de barques qui ressemblaient à un groupe d'oies s'éloignant vers le large. Les femmes des pêcheurs, qui avaient regardé partir leurs hommes, allumèrent un feu sur la plage ; elles bavardaient avec animation, en se racontant des histoires crues dont la grossièreté blessait les oreilles de Genji, mais elles respiraient la gaieté et la joie de vivre. C'était nouveau pour lui et cela lui parut plein de charme.

Après avoir assisté à ce spectacle, Genji fit demi-tour et reprit le chemin de sa résidence. Comme il était vêtu de manière extrêmement modeste, personne n'aurait imaginé qu'un aristocrate marchait entre les pins. En chemin, il croisa des femmes de pêcheurs qui ne le remarquèrent pas et il saisit des bribes de leur conversation.

« C'est qui, le nouveau dans la résidence ?

— J'en sais rien, mais ça doit être quelqu'un d'important, de la Capitale.

— Pourquoi donc est-il venu dans un endroit pareil ?

— Il doit avoir fait quelque chose de mal !

— Tu veux dire... que ce serait un meurtrier ?

— J'en ai la chair de poule !

— Pourvu qu'il n'arrive rien de mauvais... »

Tout à leur conversation, elles le dépassèrent. Genji ne put s'empêcher de baisser la tête, et il pressa le pas pour arriver jusqu'à sa demeure. On le considérait comme quelqu'un qui portait malheur ! Cette pensée lui serra le cœur et il eut envie de rentrer rapidement à la Capitale. C'était désormais son souhait le plus cher.

3

« 11, 12, 13, 14... »

Dans la résidence du Ministre de Gauche, Shikibu marchait en ligne droite, de la galerie au Pavillon de la Pêche. Elle comptait ses pas. Le jardin mal entretenu était déjà envahi par les mauvaises herbes.

Elle longeait le passage couvert de la Porte du Milieu depuis l'aile orientale et approchait du Pavillon de la Pêche.

« ... 43, 44, 45. »

Parvenue au pavillon, elle s'arrêta. Elle se trouvait à quarante-cinq pas de la galerie d'où Genji avait tiré son trait.

« Mais c'est trop loin ! pensa Shikibu. Une flèche lancée à une telle distance a-t-elle suffisamment de force en fin de course pour transpercer le cou d'un être humain ? » Shikibu ne pouvait en juger car elle ne s'y connaissait pas en arts martiaux.

Elle s'empressa de se rendre au Palais Impérial où elle savait trouver un archer expérimenté, le Directeur de l'Office des Chevaux de Gauche.

« Tous les prétextes sont bons pour me demander de tirer à l'arc. Je croyais que vous m'apportiez une lettre d'amour ! » s'esclaffa l'homme, un solide gaillard. Comme le Directeur de l'Office des Chevaux avait un visage fort laid, Shikibu rit intérieurement. Néanmoins, elle le tira par la manche et l'emmena vers le Pavillon du Tir à l'Arc.

« ... 42, 43, 44, 45. »

Shikibu s'arrêta après avoir compté quarante-cinq pas depuis la cible.

« Vous voulez que je lance une flèche d'ici ?

— Oui, je vous en prie. »

La cible apparaissait toute petite.

« Cela a beau venir de vous, Dame Shikibu, permettez-moi de vous dire qu'elle me semble un peu loin !

— Justement, il n'y a que vous qui puissiez y arriver, Monseigneur le Directeur de l'Office des Chevaux du Palais Impérial.

— Oh, vous me flattez ! Je ne peux rien ajouter. Décidément, les dames d'honneur font de drôles de paris. »

L'archer tendit la corde de son arc et en vérifia la sonorité.

« Je vais vous faire gagner, Dame Shikibu. »

Il banda la corde au maximum de son bras vigoureux et ses yeux furent aspirés par un point sur la lointaine cible.

Shikibu lui avait menti. Elle avait prétendu qu'au cours d'un jeu avec les autres suivantes, elle avait parié qu'une flèche tirée à quarante-cinq pas pouvait atteindre sa cible. C'était mal agir avec le Directeur de l'Office des Chevaux, mais elle n'avait pas d'autre moyen.

L'archer tendit de toutes ses forces concentrées dans la main droite la corde de l'arc qui crissa. Puis, d'un seul coup, la main lâcha prise et la flèche fila vers la cible à une rapidité fulgurante.

Bing ! la flèche atteignit parfaitement son but et ses plumes tremblèrent de triomphe.

« C'est bien digne de vous, Monseigneur le Directeur de l'Office des Chevaux !

— Alors, vous me donnerez un peu de l'argent gagné avec votre pari ?

— Quel dommage ! Nous avons parié l'amour de Monseigneur le Prince Radieux », lança Shikibu en se précipitant vers la cible.

D'abord éberlué, l'archer éclata d'un rire tonitruant : « Voilà bien une réflexion de Dame Shikibu ! »

Elle regarda la flèche fichée dans la cible. Le Directeur de l'Office des Chevaux l'avait lancée en plein dans le mille, comme toujours ! Elle la frôla, la flèche vibra. Elle força à peine et la flèche se retira facilement. Shikibu s'en doutait : le trou percé par la pointe était peu profond...

Shikibu commençait à se faire une opinion.

4

Sous le soleil couchant, Toribeno était enveloppé par des larmes de douleur, ce jour comme tous les autres jours. La fumée des crémations montait dans le ciel et les pleurs des aristocrates en tenue de deuil retentissaient dans le cimetière isolé.

Un peu à l'écart du crématoire, il y avait de nombreuses tombes et des stûpas qui dressaient leurs pics en bois. La fumée de l'encens, comme agglutinée aux épitaphes des stèles, laissait transparaître les silhouettes de Chûjô et du Ministre de Gauche vêtus de vêtements bleu foncé.

Aujourd'hui se déroulait le service commémoratif bouddhique du quarante-neuvième jour de la Princesse Mauve. Devant sa tombe, Chûjô et le Ministre de Gauche avaient terminé la prière pour le salut du défunt dans la paix du Bouddha et ils récitaient le Sûtra du Lotus.

La cérémonie achevée, Chûjô s'apprêtait à s'en retourner chez lui lorsqu'il aperçut Shikibu dressée, le dos tourné, sur un petit promontoire. Elle devait regarder la fumée des incinérations. Il dit au Ministre, son père, de ne pas l'attendre et se dirigea vers elle.

Le soleil couchant semblait embraser une dernière vie. Devant le disque solaire rouge s'élevaient les volutes de fumée noire du crématoire. Personne ne parlait et Chûjô entendait seulement les gémissements de la famille, qui retentirent dans son cœur. Il se souvint avec horreur des corps de Belle-du-Soir et de la Princesse Mauve. La vision des deux femmes aimées réduites en cendres dans le bûcher devant ses yeux rouvrit sa blessure sur le point de se fermer.

« Je veux fuir cette souffrance, murmura Chûjô à l'adresse de Shikibu qui se retourna :

— Seigneur Chûjô...

— Rentrons, fit-il. Notre présence en cet endroit ne fait qu'augmenter notre peine.

— Non, refusa-t-elle carrément.

— Que se passe-t-il ?

— Seigneur Chûjô... dites-moi la vérité.

— A quel sujet ? dit-il d'un ton un peu surpris.

— Seigneur Chûjô, vous mentez !

— Que voulez-vous dire ?

— Ce n'est pas le Prince Radieux qui a tiré sur la sorcière !

— Pourquoi dites-vous cela ? Lui-même ne l'a-t-il pas reconnu ? répliqua-t-il, une nuance d'inquiétude dans la voix.

— J'ai demandé à Monseigneur le Directeur de l'Office des Chevaux de Gauche de tirer une flèche à la même distance que celle qui sépare la galerie et le Pavillon de la Pêche. Mais la flèche n'a fait que légèrement percer la cible. Cet archer est reconnu pour être le meilleur de sa spécialité. Je pense que le Prince Radieux n'a pas la force suffisante pour lancer une flèche capable de transpercer un cou. »

Chûjô écoutait sans intervenir.

« Encore une chose... Quand la sorcière Mugura a été tuée, vous avez dit, Seigneur Chûjô, qu'il était tombé intentionnellement et qu'il avait laissé passer tout le monde pour tirer sa flèche.

« Etait-il nécessaire de simuler une chute ? Si le Prince Radieux avait eu dès le début l'intention de tirer une flèche depuis la galerie, il serait sorti le dernier du Pavillon Central et il aurait agi avant que vous ne soyez arrivé au Pavillon de la Pêche. Pourtant, il s'est précipité à la suite de Monseigneur le Ministre de Gauche.. Voilà pourquoi je ne suis pas d'accord avec vos explications. »

Chûjô la regarda. Dans son regard, il lut une forte détermination qui ne laissait pas place à la réplique. Il regardait les yeux de Shikibu pour la première fois.

« En effet, Shikibu, vous avez raison. »

Sur la surface de l'étang d'un noir d'encre se reflétait la lune jaune et tremblotante. Chûjô était appuyé contre la balustrade du Pavillon de la Pêche face à la clarté. Dans la résidence du Ministre de Gauche, il n'y avait ni flambeaux, ni feux allumés dans le jardin. Tout baignait dans l'obscurité d'un palais à son déclin. Le visage de Chûjô, éclairé par la faible lueur d'une lampe, respirait l'amertume.

Assise, le dos bien droit, Shikibu écoutait le récit de Chûjô.

« La nuit de la veillée funèbre de ma sœur, les cris de la sorcière ont soudain retenti. J'ai vu dans le Pavillon de la Pêche la vieille se tordre de douleur. Mais, comme je l'ai dit, elle était en transe et l'on aurait cru une démente.

« Cependant, à son cri, Père s'est précipité, mais tandis qu'il aidait Genji à se relever, je l'ai dépassé et je suis arrivé le premier au Pavillon de la Pêche. La vieille récitait encore ses incantations. J'avais pris soin de dissimuler une flèche auparavant. »

Chûjô se tut. Mais Shikibu put imaginer la suite : arrivé en courant devant la vieille sorcière délirante, il avait pris la flèche et, saisissant la sorcière, la lui avait plantée dans le cou. Elle avait poussé un cri et avait dû expirer sur-le-champ. Pour donner l'impression que le projectile avait été lancé avec un arc, il l'avait enfoncé de toutes ses forces dans la gorge de la victime.

Puis il était resté figé à l'entrée, affichant l'air de celui qui vient d'arriver. Ensuite tout le monde s'était précipité dans le pavillon et là avait régné le tumulte indescriptible que Shikibu avait connu.

« Le meurtre de la vieille a été mis au point par Genji et moi-même. Notre plan initial prévoyait que je sorte précipitamment au premier cri perçant que pousserait la femme. Mais Père s'est dirigé le premier vers le pavillon. Déconcerté, Genji a eu la présence d'esprit de le suivre, de tomber et de freiner ainsi Père pour me laisser le temps d'agir. L'arc repêché dans l'étang, Shikibu, c'est moi qui l'y avais jeté pour vous tromper.

— Pourquoi... pourquoi une chose aussi effroyable ? se lamenta Shikibu.

— Dans le récit que j'ai fait devant tous, les points essentiels étaient différents. Genji n'a pas tué Belle-du-Soir et la Princesse Mauve uniquement pour plaire au Ministre de Droite et lui être affilié. Il est plus intelligent que cela. Il voyait plus loin.

— Alors ? »

Shikibu attendait la suite. La chose cachée dans l'esprit de Chûjô allait apparaître. Elle retint sa respiration.

« Il s'agit du jour où Belle-du-Soir est morte et où je suis allé avec vous, Shikibu, dans la maison de Kôan, commença Chûjô avec hésitation.

« Une odeur bien étrange emplissait la pièce. Comme je l'ai dit, j'ai senti le parfum de l'encens dont Genji imprégnait tous ses vêtements. J'ai alors pensé que l'assassin de Kôan pouvait être Genji. Cependant, je n'avais pas de preuve certaine. Il était toujours possible, d'une manière ou d'une autre, de préparer cet encens. Mais, juste avant de rendre visite à ma sœur, la Princesse Mauve, j'ai eu un mauvais pressentiment. Il y avait également, dans la pièce, cette odeur d'encens. Et ma sœur a été empoisonnée. Il devenait évident que l'assassin ne pouvait être que Genji. Mon sang bouillait. Je le haïssais au point de désirer le tuer ! »

Sa voix était brutale. Mais il prit un ton plus calme et poursuivit :

« Alors, j'ai décidé d'interroger Genji. Mais cela me faisait peur de parler en tête à tête avec lui. Il avait déjà tué, et je sentais que la face cachée et terrible de son caractère resurgirait devant moi si je l'interrogeais seul à seul. J'avais peur d'être assassiné d'un coup d'épée.

« Ce fut le jour de la cérémonie funéraire de la Princesse Mauve. Au crématoire. Le prêtre de haute vertu et les suivantes priaient. J'ai pris soin de me tenir à côté de Genji. Je voulais révéler son secret à ce moment-là et observer sa réaction. Mais, sous l'effet d'une impulsion, je lui ai dit : "Tu as tué Kôan, n'est-ce pas ?"

« Genji m'a regardé sans avoir l'air aucunement surpris. »

Chûjô se prit la tête entre les mains. Il paraissait trembler d'une crainte et d'un respect inconnus.

« Ses yeux ont souri, charmeurs, et il m'a dit distinctement : "Alors, tu as fini par me découvrir tel que je suis vraiment... " Puis il a récité des sûtras comme si de rien n'était. Je n'ai pu ajouter un mot. Il m'adressait d'énigmatiques sourires et, chaque fois, je me sentais frissonner, le corps glacé. Puis j'ai enfin compris : Genji avait attendu que je finisse par le découvrir... »

Chûjô s'arrêta alors de parler. Le silence régnait. Le reflet disparut de la surface de l'étang, la lune soudain dissimulée par les nuages. L'obscurité dans le jardin était aussi profonde que l'abîme de l'enfer.

Chûjô poursuivit son récit, la voix tremblante, le visage blême, les mains moites. Shikibu l'écoutait raconter son histoire et lui posait toutes sortes de questions auxquelles il répondait avec force détails. Plusieurs fois, elle hocha la tête pour marquer son désaccord devant l'horreur de ce qu'elle entendait. Mais plein d'amertume, Chûjô ne faisait que hocher la tête.

« Alors, vous allez le faire... » demanda Shikibu d'une voix plaintive.

Chûjô acquiesça.

« Si je n'agis pas de la sorte, le *véritable* but ne sera pas atteint et tous ces meurtres deviendront vains.

— Lui... elle... mais vous êtes couvert de sang ! Pourquoi, au nom du Ciel, commettez-vous des fautes aussi graves ?

— Pour faire disparaître le ressentiment qu'éprouve le Prince Radieux. C'est le destin qui m'a été donné...

— Mensonge ! Vous dites des mensonges ! »

Shikibu voulait à tout prix arrêter Chûjô. Mais il ne l'écoutait pas.

« Le Prince Radieux doit briller de tous ses feux. S'il y a l'ombre, la lumière devient d'autant plus éclatante. Le Prince Radieux est la lumière... moi, je suis son ombre. »

Puis il se tut.

Shikibu avait pitié de lui. Dans son enfance, Chûjô était considéré comme le plus beau des jeunes aristocrates de la Cour. Mais devant la sublime et inégalable beauté de Genji, il avait perdu son éclat. Les deux hommes étaient considérés comme des amis intimes mais, au fond de lui, Chûjô devait éprouver un sentiment d'infériorité. Lui qui était son beau-frère et son aîné, il s'était pourtant efforcé de refouler ses sentiments et de préserver leurs relations amicales. Au lieu de s'opposer à Genji, il avait décidé de le servir et de se dévouer à lui en reconnaissant sa propre infériorité.

« La lumière et l'ombre... Genji et Chûjô... » Ce que Shikibu avait senti lorsqu'elle les avait vus danser ensemble *Les Vagues de la mer bleue* s'était concrétisé. C'était là le mystère du destin.

La mèche de la lampe grésilla et s'éteignit peu à peu.

Enveloppée par les ténèbres, Shikibu ne savait plus si elle se trouvait dans le rêve ou la réalité. Puis la réalité disparut. Elle voulait croire que ce qu'elle entendait en cet instant était le murmure des fantômes dans l'obscurité. Elle le souhaitait ardemment, pour que ne se reproduisît pas un tragique événement sanglant.

Soudain retentirent dans l'ombre les sanglots de Chûjô qui lui firent prendre conscience qu'elle ne rêvait pas, mais Shikibu eut tout de même l'impression de voir surgir dans la nuit les mauvais esprits ravageurs de la terre et des eaux.

5

Un ouragan soufflait sur Suma. L'océan houleux était agité par un vent terrible, soulevant des vagues de la hauteur des avant-toits de magnifiques demeures. Les flots écumeux en furie déferlaient sur la plage et retombaient en cascades insensées avant de se briser. Les pins pliaient, les branches gémissaient en s'entrechoquant, les arbres morts étaient emportés et l'écume blanchâtre projetait ses fines gouttelettes jusqu'au bois de pins.

Les femmes des pêcheurs se tenaient sur le rivage, le visage défait, les cheveux emmêlés par le vent et le bas de leur jupe effiloché. Elles regardaient la mer démontée, le visage déjà décomposé par le désespoir, car leurs hommes sortis pour la pêche n'étaient pas rentrés malgré la tourmente.

Les fragiles embarcations, ballottées sur l'eau comme de minces feuilles d'arbre, allaient sûrement couler.

« Re... viens ! » cria d'une voix affolée une femme échevelée qui recevait en pleine face les gouttes salées de la mer écumante.

La tempête se déchaînait.

Koremitsu et ses compagnons avaient consolidé du mieux possible la résidence d'Oe pour éviter qu'elle ne fût emportée. Les panneaux étaient baissés, des planches clouées par-dessus. Même dans la salle du premier où Genji restait cloîtré, les treillis étaient protégés par de lourdes planches.

Il faisait jour mais l'intérieur était plongé dans l'obscurité, la flamme des lampes menaçait de s'éteindre sous le vent qui s'engouffrait par les interstices. Des feuilles de papier, couvertes des sûtras copiés par Genji, voltigeaient dans la pièce. Il se tourna dans la direction de la Capitale et récita avec ferveur le sûtra *Hannya Shingyô*, assis, les yeux clos, dans une attitude de méditation.

Au rugissement des flots agités, à l'entrechoquement des branches de pins, aux plaintes du vent évoquant les fantômes, se mêlaient les cris des femmes de pêcheurs.

« Gya tei gya tei ha ra gya tei... » poursuivait Genji.

Soudain, il écarquilla les yeux. Ils étaient injectés de sang...

Un coup de vent éteignit la lampe.

Au même moment, la Capitale subissait également une tempête. Avec ses panneaux baissés, la résidence du Ministre de Gauche était plongée dans un profond silence.

« Prince Radieux... je m'acquitte cette nuit de la promesse que je t'ai faite », murmura Chûjô à Genji qui se trouvait au loin à Suma, et il dégaina son épée ornée de motifs violets. Avait-il transmis sa volonté à son arme ? Car la lame se mit à lancer des éclairs. Elle projetait une lumière éblouissante qui rappelait la nudité lumineuse et fascinante d'un beau corps de femme. Chûjô la regardait intensément avec l'impression que l'épée lui enlevait son âme. Mais il ne pouvait détourner les yeux.

Son visage qui se reflétait sur la lame prit l'aspect du visage de Genji baignant dans une lumière à l'éclat d'argent, un étrange sourire aux lèvres. Fasciné par la vision de ce Genji, Chûjô se rappela comme si c'était hier ce qui s'était passé *ce jour-là*.

Ce jour-là désignait la cérémonie funéraire de la Princesse Mauve, au cours de laquelle Genji lui avait dit : « Alors, tu as fini par me découvrir... » Et il lui avait demandé de se rendre avec lui dans une salle mystérieuse.

Il s'agissait d'une salle obscure du Département de la Justice, où des « instruments » que Chûjô n'avait jamais vus étaient alignés en bon ordre. Il sentit une odeur détestable de chair putréfiée.

« C'est la pièce où l'on torturait autrefois les criminels », expliqua Genji avec un grand calme, comme si c'était tout naturel.

Chûjô avait en effet entendu parler de ces sanctions sanglantes autrefois en vigueur. Mais il était surpris que Genji connût cet endroit. Après s'être habitué à la pénombre, il aperçut, suspendues au mur, des rangées d'épées ou de sabres anciens de styles différents.

Sur le sol étaient posés des récipients probablement utilisés pour les empoisonnements et les tortures à l'eau bouillante. On condamnait le prisonnier à jurer devant les dieux, puis à mettre les mains dans le liquide. Si elles portaient des traces de brûlure, il mentait ; dans le cas contraire, il disait la vérité. Mais aucun signe n'indiquait que l'un des récipients eût récemment servi et une fine couche de poussière recouvrait l'ensemble. Ils ne devaient pas avoir été utilisés depuis que l'Empereur Saga, en l'an 9 de l'ère Kônin[1], avait aboli la peine capitale par un décret impérial.

Genji prit l'un des sabres accrochés au mur, dont la poignée était laquée de noir.

« Chûjô, sais-tu pourquoi cette poignée a été enduite de noir ? »

Chûjô ne put apporter de réponse.

« Cette poignée tressée était maculée de sang. Faute de mieux, on l'a donc teinte en noir », déclara Genji en dégainant le sabre. La lame couleur argent apparut. C'était une vieille lame oxydée par endroits et seule la pointe brillait vivement.

« Ce sabre a décapité plus d'une centaine d'assassins. Regarde bien l'extrémité, dit-il à Chûjô en la lui mettant sous les yeux. Elle est en dents de scie.

« Depuis l'abolition de la peine capitale, ce sabre chargé de la haine des victimes gémit et réclame du sang. J'entends sa voix. »

Genji remit le sabre dans son fourreau avant de poursuivre :

« Tes suppositions étaient exactes, Chûjô : c'est moi qui ai mis au point tous ces crimes. »

Il fixa son compagnon, dont les yeux furent un instant parcourus par la colère, d'un regard inquiétant mêlé

1. 810-824 apr. J.-C.

de ce charme qui le caractérisait. Chûjô était hypnotisé, comme un serpent que fixe un autre serpent.

« Tu dois me haïr, moi qui ai empoisonné ta maîtresse et ta sœur. »

Genji mit le sabre sous le nez de Chûjô et lui dit :

« Ta haine est naturelle. Je te demande donc de me décapiter, ici et maintenant. »

Chûjô était sidéré !

« Frappe le bourreau de celles que tu aimais. Ce geste permettra aux âmes errantes de Belle-du-Soir et de la Princesse Mauve de trouver le salut. Allez, tue-moi ! »

Chûjô ne pouvait faire le moindre mouvement. Lui qui était plein de rancune et de haine, il eut l'impression qu'on lui prenait son âme. Il pensa que Genji l'avait envoûté et resta sans réaction.

« Vas-y ! » ordonna Genji.

Instinctivement, Chûjô recula.

« Tu es trop généreux ! » lui lança Genji avec un sourire sarcastique. Puis il tira le sabre du fourreau et le jeta à terre. Le bruit de la chute fit trembler Chûjô.

« Tu as entendu... les appels de sang de ce sabre ensorcelé ? »

Genji caressait l'arme des yeux comme s'il l'aimait. Les taches d'oxydation étaient en réalité des taches de sang coagulé.

La lame du sabre fendit l'air. Après en avoir vérifié la sonorité, Genji dirigea soudain la pointe vers le visage de Chûjô qui fit un saut en arrière. Les yeux fixés sur les siens, Genji le fit reculer du bout de sa lame. A l'instant où son dos heurtait le mur, les sabres et les épées tombèrent avec fracas. Le visage grimaçant et hostile, il menaçait Chûjô de son arme.

« Il va me tuer ! » pensa celui-ci en fermant les yeux.

La pointe de la lame vint lui frôler le cou et pénétra dans le mur. Chûjô oublia de respirer. L'autre eut un sourire démoniaque, comme s'il prenait plaisir à se montrer cruel. Terrorisé, Chûjô voulut fuir, mais ses pieds restèrent collés au sol. Il ferma les yeux, convaincu que sa dernière heure était arrivée.

A ce moment-là, il sentit un contact froid sur son cou. Il releva les paupières et vit la pointe de la lame sur sa peau.

« Réfléchis, Chûjô... Il peut y avoir plus important que de me haïr....Si tu restes ainsi les bras croisés, sans réagir, qu'allons-nous devenir toi et moi ? C'est clair comme de l'eau de roche.

« Nous avons tous les deux les mêmes ennemis. Tu vas donc te dévouer pour moi et nous allons renverser l'adversaire. Tel est ton destin ! »

Chûjô comprit alors les intentions de Genji. Mais il sentit une douleur lancinante dans son cou où la pointe de la lame avait légèrement pénétré et un filet de sang apparut.

« Si cela ne te convient pas, tu es libre de ne pas m'obéir. Mais je ne sais pas si ce sabre, lui, m'obéirait. »

Genji appuya encore sur la lame. Ses yeux brillaient avec l'avidité d'un démon mangeur d'hommes. Chûjô comprit qu'il n'avait d'autre solution que de se plier aux volontés de Genji.

Il pleuvait des trombes d'eau et le vent soufflait en rapides rafales.

« Prince Radieux... je suis ton ombre finalement... Mais si la lumière augmente en intensité, son éclat rejaillit sur l'ombre.... Je vais accomplir ton souhait vieux de plus de dix ans... »

Après avoir remis son épée au fourreau, Chûjô enroula la dragonne et dissimula l'arme dans les plis de son costume. Il portait une tenue entièrement noire, des chausses noires et une haute et raide coiffe noire. Dans son dos, il avait attaché des cordes en paille.

La tempête faisait rage. La grande avenue devait être déserte.

« C'est ce soir ou jamais, je dois le tuer ! » se dit Chûjô en se précipitant au-dehors. Il reçut de plein fouet la pluie battante et les coups de vent.

Il n'y avait âme qui vive dans la grand-rue. A supposer qu'il y eût quelqu'un, comment l'aurait-on distingué dans cette obscurité tout de noir vêtu ? Les rafales fauchaient tout sur leur passage. Assailli par la pluie et fouetté par le vent qui soulevait des tourbillons de poussière, Chûjô avançait seul dans la nuit. Il pataugeait, sautait les flaques d'eau et se dirigeait comme un automate vers la résidence du Ministre de Droite.

« Je comprends ce que ressent le Prince Radieux. Il est né fils d'Empereur et tous pensaient qu'il serait désigné Prince Héritier. Comme il a dû souffrir de ne pas accéder au trône, comme il a dû en vouloir au Ministre de Droite et à Dame Kokiden qui, par jalousie, avaient assassiné sa mère, la Favorite ! Il n'a pas commis cette série de meurtres pour obtenir les faveurs du Ministre de Droite, mais pour venger sa mère.

« Son but ultime, c'étaient les meurtres du Ministre de Droite et de Kokiden.

« Quel plan machiavélique pour en arriver à ce qu'il voulait, ces deux derniers crimes !

« Il a tué Belle-du-Soir et l'a annoncé au Ministre de Droite, pour feindre de le servir et d'entrer dans son camp. A cette nouvelle réjouissante, le Ministre et sa fille lui ont accordé une promotion. Ils ne se sont plus méfiés de lui. Cela rentrait dans ses desseins.

« A la mort de Belle-du-Soir, je me suis naturellement lancé dans l'action. Il a laissé traîner à dessein le pot à eau contenant du poison de serpentaire, n'a pas effacé l'odeur puissante du parfum dont il imprègne ses vêtements sur le cadavre de Kôan. Puis il m'a avoué qu'il avait commis ces meurtres. Et aussi qu'il avait tué la Princesse Mauve enceinte, pour couper tous les liens avec mon père, ce Ministre sans pouvoir.

« En me révélant ces trois crimes, Genji me montrait son côté noir et diabolique et, sous la menace pour ainsi dire, il m'obligeait à devenir son subordonné et son complice.

« Le meurtre de la sorcière, nous l'avons préparé ensemble. Nous pouvions la tuer n'importe où, mais nous lui avons offert des cadeaux et demandé de venir faire ses incantations sur place, pendant la veillée funèbre. Nous l'avons assassinée devant tout le monde. De cette manière, nous pouvions faire croire qu'il y avait réellement un complot.

« Il a imaginé cette comédie où j'ai dû révéler ses crimes devant le Ministre de Droite, Kokiden et l'Empereur Suzaku. Mon récit était difficilement crédible, mais comme le meurtre de la vieille s'était passé sous leurs yeux, tous y ont cru sans l'ombre d'un doute.

« Malgré la gravité de ses crimes, il ne risquait rien : la peine capitale est abolie, et le Ministre de Droite ne pouvait pas rendre publics les actes ignobles d'un membre de la noblesse qui lui avait avoué le meurtre de Belle-du-Soir. Grâce à cette révélation, Genji en avait fait son complice.

« Par conséquent, il a décidé de se retirer à Suma. Tout s'est déroulé selon son plan. Comme personne ne connaissait la vérité, le bruit a couru qu'il devait s'agir d'une manœuvre du Ministre de Droite. Genji s'est attiré la sympathie du public. Le Ministre de Droite et Kokiden se réjouissent de l'éloignement de ce Prince Radieux qui les dérangeait tant, mais ils sont de plus en plus en butte à la critique.

« Et voici arrivé le dernier acte :

« A moi qui suis devenu sa marionnette, Genji a ordonné de tuer le Ministre de Droite et Kokiden. Car toutes ses machinations et ses crimes n'avaient pour seul et unique but que de venger enfin sa mère grâce au meurtre de ses assassins.

« Resté dans la Capitale, il serait le premier soupçonné et risquerait d'être découvert à cause d'un détail insignifiant. C'est la raison de son exil volontaire à Suma.

« Le Ministre de Droite et Kokiden sont persuadés qu'ils le manipulent aisément. Si j'échoue et que tous deux restent en vie, il ne sera jamais suspecté. Et à supposer que je réussisse, personne n'ira accuser le Prince Radieux, au loin à Suma, d'être l'assassin.

« Quel plan machiavélique ! »

Chûjô frissonna à la pensée de l'effroyable face cachée de Genji. Soudain, il s'arrêta et leva la tête. La pluie lui cingla le visage. Il eut envie de hurler face à l'obscurité.

6

Dans la pénombre, Genji regardait par les interstices où s'engouffraient le vent et les gouttes de pluie qui giclaient en étoile. Il avait le corps trempé. Genji se concentrait pour sentir les mouvements de Chûjô là-bas. Son esprit franchit la distance qui reliait Suma à la Capitale et il entra en contact avec Chûjô.

« C'est maintenant ou jamais ! » cria-t-il intérieurement en faisant référence aux meurtres du Ministre de Droite et de Kokiden. Il eut l'impression que son cri s'échappait par les fentes et qu'il atteignait Chûjô dans la Capitale. En même temps, lui parvinrent les sanglots longs et plaintifs des femmes de pêcheurs « Re...viens ! Re...viens ! » véhiculés par le vent.

La nuit venue, la tempête se déchaîna à Suma.

Plusieurs vieux pins furent arrachés et d'immenses vagues noirâtres déferlaient jusqu'à proximité de la résidence d'Oe. Les flots explosaient sur le rivage dans un bouillonnement d'écume et éclaboussaient les femmes hurlant de douleur devant la mer en furie. Leurs lamentations transperçaient le cœur de Genji. Les sentiments violents ne craignaient pas la distance, et ses pensées, de même, devaient se communiquer à Chûjô.

« Faites que Chûjô y aille ! »

Son vœu s'était à coup sûr transmis à Chûjô sous la forme d'une force mystérieuse qui le faisait agir.

Ruisselant, Chûjô arriva en plein ouragan dans la résidence du Ministre de Droite. Les tuiles des toits voltigeaient et se brisaient. Nulle part, on ne sentait de présence humaine. Pas même un homme d'escorte ni un garde aux portes.

Il franchit avec agilité le mur d'enceinte, entra dans la résidence et traversa le jardin. Là non plus, il n'y avait personne. C'était l'heure de la Vache. Les treillis étaient baissés, le promenoir recouvert d'eau. Le vent violent venait taper contre le Pavillon Central et l'on entendait gémir les esprits des défunts.

Chûjô sauta le ruisseau devenu un courant boueux, qui l'éclaboussa au passage, monta l'escalier et prit la galerie pour entrer dans le Pavillon Central. Mais la porte à deux vantaux était hermétiquement fermée. Il grimpa alors au pilier jusqu'aux combles et se dirigea par là vers la pièce où dormait le Ministre de Droite.

Chûjô progressait lentement en ôtant les toiles d'araignée qui se collaient à lui. La tempête ne faiblissait pas.

Un bruit léger passerait inaperçu. De plus, tout le monde devait dormir à cette heure.

Il avançait, s'arrêtait pour écouter, puis repartait. Son visage et son vêtement noir étaient couverts de toiles d'araignée et de poussière.

A Suma, Genji restait concentré sur son vœu.

Parvenu au milieu du Pavillon Central, Chûjô voulut détacher une planche du plafond mais il vit un nœud dans le bois et jeta par le trou un coup d'œil discret. La pièce était sombre. Il sentit cependant quelque chose remuer. Son oreille perçut, mêlés au bruit du vent, des froissements d'étoffes et des gémissements.

Intrigué, il fixa les yeux dans l'obscurité avec un sentiment de répulsion. La voix était celle d'une femme. Dans le noir, un couple devait s'adonner à des jeux intimes. L'homme était à coup sûr le Ministre de Droite mais... qui était sa partenaire ? Une simple suivante ? ou bien... A cet instant, un éclair, fulgurant, traversa le ciel, suivi immédiatement du tonnerre. La lueur blafarde éclaira la pièce et il aperçut la partenaire....

Dame Kokiden !

Chûjô ressentit un tel choc qu'il en eut la nausée. Il était témoin de l'amour illicite d'un père avec sa fille ! Un inceste, reconnu comme un crime !

La haine et la répulsion le submergèrent. Il ferma les yeux, incapable de bouger, et resta dans cette attitude pendant un temps qui lui parut une éternité. Quand il rouvrit les yeux, tout était de nouveau plongé dans l'obscurité et le silence.

A Suma, les nuages orageux s'amoncelaient et obscurcissaient le ciel au-dessus de la mer. Par intermittence, la lumière bleuâtre de l'orage apparaissait puis disparaissait aussitôt.

Les valets de Genji redoutaient les nuages de mauvais augure mais, à cet instant, le ciel fut lacéré par des éclairs. Les femmes de pêcheurs, au comble de l'angoisse, et les valets de Genji, pris de tremblements, récitèrent des sûtras pour s'attirer la protection des dieux et des bouddhas.

Les éclairs se succédaient, suivis du tonnerre qui déchirait continuellement le tympan. Les intervalles entre tonnerre et éclairs devenaient de plus en plus brefs. L'orage se rapprochait. Les femmes sur la plage hurlaient.

Toujours immobile, Chûjô retenait sa respiration. Il n'y avait plus aucun bruit dans le Pavillon Central. Ses occupants devaient dormir. Il souleva une planche du plafond, descendit à l'aide d'une solide corde en paille. Le Ministre de Droite et Dame Kokiden dormaient dans le même lit ! Les gouttes d'eau qui tombaient du vêtement de Chûjô laissaient des traces noires sur le futon.

Il prit l'épée dans son fourreau, dénoua la dragonne et dégaina. L'éclat de la lame aveugla Chûjô, le cœur saisi de palpitations.

Au loin, une sensation de fourmillement envahit le cerveau de Genji. Peut-être avait-il ressenti le tremblement de Chûjô ?

Chûjô se posta près de Kokiden, l'épée à la verticale, en tenant la poignée à deux mains. Elle dormait, inconsciente du danger. Rien n'était plus facile que de lui ôter la vie, mais Chûjô sentit sa raison le faire hésiter. Genji le forçait à exécuter son sinistre dessein, celui de tuer Kokiden, et il se sentait tiraillé. Le conflit tourbillonnait en lui.

« Tue-la, Chûjô ! » cria intérieurement Genji.

Le déchaînement des immenses vagues, les plaintes des femmes en délire excitaient les nerfs de Genji. Il concentra son esprit sur une seule pensée :

« Tue-la, Chûjô ! C'est maintenant ou jamais ! »

Le cri de Genji parvint certainement aux oreilles de Chûjô et lui arracha des pans entiers de sa raison. Il enfourcha Kokiden et dirigea vers le cœur la pointe de la lame. Serrant les dents, il y mit toute sa force. Mais le peu de lucidité qui lui restait empêcha la lame de bouger. La pointe tremblait.

De son vêtement tombèrent des gouttes sur le visage de Kokiden. Elles allaient la réveiller. C'était maintenant ou jamais !

« Tue-la ! Mais tue-la donc ! » Le cerveau de Genji était prêt à exploser.

Cette voix fit disparaître toute lucidité chez Chûjô. Son visage se crispa, il brandit son épée et, avec violence, transperça la poitrine de Kokiden. Il sentit les côtes se tordre. A coup sûr, il avait percé les entrailles. Le sang lui gicla au visage.

Kokiden poussa un gémissement et ne bougea plus. Chûjô voulut ôter l'épée, mais il ne pouvait supporter l'affreuse sensation de la lame qui glissait contre les côtes.

Le Ministre de Droite se réveilla brusquement.

« C'est... c'est qu... ? »

Il y eut un éclair !

Couvert de sang, Chûjô se dressa de toute sa hauteur comme un gardien de temple et, sans laisser le temps au Ministre de Droite de poursuivre, il fendit l'air avec son épée et, de la pointe, troua la gorge du Ministre.

L'homme voulut s'enfuir, il essayait de parler, mais son souffle s'échappait par la cavité et il n'émettait qu'un sifflement. Chûjô se mit à califourchon sur le Ministre qui tentait de s'échapper en rampant et, résolument, il lui enfonça son épée dans le dos. Un torrent de sang jaillit mais l'autre résistait de toutes ses forces en s'arc-boutant sur les deux bras. Serrant les jambes pour l'empêcher de fuir, Chûjô le frappait, encore et encore.

Mais sa victime refusait de mourir. Le Ministre tentait de s'échapper. Il agitait violemment ses mains comme un mille-pattes qui se démène et un halètement jaillissait de sa gorge.

Chûjô bouillonnait de haine. Il pointa sa lame à l'arrière du crâne, heurtant les os de la boîte crânienne. Puis il maintint le cou de sa victime et, concentrant toute son énergie dans sa main droite, il enfonça la lame dans la tête. Le sabre transperça le cerveau.

Il entendit les cris d'un oiseau de proie à l'article de la mort et poussa sur l'épée d'un coup sec et puissant. La pointe de la lame perça les globes oculaires et réapparut de l'autre côté. Le corps du Ministre se raidit. Il était mort...

Tout s'était passé dans l'obscurité. Sur sa main droite, un liquide frais coulait. Sur son visage poisseux, le sang se coagulait. Chûjô recouvra instantanément ses esprits.

Un éclair illumina la pièce. Il vit l'enfer. Dans une mer rouge, Kokiden, la poitrine transpercée, perdait son sang comme une fontaine ; le Ministre de Droite, la tête traversée par l'épée, avait trépassé et ses yeux sanglants pendaient à la pointe de la lame.

A cette vision, une violente déflagration éclata dans le cerveau de Chûjô et, après avoir repoussé brutalement le Ministre, il hurla en se roulant par terre.

Genji cria à tue-tête.

Un éclair en dents de scie éblouissant fondit des cieux sur la résidence d'Oe.

Dans un bruit assourdissant qui fit trembler la terre, la foudre tomba sur l'arbre sacré et la galerie ! L'immense pin lança des étincelles et se fissura. La galerie fut pulvérisée. Attisées par le vent violent, des flammes jaillirent. Le feu prit en un instant et se mit à gronder.

Les valets avaient perdu la tête, ils couraient en tous sens, hurlaient, gémissaient. Le rez-de-chaussée était gagné par la panique. Au premier, Genji sanglotait et criait, allongé à même le sol, submergé par ses émotions violentes. Ses larmes se répandaient sur la natte de jonc... Il pleurait des larmes de sang.

A ce moment-là, un éclair traversa le ciel, accompagné du bruit fracassant de la foudre. Des milliers d'étincelles jaillirent, une partie du toit fut emportée comme par le souffle d'une explosion. Poutres et tuiles s'effondrèrent dans la pièce et, par le toit béant, des trombes d'eau s'abattirent sur Genji qui n'avait, par chance, pas été écrasé. La pluie et le vent attaquaient l'ennemi dans l'intention de l'abattre, malmenant les feuilles de papier des sûtras recopiés avec tant de ferveur, qui voltigeaient partout. Le mur en pisé menaçait de tomber.

Genji recevait de plein fouet la pluie torrentielle mais il ne bougeait pas. Dans ses yeux grands ouverts se reflétait l'arbre sacré fendu.

« Monseigneur ! » crièrent Koremitsu et ses compagnons.

Mais Genji ne répondit pas, le regard fixé sur l'arbre. Une violente rafale essaya de faire tomber l'arbre immense. La fente du tronc s'agrandit encore. S'il tombait, il plongerait droit sur Genji et écraserait le bâtiment où il se trouvait. Genji l'avait compris mais il ne bougeait pas.

« L'arbre va tomber ! Partez vite, Monseigneur ! »

Le feu se répandait dans toute la résidence. Les flammes rouges trouèrent l'obscurité, illuminant l'arbre sacré. Le tronc brillait comme une escarboucle. Les démons semblaient entrés dans une terrible colère.

Genji défia l'arbre.

« Dieux ! si vous ne me pardonnez pas, punissez-moi ici même ! J'attends votre châtiment ! » hurla-t-il.

Le vent se mit à tourbillonner à une vitesse folle et une tornade d'une force inouïe se dirigea sur l'arbre sacré.

Il y eut des craquements. Le feu se propagea et l'immense arbre commença à pencher du côté de Genji avec des rugissements de bête féroce.

« Attention ! l'arbre tombe ! partez vite ! » hurla quelqu'un dans l'escalier à l'adresse de Genji.

Mais il ne bougeait toujours pas, le regard comme hypnotisé par l'arbre. La fente s'agrandit encore. L'arbre en fureur prit de la vitesse. Les valets poussèrent des cris déchirants. Menaçant, il se rapprochait des yeux de Genji. Celui-ci pouvait voir les détails de l'écorce du tronc blessé par les flammes qui semblait atteint de gangrène comme son cœur.

Au choc de l'arbre sur le toit, Genji ferma instinctivement les yeux.

Koremitsu l'appela mais il sentit des milliers d'aiguilles lui transpercer la tête et les épaules. La pluie diluvienne s'abattait brutalement sur lui.

Le fidèle Koremitsu l'appela de nouveau.

« Quelle chance, vraiment, quelle chance ! » fit son valet en larmes.

Genji ouvrit alors les yeux. Il vit juste devant lui l'arbre sacré dont la chute avait été arrêtée par une poutre.

Les dieux m'ont pardonné ! pensa Genji.

« Monseigneur, vite ! »

Koremitsu entraîna Genji, le portant presque. La poutre du toit qui soutenait l'arbre était sur le point de tomber.

« Vite ! »

Pressé par Koremitsu, Genji descendit au rez-de-chaussée.

A peine étaient-ils sortis que le toit s'écroula, fendu en deux par l'arbre gigantesque. Tuiles, murs, poutres, poutrelles, planches et morceaux de bois furent projetés en l'air avant de retomber avec fracas dans un nuage de poussière.

Genji sortit avec Koremitsu. La résidence d'Oe, à l'exception de l'aide où logeait Genji, était dévorée par les flammes, et les hommes pétrifiés regardaient les bâtiments disparaître dans l'incendie.

Le lendemain matin, le soleil doré teintait à l'est un ciel pur et clair, serein. Il semblait incroyable qu'une tempête se fût déchaînée la veille.

De la résidence d'Oe ne subsistaient que des piliers calcinés. Tout avait entièrement brûlé. Genji eut l'impression de voir le squelette d'un animal. Les boyaux putréfiés de la bête en décomposition apparurent devant ses yeux. Il eut la nausée, mais comprit que c'était la représentation de la chose diabolique au fond de son cœur, et qu'elle le hantait depuis sa naissance.

Retentit alors d'on ne sait où *Namu Amida Butsu* « Bouddha, ayez pitié de nous ! » Sans doute étaient-ce les femmes de pêcheurs priant pour le repos de l'âme de leurs maris disparus. En entendant la récitation du sûtra, Genji eut la sensation que son cœur était lavé et que ce qui le tourmentait s'en était allé. Instinctivement, il se joignit aux prières et se mit à réciter les invocations au Bouddha Amida. Ses valets aussi se joignirent spontanément à lui.

« Namu Amida Butsu... namu Amida Butsu... »

Genji ne pouvait plus arrêter ses larmes. Pour la première fois depuis sa naissance, il se sentait serein, purifié de toutes ses mauvaises pensées et de ses intentions meurtrières. Son cœur était vide. Il n'y restait qu'une lumière. Genji récitait avec recueillement :

« Namu Amida Butsu... namu Amida Butsu... »

Il sentit partir la chose de son cœur, sans se soucier de savoir ce que c'était concrètement. Cela n'avait plus d'importance pour lui. Ses larmes n'arrêtaient pas de couler. Genji avait maintenant le visage d'un enfant en pleurs.

7

Quelques jours plus tard... Sur le col d'où l'on apercevait la Capitale, se tenait debout Chûjô, en tenue de voyage. Les flamboyantes teintes de l'automne recouvraient la ville et ajoutaient encore à sa splendeur et à ses attraits. Mais elle ne paraissait nullement belle à Chûjô. Les feuilles rouges écarlates lui évoquaient la couleur et l'odeur du sang sur le métal.

La nouvelle que le Ministre de Droite était subitement décédé et Kokiden à l'agonie avait mis sens dessus dessous toute la ville. Elle n'était pas morte, mais elle allait s'éteindre d'un instant à l'autre et, dans la résidence du Ministre de Droite, deux cercueils étaient préparés.

Chûjô ne savait absolument pas comment les fonctionnaires et les domestiques de la maison du Ministre avaient réagi à la vue de cet horrible spectacle. Lui-même ne se souvenait pas être rentré chez lui. L'Office de la Justice et les inspecteurs de la Police n'avaient pas l'air de bouger. Nombreux étaient ceux qui haïssaient ces deux personnages cruels et retors. L'affaire serait étouffée par les gens de la maison de Droite, ils la régleraient entre eux, et la vérité resterait toujours dissimulée.

De toute façon, les jours de Kokiden étaient comptés, elle n'en avait plus pour longtemps. Le souhait le plus cher du Prince Radieux était exaucé. La mission de Chûjô avait pris fin. Il n'avait plus envie de retourner dans la Capitale salie par le sang. C'était un endroit abominable.

Son père le Ministre de Gauche se réjouissait de constater que le destin avait désormais tourné en faveur de sa famille. Mais c'était aller bien vite. Parmi les nobles apparaîtrait certainement sous peu un autre – le prochain, qui sait – Ministre de Droite avide de pouvoir et de gloire. Et ainsi de suite...

« Pour obtenir le pouvoir, tous les moyens sont bons. On lave le sang par le sang. C'est ainsi qu'est la Cour, et moi aussi... » Chûjô avait le visage crispé.

Le vent arriva derrière lui et lui toucha le dos comme pour l'inciter à partir rapidement. Chujô se mit à marcher talonné par le vent, sur cette route qui conduisait au temple Ishiyama et qu'il avait l'habitude de prendre tous les ans pour les cérémonies de purification. Au milieu du va-et-vient continuel des voyageurs, commerçants et pèlerins, Chûjô marchait sans s'arrêter. Il voulait fuir au plus vite ce lieu souillé et maudit.

Le souffle court, il se sentait épuisé, les pieds douloureux. Soudain, il se vit entouré de *susuki,* ces hautes herbes qui poussent en pleine campagne. Il n'y avait plus personne. Pas âme qui vive, bien que ce fût d'ordinaire un passage incessant de pèlerins.

A l'idée qu'il avait dû se tromper de route, Chûjô voulut rebrousser chemin, mais il ne connaissait même pas sa direction. Le vent frais de l'automne soufflait sur les champs houleux des grands *susuki* qui bruissaient. Au milieu des herbes se tenait Chûjô, seul, intrigué par sa présence en pareil endroit et incapable d'apporter une réponse.

Il crut entendre quelqu'un l'appeler : « Seigneur Chûjô ! » Etait-ce le bruit du vent ou bien une hallucination ?

Il dressa l'oreille, immobile. Le vent agitait les épis de *susuki* et les feuilles mortes voltigeaient dans un bruit de froissement.

« Seigneur Chûjô », fit à nouveau la voix. On l'appelait... et la voix semblait proche.

« Seigneur Chûjô. » Cette fois, il avait entendu distinctement quelqu'un l'appeler dans son dos.

Les grands épis remuèrent de façon perceptible. Il entendit la corde d'un arc se détendre et quelque chose vola près de son visage.

« Qui est là ? » demanda Chûjô qui s'était retourné en sursaut.

Le vaste champ ondulait. Tout à coup, il sentit dans sa nuque une légère pression puis une douleur intense. Il gémit. Un liquide tiède se mit à couler sur sa poitrine sous ses vêtements.

C'était une flèche... qui lui avait percé le cou ! Il trembla de tous ses membres. Son sang coulait en abondance, il perdait conscience, sa vue s'obscurcissait. L'univers chavira et il tomba en arrière.

Allongé sur le dos, Chûjô apercevait entre les grands épis le ciel bleu qui se brouillait. Son esprit s'embrumait. Mais il voulait savoir qui l'avait visé et, rassemblant ses dernières forces, il se rapprocha en rampant de l'endroit d'où était partie la voix.

Les épis bougeaient un peu. Il vit une ombre humaine, celle d'une femme qui portait un arc... l'Epouse Impériale Kokiden ! Etait-ce bien elle ? Il avait entendu dire qu'elle n'était pas morte. S'était-elle remise de sa blessure et l'avait-elle pourchassé, une fois rétablie ? Quelle ténacité effroyable ! Quel nom pouvait-on donner à cette soif de vengeance ?

Dans un brouillard, Chûjô vit Kokiden, son visage hostile, mais il l'entendit dire distinctement d'une voix plaintive :

« Veuillez me pardonner, Seigneur Chûjô. »

Il trouva curieux que Kokiden dût s'excuser. Il essaya de concentrer son regard sur elle. Le visage de la femme se voila et prit bientôt l'aspect d'un autre visage... blanc... celui d'une jeune femme... Shikibu ! Pas possible, c'était Shikibu !

A peine cette pensée l'avait-elle effleuré que le visage de Shikibu disparut. Shikibu ! Dans un ultime effort, Chûjô concentra ses pensées sur cette découverte incroyable. Le sang coulait de plus belle et la terrible douleur était devenue insupportable. Mais il réfléchissait intensément pour tenter de comprendre pourquoi. Ses yeux ouverts ne voyaient plus rien. Il n'entendait plus rien. Mais, en dépit de la perte de ses cinq sens, Chûjô comprit enfin. Tout.

Et avec un sourire de dédain pour lui-même, il rendit l'âme.

Le banquet sous les fleurs

1

Les montagnes d'Omi, maquillées d'une fine couche de neige, semblaient parées pour l'hiver rigoureux qui s'annonçait. Les flocons blancs voltigeaient au-dessus du lac Biwa et tombaient en tourbillonnant dans l'eau bleu marine.

Balancé par la houle, le bateau d'Otsu progressait lentement vers le port de Shiotsu. Le vent du nord piquait la peau et tous les passagers, à l'exception des marins et des rameurs, étaient serrés les uns contre les autres dans la cabine de l'embarcation. Ils parlaient entre eux de leurs affaires ou de leurs familles et paraissaient très angoissés par la vie quotidienne et à venir.

Parmi eux, se trouvait assise dans un coin Shikibu, en tenue de voyage, qui soufflait constamment dans ses mains engourdies. Elle regagnait la province d'Echizen où son père Fujiwara no Tametoki était Gouverneur.

Depuis son départ pour la Capitale dont elle espérait tant, il s'était écoulé plus de deux ans. Deux années durant lesquelles Shikibu avait fait une série de mauvais rêves qu'elle ne parvenait pas à oublier, en dépit de ses efforts, avec cette impression que les esprits malins de personnes pleines de haine et de désir de vengeance la possédaient.

Elle voulait oublier et croire en effet que tout n'était que rêves pénibles, qu'il ne s'était rien passé à la Cour, qu'elle-même n'avait pas agi. Mais elle avait beau essayer de s'en persuader, des actes dignes d'un démon qui ne redoute pas les dieux lui revenaient distinctement en mémoire, en même temps que l'odeur de sang.

Shikibu regardait ses mains bouffies et rougies par le froid. Elles étaient vilaines, enflammées ou fendillées par des crevasses d'où le sang suintait. Ses victimes semblaient se décharger de leur haine en la faisant souffrir. Ces maudites mains comme ensorcelées, ces mains odieuses, ces horribles mains avaient ôté la vie à plusieurs personnes. Elle aurait préféré être mutilée...

C'était elle qui avait tué Belle-du-Soir, Kôan, la Princesse Mauve, Chûjô... elle était responsable de tous ces crimes !

Instinctivement, Shikibu ferma les yeux dans une attitude de prière. Comme un cauchemar, ses actes ignobles défilèrent dans son esprit :

Avec une hache, elle fend la tête de l'herboriste Kôan et, pour simuler un meurtre commis par un homme, elle le suspend à l'aide d'une poulie fabriquée par ses soins. Auparavant, elle a préparé, avec les encens utilisés par le Prince Radieux, le parfum dont il imprègne ses vêtements et elle le répand dans la pièce... Pour tuer Belle-du-Soir, elle introduit dans l'eau du pot le poison de serpentaire et l'ombre aperçue par Koremitsu à ce moment-là, c'est elle qui s'enfuit... Elle substitue le poison à la poudre d'or dans l'enveloppe rouge du remède de la Princesse Mauve... Et, dernier crime, elle réussit à tirer une flèche sur Chûjô...

Mais si, un jour précis, à une heure précise, elle n'avait pas prononcé des mots précis, ces événements tragiques ne se seraient pas produits.

Shikibu se souvint distinctement de ce qui s'était passé dix ans plus tôt, alors qu'elle servait à la Cour comme petite fille attachée au Service Intérieur du Palais.

Elle avait une dizaine d'années et Genji en avait sept. Elle était si douée que, dès l'âge de huit ans, elle pouvait lire des classiques comme *Les Chroniques chinoises*. L'Empereur avait eu connaisance de son savoir exceptionnel et il l'avait fait venir auprès du jeune Genji en tant que Maître de littérature chinoise. Il va sans dire qu'elle devait également lui servir de partenaire de jeu.

Un jour... le soleil d'automne commençait à se voiler... Shikibu s'amusait au ballon avec le petit prince. Soudain, du haut de sa supériorité bien agréable d'aînée, elle avait contrefait celle qui sait tout, et lui avait dit : « Ta mère a été empoisonnée par l'Impératrice Impériale Kokiden ! »

Shikibu furetait toujours partout avec curiosité, se mêlait aux suivantes et s'amusait à épier le monde des adultes. C'était là qu'elle avait un jour entendu ce qui se disait en cachette : « Dame Kokiden avait empoisonné la Favorite ! »

La balle de Genji tomba et roula à terre. Quand elle vit le regard malheureux du jeune prince qui semblait la blâmer, Shikibu en eut le souffle coupé. Elle se reprocha sa stupidité. Elle comprit à quel point ses paroles lui avaient déchiré le cœur et combien il souffrait.

De ce jour, elle fut harcelée par le remords vis-à-vis du Prince Radieux. Celui-ci n'avait pas changé de comportement, mais il vérifiait en secret la véracité de cette rumeur.

Quand il découvrit, quelques années plus tard, que Kôan avait préparé et vendu le poison de serpentaire à

Kokiden, il se rendit chez lui et se mit à le torturer, au risque de le tuer.

Arrivée en catastrophe dans la maison de l'herboriste, Shikibu voulut l'arrêter. Mais une fureur qu'elle ne lui avait jamais vue décuplait les forces du prince qui n'arrêtait plus de frapper l'homme à coups de pieds et de poings.

C'est alors que la vérité éclata : Kôan n'était pas aveugle ! Il vendait ses poisons et rassurait ses acheteurs en feignant d'être aveugle. Quand il s'en rendit compte, Genji, fou de rage, perdit la tête. Il saisit dans la braise les baguettes métalliques utilisées pour attiser le feu et voulut crever pour de bon les yeux de Kôan. Shikibu découvrit soudain le visage terrifiant du Prince Radieux, qui avait les traits du démon incarné.

Elle comprit qu'il n'était pas seulement un homme sensuel, beau, doux et plein de grâce ! Elle qui l'aimait passionnément, elle décida derechef que le Prince Radieux ne devait pas se salir les mains, sans discerner sur le moment les motifs de sa décision.

Peut-être ne voulait-elle pas teinter de sang l'image de ce Genji idéal créé par son imagination mais dont elle pensait être l'auteur dans la réalité, alors qu'en fait, elle n'avait enseigné au Prince Radieux que les classiques chinois.

Chez l'herboriste, Shikibu n'avait pas cherché à comprendre les raisons de sa réaction, mais elle comprenait tout maintenant. Elle voulait posséder de manière exclusive Genji dans sa conscience, afin d'apaiser son désir ardent pour cet amour sans espoir. Une façon de compenser en quelque sorte.

Elle arracha des mains de Genji le tisonnier brûlant et lui demanda : « Vous voulez vraiment crever les yeux de cet homme ? » Il ne répondit rien mais ses yeux brillaient de colère...

Dans le cerveau de Shikibu éclatèrent les hurlements de Kôan et le bruit de la chair grillée. Elle se prit la tête entre les mains. La neige tourbillonnait dans le vent violent.

Au Prince Radieux interdit, elle avait dit solennellement : « Pour vous, Monseigneur, je deviendrai le démon ! » Sa vie s'était décidée en cet instant : elle consacrerait sa vie à Genji, pour un amour jamais récompensé.

Les larmes coulaient sur les joues de Shikibu. Inquiets, ses compagnons de voyage lui demandèrent ce qui n'allait pas mais elle se cacha le visage avec sa manche.

Elle était revenue à la Cour et, cette fois, auprès de la Dame du Clos aux Glycines. A chacune de ses rencontres avec le Prince Radieux devenu un merveilleux jeune aristocrate, elle ressentait une vive émotion.

Mais un jour, il lui avait demandé une chose effrayante. Il voulait qu'elle élabore, grâce à son imagination fertile, un plan machiavélique et sûr qui lui permettrait, à lui Genji, d'établir sa puissance et simultanément de venger sa mère, la Favorite.

Shikibu avait frémi en s'apercevant que Genji avait toujours en lui son côté diabolique. Mais personne n'était aussi malheureux que le prince. Dans sa tendre enfance, sa mère avait été assassinée et il n'avait pu accéder au trône en dépit de sa naissance.

Comme elle avait choisi une fois pour toutes de lui vouer sa vie, elle accepta sur-le-champ et elle inventa une histoire aux épisodes et à l'intrigue complexes qu'elle développa devant un Genji impressionné. Ce fut celle que raconta Chûjô devant une assistance restreinte. Mais l'envers de l'histoire concernait la Princesse du Clos aux Glycines.

Si le Prince Radieux voulait établir sa puissance et venger sa mère, le meilleur moyen pour y arriver était l'investiture impériale désignant comme Prince Héritier un enfant de lui. Lorsque Shikibu vit l'amour que portait le Souverain à l'Epouse Impériale – la Princesse du Clos aux Glycines –, elle comprit que l'enfant de cette dame serait le prochain Prince Héritier. Elle exhorta donc Genji à avoir des relations adultères avec sa belle-mère par alliance. Ce qu'il fit. Il avait osé enfreindre l'interdit.

La dame tomba enceinte et le bébé poussait normalement dans son ventre. Mais survint un événement imprévu : elle faisait tout pour perdre l'enfant !

Shikibu, faute de trouver une autre solution, prit alors une mesure terrible. Il fallait que l'Epouse Impériale sombre dans la folie. Tant qu'elle aurait toute sa raison, elle serait sans cesse tourmentée par son crime et ne voudrait pas donner naissance à un enfant adultérin.

Shikibu déroba dans la maison de Kôan un poison préparé avec un champignon vénéneux qui attaquait le cerveau et elle le mélangea au médicament à base de pivoine et de carthame que prenait la dame. Sachant que Chûjô avait hermétiquement fermé la maison de l'herboriste, elle prit soin de la refermer correctement.

Le médicament empoisonné fit progressivement son effet et la Princesse, désormais Impératrice, devint folle. Son accouchement fut atroce mais l'enfant naquit sans problèmes. C'était, indubitablement, celui du Prince Radieux.

Comme prévu, il était à présent le nouveau Prince Héritier. Après l'abdication de l'Empereur Suzaku, cet enfant monterait sur le trône. Le moment venu, il faudrait lui dire qui était son vrai père. C'était la dernière mission de Shikibu.

Elle releva soudain la tête et regarda au-dehors. La neige continuait de tomber. Son visage était marqué par les larmes, mais elle avait cessé de pleurer.

Restait encore un mystère, celui qui concernait la vieille sorcière. L'idée de ce crime, c'était également elle qui l'avait conçue. Elle la rapporta au Prince Radieux qui feignit d'en discuter en tête à tête avec Chûjô, et se servit de lui pour tuer la vieille. Il fallait que tout le monde assistât à un meurtre en direct pour croire ensuite à la culpabilité de Genji, et il était impossible pour elle de le commettre.

Plus tard, elle interrogea Chûjô, pour le mettre à l'épreuve. Harcelé de questions, celui-ci lui raconta la vérité, à elle qui savait bien évidemment tout ! Il se révélait incapable de garder le secret du Prince Radieux. Quand elle s'en aperçut, elle rajouta, la mort dans l'âme, un chapitre à son histoire...

La neige augmentait encore de violence et des flocons s'engouffraient dans la cabine. Ils tombaient sur la main enflammée de Shikibu puis disparaissaient, semblables à toutes ces personnes tuées pour Genji.

Shikibu joignit calmement les mains dans son cœur et demanda à Chûjô de lui pardonner de l'avoir supprimé. Mais personne ne devait connaître le secret du Prince Radieux.

2

Echizen était enfoui sous la neige.

Fort heureux du retour de sa fille Shikibu dans sa province, Fujiwara no Tametoki lui avait choisi des domestiques et des suivantes triées sur le volet. Mais elle restait confinée dans sa pièce et récitait jour après jour le Sûtra du Lotus, sans mettre un pied au-dehors.

Elle avait envoyé un message secret à l'adresse de l'Empereur Suzaku, dans lequel elle expliquait avec tous les détails la vérité sur les meurtres du Ministre de

Droite et de Kokiden. Elle était sûre de la réaction du Souverain, de tempérament si fragile. Cette démarche faisait également partie de son plan initial.

A Echizen, elle passait toutes ses journées à réciter les sûtras. Sans se préoccuper de l'inquiétude de son entourage, à commencer par celle de son père, elle se consacrait exclusivement à l'invocation du cinquième livre du Sûtra du Lotus. Par ces prières, elle espérait le salut de ses victimes et implorait sa purification.

Un matin, la neige avait disparu et le printemps était là.

La vie reprit peu à peu. Les personnes se remirent à circuler et le courrier à arriver de la Capitale.

Bientôt parvint à Shikibu la nouvelle tant attendue : l'abdication de l'Empereur Suzaku et l'accession au trône de l'Empereur Reizen, l'enfant de la Princesse du Clos aux Glycines, accompagnée du rappel à la Cour du Prince Radieux exilé à Suma.

Toutes les prévisions de Shikibu se confirmaient. La série de meurtres avait eu raison de l'équilibre mental de l'Empereur Suzaku et provoqué son abdication. D'après les ouï-dire, l'Empereur Suzaku avait réclamé le retour de Genji pour lui confier l'ensemble des affaires de l'Etat... Tout se déroulait comme prévu.

Shikibu devait encore remplir sa dernière mission. Quand l'Empereur Reizei serait en âge de comprendre, elle lui révélerait le nom de son vrai père.

Genji obtiendrait un jour ce qu'il voulait par-dessus tout après avoir vengé sa mère : la fonction la plus haute lui garantissant la toute-puissance. Mais une fois ce but atteint, il laisserait derrière lui la haine et le désir de vengeance des esprits avides de sang.

Les années s'écoulaient et la nouvelle des promotions successives de Genji parvenait aux oreilles de Shikibu. Il gravissait tous les échelons. De Tiers Ministre, le

Prince Radieux devint Ministre des Affaires Suprêmes puis il finit par occuper une position supérieure à celle de Régent, qui correspondait pratiquement à la charge d'Empereur Retiré, « le Grand Empereur Supérieur », une distinction surprenante pour un noble ayant le statut de sujet. Une situation qui ne s'était jamais présentée.

A l'annonce de cette nomination, Shikibu imagina un beau Prince Radieux dont elle se mit à écrire l'histoire. Cloîtrée dans sa pièce obscure d'Echizen, elle laissait courir son pinceau qui traçait avec fluidité des phrases rédigées dans un style élégant.

En quel règne je ne sais, parmi les épouses impériales et dames d'atour qui nombreuses servaient Sa Majesté, il en était une qu'entre toutes, et encore qu'elle ne fût de très insigne parage, Sa faveur avait pour l'heure distinguée.

Celles qui par le principe avaient pu se flatter de l'emporter, décriaient et jalousaient celle-là qui avait ruiné leurs espoirs[1]*...*

Tout en rédigeant ces phrases, Shikibu pensait : « Mon Prince, j'écris maintenant votre histoire. Je veux exclure tous ces effroyables meurtres pour que subsiste à travers les siècles un magnifique récit digne du nom de “Radieux”. Vous êtes un aristocrate sublime que tout le monde adore et admire... Vous resterez à jamais cet homme idéal que *j'ai créé*. »

Le pinceau de Shikibu ne cessait de courir, il ne connaissait pas de limites.

On appela la merveilleuse histoire rédigée par Shikibu *Le Roman de Murasaki*, et elle devint populaire à

1. Traduction de René Sieffert, *Le Dit du Genji*, Livre Premier, éditions POF.

la Cour. Lorsque son père Tametoki quitta son poste de Gouverneur à Echizen, Murasaki Shikibu retourna dans la Capitale et, par la suite, elle servit au Palais en tant que dame de compagnie. Il lui fut demandé d'écrire une suite à son merveilleux récit.

On ignore si elle côtoya réellement ce Genji à la Cour.

En revanche, ce dont on est sûr, c'est qu'à cette époque, avant de servir au Palais, elle était devenue l'épouse principale de Fujiwara no Nobutaka, dont elle avait eu un enfant. Mais ce fut un mariage aux conséquences funestes car son mari mourut à la suite d'une épidémie, trois ans à peine après le début de leur vie conjugale. Une détresse accablante l'envahit alors. Peut-être tremblait-elle d'effroi en songeant à la gravité de ses fautes.

De son existence après son départ de la Cour, il ne reste aucune trace. Selon l'une des thèses avancées par les chercheurs, Shikibu serait entrée en religion et restée nonne jusqu'à la fin de ses jours.

A peine aperçue
et sans me laisser le temps
de la reconnaître
dans les nuages se cache
la lune de la minuit[1]

---

1. Traduit par René Sieffert, Murasaki Shikibu, *Poèmes*, éditions POF.

Achevé d'imprimer
sur les presses de
l'Imprimerie A. Robert
116, bd de la Pomme
13011 Marseille

Dépôt légal : janvier 1997